中国书籍文学馆·小说林

追赶养蜂人

刘荣书——著

中国书籍出版社
China Book Press

图书在版编目（CIP）数据

追赶养蜂人 / 刘荣书著 . — 北京 : 中国书籍出版社，2013.10
（中国书籍文学馆 · 小说林）
ISBN 978-7-5068-3859-7

Ⅰ . ①追… Ⅱ . ①刘… Ⅲ . ①中篇小说 – 小说集 – 中国 – 当代
②短篇小说 – 小说集 – 中国 – 当代 Ⅳ . ① I247.7

中国版本图书馆 CIP 数据核字（2013）第 282788 号

追赶养蜂人

刘荣书　著

图书策划　武　斌　崔付建
特约编辑　陈　武
责任编辑　杨铠瑞
责任印制　孙马飞　马　芝
出版发行　中国书籍出版社
地　　址　北京市丰台区三路居路 97 号（邮编：100073）
电　　话　(010) 52257143（总编室）(010) 52257153（发行部）
电子邮箱　chinabp@vip.sina.com
经　　销　全国新华书店
印　　刷　三河市华东印刷有限公司
开　　本　650 毫米 ×940 毫米　1/16
字　　数　198 千字
印　　张　15.25
版　　次　2014 年 6 月第 1 版　　2021 年 1 月第 4 次印刷
书　　号　ISBN 978-7-5068-3859-7
定　　价　48.00 元

序

李敬泽

“中国书籍文学馆”，这听上去像一个场所，在我的想象中，这个场所向所有爱书、爱文学的人开放，不管是白天还是夜晚，人们都可以在这里无所顾忌地读书——“文革”时有一论断叫做“读书无用论”，说的是，上学读书皆于人生无益，有那工夫不如做工种地闹革命，这当然是坑死人的谬论。但说到读文学书，我也是主张“读书无用”的，读一本小说、一本诗，肯定是无法经世致用，若先存了一个要有用的心思，那不如不读，免得耽误了自己工夫，还把人家好好的小说、诗给读歪了。怀无用之心，方能读出文学之真趣，文学并不应许任何可以落实的利益，它所能予人的，不过是此心的宽敞、丰富。

实则，“中国书籍文学馆”并非一个场所，它是一套中国当代文学、当代小说的大型丛书。按照规划，这套丛书将主要收录当代名家和一批不那么著名，但颇具实力的作家的长篇小说、中短篇小说集和散文集等。“中国书籍文学馆”收入这批名家和实力作家的作品，就好比一座厅堂架起四梁八柱，这套丛书因此有了规模气象。

现在要说的是“中国书籍文学馆”这批实力派作家，这些人我大多熟悉，有的还是多年朋友。从前他们是各不相干的人，现在，“中国书籍文学馆”把他们放在一起，看到这个名单我忽然觉得，放在一起是有道理的，而且这道理中也显出了编者的眼光和见识。

当代文学，特别是纯文学的传播生态，大抵集中在两端：一端是赫赫有名的名家，十几人而已；另一端则是“新锐”青年。评论界和媒体对这两端都有热情，很舍得言辞和篇幅。而两端之间就颇为寂寞，一批作家不青年了，离庞然大物也还有距离，他们写了很多年，还在继续写下去，处在最难将息的文学中年，他们未能充分地进入公众视野。

但此中确有高手。如果一个作家在青年时期未能引起注意，那么原因大抵有这么几条：

一、他确实没有才华。

二、他的才华需要较长时间凝聚成形，他真正重要的作品尚待写出。

三、他的才华还没有被充分领会。

四、他的运气不佳，或者，由于种种原因，他的写作生涯不够专注不够持续，以至于我们未能看见他、记住他。

也许还能列出几条，仅就这几条而言，除了第一条令人无话可说之外，其他三条都使我们有足够的理由对这些作家深怀期待。实际上，中国当代文学的丰富性、可能性和创造契机，相当程度上就沉着地蕴藏在这些作家的笔下。

这里的每一位作者都是值得关注、值得期待的。“中国书籍文学馆”

收录展示这样一批作家，正体现了这套丛书的特色——它可能真的构成一个场所，在这个场所中，我们不仅鉴赏当代文学中那些最为引人注目的成果，而且，我们还怀着发现的惊喜，去寻访当代文学中那相对安静的区域，那里或许是曲径幽处，或许是别有洞天，或许是，众里寻他千百度，蓦然回首，那人却在，灯火阑珊处……

目录

目录

马失踪

在春天远未到来时，白马，黑色石头，火焰，脸庞黝黑的男人，流水样的道路，星星，高过云彩的山峰，细眼睛女人，这些陌生事物，便在少年来喜梦境里交替出现。他不清楚它们预示着什么。在以往经验里，所有梦境的疑难都可在现实中得以解答。比如他梦见三只羔羊，从河水中央蹒跚而出，过不了几天，他家的母羊便产下了三只羊羔；比如他在梦境里听到乌鸦的叫声，看见一位老人慈祥的笑容，那么这老人在身体无恙的情况下，于三天后的某个傍晚，结束一天的劳作，蹲到饭桌边吃饭时，便毫无征兆地逝去……母亲去世前的那些日子，大群乌鸦聒噪着覆盖了少年的梦境，乌鸦排泄的粪便，以及它们相互碰撞时掉落的羽毛，落在他的嘴边，他的手臂上。父母看不到他在梦境里的挣扎，只是被他胡乱挥舞的手臂和谵妄的呓语打搅了睡眠。他们觉得，这孩子一定是被噩梦魇住了，推又推不醒他。他一定是玩累，或是在白天受了什么委屈……他像个被巫术缠身的人，过早洞悉了这世间众多的秘密。上帝为了惩罚他，或为了捍卫自己在人间的权利与地位，不使这孩子过早地将秘密泄露出去，便使他成了哑巴。

六岁那年，仅仅一场小小的感冒，医生用错药，少年来喜便再不能说话。

这天来喜在屋子里昏睡。整个过程从中午一直持续到黄昏。这段时间，他不知村里发生了什么。人们乱哄哄涌到村东的饲养场去。把仓库里的犁、锄头、缆绳、盛粮食用的麻袋……全部搬弄出来，在院子里按比例分成几份。人们围着马厩里的牲口窃窃私语，最终在牛角上，驴屁股上，马脖子上，贴上标签，编上记号……黄昏像众多的蝙蝠涌进屋子。少年来喜醒了。他揉着眼睛，屋子里的一切难以分辨。但意识里，一匹高大健壮的马，在昏暗中呼之欲出。马喷出的鼻息声，来喜听不到。但能看清它稳健的四肢，飘逸的马鬃，以及温和漂亮的眼睛……少年来喜跑出去，果然看见父亲牵一匹马，从暮色中走进院子。来喜属马，喜欢马。黄昏模糊了马的颜色。来喜大喜过望，他扑过去，踮起脚尖，揽住马的脖子。嘴里“呀呀”叫着，意思是问：你从哪儿弄来的一匹马呀？

与来喜的兴奋相比，父亲未免显得有些沮丧。他一路上都在埋怨自己手气不好，抓阄抓到这匹马。他本来是想抓到一头牛的。生产队里有五头牛，抓到哪头他都认可。要不抓到那头青灰色母驴也行，肚里还揣着驴崽呢！当他把纸条抓在手里，慢慢展开，周围人都发出惊呼。像是感叹，又像是幸灾乐祸。纸条上写着6号，他以为是9号。9号便是那头驴子，6号才是这匹马。当时他头都大了，以为是抓到了9号。他把纸条颠来倒去，怎么看怎么是9号。但会计说是6号。来喜爸爸提出质疑：我抓到的不是9吗？怎么会是6号？等9号抓出来，大家众眼难辨。两个号同样的笔体，正着看都是6号，倒着看又都是9号。生产队长在一旁训斥会计，说你这是咋搞的嘛！刚从学校出来的会计自知理亏，大气不敢出，三七开的小分头一劲往外淌汗。生产队长最后把抓到6和9号的人聚在一起，说公平点，再抓一次阄吧。会计这次不敢马虎，把6写成大写的六，把9写成大写的九。纸条盛在草帽里。来喜爸爸出手一抓，便抓到了六号。脸马上灰了。

抓到了就抓到了吧，有什么办法呢？爸爸呵斥了来喜一声，将马牵进草棚。草棚低矮，马头顶着屋梁，不安地踏着步子，马尾扫来扫去。看看天，天阴阴的，像要下雨的样子。马淋了雨可不行，更何况院子里没有一根结实的栓马桩。更何况，这马再怎么不遂心，却是命该跟了自己。马值半个家当呢。父亲只好把马牵进屋里。

来喜这才看清那马的颜色，并认出了它。它是生产队里那头黑色公马，马臀浑圆，四蹄如斗，马鼻上翻，尾鬃硬如钢针，扫到脸上，疼得厉害，全村淘气男孩不敢上前造次……去年春天，来喜去饲养场附近玩耍，见四五个壮汉围着这马，将马牵到两棵树旁。树侧各埋两根木桩，树与木桩间又横绑了两根椽子，成一等腰三角形。马夫将马引进，几个人麻溜上去，一人将马头固定在前方树上。又有两人用麻绳将马身缚住，一人弯了腰，费力地将左侧后肢提举起来，用绳子固定在树桩上。马“咴咴”叫着，发泄着愤怒。公社兽医站的老魏，中午大概喝多了酒，晃悠悠踱到马屁股后面。来喜这才注意到马的胯下，黑乎乎阴囊状如茄子。老魏绾一绾袖子，哈腰，手中刀片不知何时亮出，手起刀落，马的叫声由嘶愤转为悲鸣。老魏左手一甩，不知是何物件落进早已准备好的脸盆里，却不想一条黄狗斜刺里冲出，衔起就跑。老魏急得跺脚，叫人去追，自己手忙脚乱在马屁股下忙活，先是鼓捣一阵，而后手指抓起一嘬白色粉末，洒进马的阴囊之内。

马不叫了，身子却不由自主颤抖起来。当人们松开缚住它身体的绳索，它仍在颤抖。整个身子垮塌下来。老魏似乎还在为黄狗叼走的东西懊恼，训斥那几个围着马转悠的社员：把马扶起来，不能让它卧倒。老魏又掏出一卷绷带，丢给另一社员说，把尾巴缠起来，缠得越紧越好。

此后将近一月，来喜都能看见这匹马由人牵着，什么活儿也不做，村前地头来回溜达。马似乎温顺了些，低着头，对身后围观的来喜们置之不理。孩子们奇怪的是马的尾巴，用绷带缠着，缠得紧紧的，像一根白色棍子。孩子们不怕棍子，怕的是扫帚。至于为什么要把马尾绑成棍子，这么清闲自在地溜达，孩子们没有兴趣，也不想知道。到后来那根白色棍子在雨中变成灰色，然后又被大路上的尘土染成黑色，直至脱落。直至孩子们又不敢去马前造次。

社员们却对兽医老魏的手艺纷纷质疑起来。有人说那天老魏酒喝多了，也有人说老魏是阉猪的，猪和马怎能同日而语？阉猪匠又怎与阉马匠相提并论。阉个猪多容易，用脚踩住，挤鱼肠一样将猪的睾丸挤出来完事……对了，老魏那天将马的睾丸割净了吗？马有几个睾丸？只看见他切出来一个，还被狗叼走了……那你有几个睾丸？被问者捏捏裤裆，对马有几个睾丸不敢妄下定论……但老魏的手艺不行却是毋庸置疑。以后生产队再有类似的活计，是再不敢请老魏了……因为那公马被阉割以后，仅仅安静了几天，便又趾高气扬起来。看见母驴，竟激动得什么似的。安排谁去役使它都犯怵，大家隐隐觉得，这马早晚得闹出点事来。果不其然，仅仅过了两月，马就闯下大祸，使得来喜爸爸的腿养了半年，仍是落下跛脚的毛病。那次，马拉一车粮食去粮站，期间惊车冒套，将赶车的来喜爸爸压断了腿，粮食撒了一路。大家听到消息，纷纷赶去，在粮站门口才截住它，其实不是截住，是它自己停住了。一副下贱的样子，马的胯下生出第五条小腿，正围着一匹栗色小母马兜圈子呢。这是一匹未阉净的马，大家都这样说。

来喜爸爸整个晚上仍在懊恼。自从惊马被压断腿之后，他始终对这匹马敬而远之。他有一点怕它，也有一点恨它。但今天鬼使神差般抓到这匹马，他就更加担心起来。不知这是福还是祸。福呢，是这匹马谁都不想要，干活是一把好手，惹起祸来毫不含糊。作为缠手货，大家一致认可将一挂破旧的马车作为搭配。谁抓了这匹马，马车就等于白送给了谁。祸嘛，是来喜爸爸觉得这马肯定还要有故事发生。有什么办法呢？只能多加防范，多长只眼睛吧。

但来喜兴奋得一个晚上也未睡好觉，围着马绕来绕去。马俨然成了这家庭的一员。吃饭，来喜盛一碗米饭端给马。马也似乎懂了规矩，用鼻子在碗上嗅嗅，打个响鼻。爸爸对来喜打着手势，指了指自己脑袋，意思是说来喜真笨！来喜这才大悟，去院里扯了把青草，马才扁着嘴吃起来。躺在床上，迷糊中来喜想到马睡下没有？翻身下床，去看那马。却见马双目炯炯，站立如桩，没有一点瞌睡的意思。来喜细细打量它，忽地想起自己梦中的那匹白马。而这马显然又不是梦中的那匹，莫非要等到冬天下雪，它灰黑的颜色才会被染成白色……来喜想不透这问题，捱不过，终是睡了过去。梦到母亲的手掌抚在额头之上，温暖，而又迷醉。却不知是那匹马，从堂屋里走进他们父子的睡房，用湿润的鼻唇，在他的额上轻轻触碰了一下。

这天，父子俩赶着马车，从河套往家里拉沙子。沙子是秋后一筐一筐从河床上挑出来的。沙子晾干后，铺在马厩里，铺在猪圈里，牲畜住得舒服不说，也不至于染了病，还可以多积肥，来年春天好种地。

半路上，来喜爸爸就发觉了马的异样。马先是仰了仰脖子，巨大的鼻孔朝空气里连打了无数个响鼻，而后嘶鸣一声，前蹄腾空而起……来喜爸爸勒紧缰绳，左手去扳马车的车闸。车闸有点老，吱吱叫唤。来喜爸爸一边挥舞鞭子去抽马耳朵，一边大骂：畜生，你又犯了哪门子邪！但一切都晚了，马由刚才的缓步慢行，速度猛然加快。对它的鞭打好像是在催促它奋起四蹄……平展的土路忽然间变得起伏，父子俩犹如坐上汹涌的浪尖。爸爸的心一劲往下坠，想起以前惊马的遭遇，连呼喊的力气都没有了。最后侧一侧身子，将坐在外手车辕的来喜用胳膊揽着，跳进路旁一条壕沟里。幸亏沟里有一垛玉米秸，才不至摔伤了腿。但玉米秸却划伤了他的脸。脸上血流如注。他们从沟里爬出来，看见大路上腾起一朵又一朵黄色烟尘。烟尘是由沙子和尘土制造的。晴朗的冬日里没有一丝风，远远看见的人，以为是什么东西在爆炸，轰隆隆的。一会，一只黑色的轱辘从烟尘里跳出来，一会，一块车厢板从烟尘里弹出来，打在路旁的树上……那烟尘越来越淡，人们这才看见来喜家的那匹黑马响着粗重鼻息，疾驰而过。马屁股后拖着两根断了茬口的光秃车辕。车在奔跑的过程中被马拖散了架。人们目瞪口呆，纷纷议论。又看见来喜爸爸疯了似的从后面赶上来，想问问他发生了什么。却见他满脸血污，表情吓人。跟着又跑过来个哑巴来喜，大家想问一问，忽然想到来喜是个哑巴，还问什么！

来喜在离自己家很近的地方站住了脚。他搞不清马怎么会忽然间疯跑起来。因以前爸爸被马车压断过腿，来喜知道一些惊马的事，况且爸爸警告过他，尽量离家里的这匹马远一些。但半年多的时间里，马总是显得温驯，来喜亲近它，它也亲近来喜。来喜喂马，先是把青草远远掷给它。后来便用手掌掬一捧黄豆，伸到马头之下。马温良地喷着鼻息，去接触来喜掌心里的粮食。鼻唇触到来喜掌心，痒痒的，让来喜小小的身体不禁颤抖……来喜甚至想，哪一天他要骑上这匹马。每到冬天，伙伴们都去野地里抓散养的驴骑。来喜不骑驴，他要骑马。

街上围了很多人，越过人头，来喜看见自家那匹黑马。起初以为马是想家了，或是饿了，才这么疯癫癫跑回家。但你不知道这有多鲁莽，有多危险。况且爸爸会被气死的！爸爸生气了就用鞭子死劲抽马，专抽马的耳朵。打得马像一个委屈的孩子，马眼里盈泪。

拨开人群，那梦境里的事物，忽然在少年来喜的眼前出现……

白马、黑色石头、火焰、脸庞黝黑的男人……这块平原以北，有一条横贯东西的铁路。铁路往北，还有一块面积很小的平原。再往北，便是连绵不绝的群山。铁路划分了平原与山区的界限。平原上的人把铁路以北的人笼统称为“铁路北的人”，而不是叫“山里人”，或是别的什么。每逢秋天到春节过后的一段时间，总会有山里人拉了大块煤炭，越过铁路，用煤炭来换取这里的粮食。山里人口音怪异，说话饶舌，据说他们的舌头比普通人要长出那么一截。说“二”的发音最怪，本来灵巧的下滑音，楞被他们说成粗笨的上行音。

这是一个脸庞黝黑的山里人。他赶着一匹白色母马，车上装满了黑色石头。而在少年来喜眼里，那黑色石头等同于火焰。石头怎么会燃烧？它们被填进灶膛，竟至膨胀，融化，变成柔软的红色，这是少年来喜始终不愿相信的一件事。直到上学，老师讲煤炭是由几亿年前的植物或树木演变而来，来喜这才释然。

这是一个奇怪的山里人。他不多话，让人以为他是哑巴。但他又会说话。等大家问他话时，他又置之不理。没人问他话时，他又自言自语起来，把煤炭换粮食的价格重复一遍又一遍，而且嗓门极大。说话就像在同人吵架。大家后来才搞明白这是一个聋子。直到很多年后又搞明白，他的耳朵是在煤矿上放炮，震聋的。

来喜家的黑马围着白色母马丑态百出。有很多人都围在那里等着换煤炭呢。黑马等于搅黄了山里人的生意。白色母马万分矜持，踏着步子，躲避着黑马的进逼。大块的煤炭从车厢里滚落下来，被围观的人捡起，藏起来据为己有。山里人护着白马，嘴里“嘘嘘”叫着，驱赶来喜家的黑马。赶不走，就用巴掌去打凑近前的黑马。大家看山里人的样子，有些可笑，护白马就像护自己女儿，唯恐吃了什么亏似的。

来喜爸爸追马追得骨头散了架，叉腰站在原地喘气。他早料到有这样一匹母马等在这里，要不然这畜生也不至于这么玩命。但庆幸的是惊马未伤到路人，他这才放宽了心。他喘匀了气，去牵自家的黑马。他去牵马，来喜便围着他爸爸打转。少年来喜是想伸手帮一下他的爸爸。大家都在一旁不无担心地叫着：来喜来喜，离你爸爸远点。来喜来喜，小心马踢到你！

未料那山里人冲来喜爸爸大声吼道：是你家的马呀？是你的马怎么不赶紧牵走，不想要了咋地！

山里人的吼叫让来喜爸爸愣住了。他眼巴巴瞅着这身材高大的山里人，忽然想到自己所受的委屈：父子俩险些丢了命，好端端一挂马车，就这样废了。那可是不小的家当啊！他抓阄抓到这匹黑马已过了大半年时间，这大半年时间里马儿相安无事，他沾沾自喜，甚至暗自庆幸……要不是你这山里人，要不是你这该死的母马，怎么会生出这等怪事！

黑马的丑态令来喜爸爸颜面无光。山里人扬着鞭杆在黑马身上重重抽打，并且声音响亮地骂出一句粗话。在别人听来他是在骂那匹厚颜无耻的马，但在来喜爸爸听来却认为山里人是在骂自己。来喜爸爸松了抓缰绳的右手，踮起脚来，隔了他家黑马，重重地在山里人脸上抽了一巴掌。

这一巴掌在大家看来就有点欺负人的意思。但来喜爸爸的为人摆在那里，平时老实得连个屁都不放。想想他今天的遭遇，也真是不幸。再想想那山里人说话时粗门大嗓的口气，你不知道你一个外乡人，出门在外，说话行事要处处小心谨慎。我们平原人去你们山里，不定会遇到怎样的待遇呢。所以大家看那山里人，眼神里竟有了几许责怪的意思。

山里人呆住了。他直愣愣看着来喜爸爸。从来喜爸爸愠怒的脸上找不出一丝妥协。他便把目光转到周围人脸上去，希望从他们的脸上读出一丝同情，也好让他说话。但他发现周围人一脸冷漠。

山里人黝黑的脸上印着五个通红的指印。由于肤色的粗粝，那五个指印一会就晕染成一团均衡的红。就像他做错了事，脸忽然涨红了一样。山里人的目光在人群里游走，最后定在少年来喜的脸上。他看见少年来喜仰着头，无助地看着他，少年来喜的眼睛里，竟汪着一层泪水。

山里人对来喜笑笑。笑得意味深长。然后弯腰整理自己的东西。最后赶着他的白马，离开了这个村子。

夜里，来喜似乎听到了马的嘶鸣。但他却是听不到的。他或许是闹了肚子，想去茅厕方便一下。爸爸喝了些酒。大概是由于伤感，或是因为气愤。他把马牵回家，拴在马桩上，狠狠打了一顿。先是把鞭杆打折了。而后抄起手腕粗的木棍，木棍也打折了。马不嘶也不叫，像个负气的孩子，它用它的沉默对抗来喜爸爸的粗暴。每一棍子下去，马的身体就会轻轻战栗。躲在一旁的来喜，觉得每一下都打在自己的身上，直至惩罚结束，少年来喜竟有了遍体鳞伤的感觉……爸爸睡得死沉。来喜听不到他的鼾声，也听不到静夜里门轴怪异的响声。院子里铺满白色月光，仿佛泛起遍地寒霜。少年来喜犹如置身于梦境。他只见马的影子在院门口闪了一下，便向广袤的夜色投奔而去。

来喜踉踉跄跄跑到马厩去看，见马厩内空空荡荡。只有一截被扯断的绳子。他"咿咿呀呀"叫唤。但他唤不醒熟睡的爸爸。来喜追到院门口，恍惚中看见那马的影子，马将要被浓淡的夜色吞没。来喜向前追赶几步，嘴里发出叫唤，夜色中的马停住脚步，回过头来，像是在等待着来喜，又像是在诱惑着来喜。来喜再追，马又跑动起来……如此这般，少年来喜，便真的走进了他自己曾经熟悉的梦境之中。

这样说来，那白马、黑色石头、火焰、面庞黝黑的男人，曾在这个刚刚逝去的白天真实出现过，他们印证了少年来喜的梦境。而这夜色里状如流水的道路，在来喜的意识里，是梦境，还是现实呢？而实际上，少年来喜追随着这匹马，走过了周边无数个村子，走过了王土、米镇、唐家河、瓦岗寨、井里、苏家庄、李庄……来喜的脚步追得紧一些，马的步子便快一些；来喜累了，走得慢，这马便仰起鼻孔去夜色中嗅闻那白色母马留下的气息，步子也会相应慢下来。母马的气味在清凉的空气里忽隐忽现，一会浓烈得令它心旌摇荡，一会又消失得难辨踪影，令它怅然若失。道路弯弯曲曲，流水一样重复；村庄密密匝匝，面孔一样模糊……少年来喜愈来愈绝望。在最初一段道路中，他甚至想返回家去，叫醒爸爸，叫醒村里的乡亲，来抓回这匹出奔的马匹。但他又担心马从眼前消失了踪影，自己是把这匹马拉回家里的唯一希望，他自知责任重大。有两次，他甚至靠近了那马，马在寒霜泛起的道路上久久徘徊，来喜差点就抓住了马的缰绳。但他小小身体向前扑去时，马却敏捷跳开，撒开四蹄，向前奔跑一段，拉开他们之间的距离……来喜越走越累，困顿令他睁不开眼睛。脚踝疼得似要断掉，而脚下像有万千的蒺藜扎在脚板上。他拣了一处高岗坐下，在那里他能看见马在前面越来越小的影子。鞋子脱了，手摸到脚板，竟摸了一手冰凉。是血。脚底先是打了水泡，水泡磨破，淌出脓血。来喜坐在高岗上，看见马跑得越来越远，他想回家，直到这时他才发现已找不到回家的路。他重新穿好鞋子，试着顺原路返回，但跌跌撞撞走了一段，却发现连方向感也迷失掉了。而实际上来喜并不知道，他已走出了离家大约有五十里的距离。在这广袤的夜色之下，他家乡的村子，已离他遥不可及。

少年来喜无声哭泣着。哭了一阵，便再也抵挡不住瞌睡的围困。蜷缩着身体，在旷野里躺倒。这样，他便再次看到他曾经梦境中的星星，那星星像繁密的花朵在天空开放，无边无际，直至将他覆盖。

第二天醒来，少年来喜踏上了寻找回家的道路。而实际上，他却偏离了方向，走得离家越来越远。

山里人赶着他的白马，走过王土、米镇、唐家河、瓦岗寨……走到瓦岗寨时，他车上大块的煤炭便已不见。代替它们的是玉米、高粱、黄豆、绿豆，还有不多的一点小米。山里人坐在车上，马车载着小半车粮食，走起路来沉甸甸的，比来时的那一车煤炭也轻不了多少。山里人要回到他的家乡去。有了这半车粮食，他就不用担心他和老婆小半年的口粮了。他就能腾出时间，去附近的煤矿做一些零工……他赶着马车，走过井里、苏家庄。他甚至想，等走到侨城那小小县城时，他要在大车店里住一夜。他太困乏了。毕竟年纪不饶人，整整三天的路程他没吃过一顿像样的饭食，没睡过一次成宿的觉。他还有点嘴馋，想起去年，在那家大车店里吃到的酸菜氽白肉，想起来便满口流哈喇子。山里人卷了颗大烟炮筒子，颠簸的马车让星星点点的烟叶撒落在车厢里。白色母马走得踏实而又稳健，山里人想，也辛苦了他的白马，它也是好多天没吃过一顿像样的草料了。火柴映亮山里人黝黑的脸庞。这平原的下半夜，想不到寒霜比山里还要冷冽一些。他竖起羊皮袄的领子，在胸前裹得更紧一些。

白马停住了。在李庄桥头的另一端，白马将她的脚步停住。山里人耳背，未听到后面马蹄踏在桥面石板上清脆的蹄声。直到白马停下，山里人回头去看，这才看清那夜色中高大马匹的身影。马像是赶了长远的路，马背上蒸腾着缕缕汗气。山里人不敢相信自己的眼睛。从车上下来。走过去拉住马的缰绳。马不闪也不躲，就像是单单投奔他而来。任他牵住缰绳。山里人认出这马，不由笑了。他不为白天的遭遇感到羞恼，却想这丢马的人家该有多么焦急。他将黑马拴在马车后面，调转车头，想顺原路返回。但走出仅仅有五六里地的样子，山里人便在这广袤的夜色下同样迷失了方向。众多个午夜里熟睡的村庄令他惶惑不安。他无奈地摇了摇头，想这大概就是命吧。便又掉过车头，朝家乡的方向走去。

天快亮时，来喜爸爸才从睡梦中醒来。他爬起来舀水喝，这才发现身边不见儿子的身影。四下里呼唤着，走出院子，但院子里的空落却使他感到异样。急忙返回，这才发现马厩里不见马的踪影。他在清晨的曦光里大呼小叫，唤来早起的人们。大家都不敢相信他家里发生的变故，一夜之间，他家的马和儿子便神秘失踪。马失踪倒可以推断，或是被人盗走，或是自己挣脱了缰绳，不知跑到何处去。但儿子又怎么会失踪呢？有心细的人，便推断出是不是来喜深夜起来，看见脱缰的马，便尾随着追了出去？来喜的爸爸懊恼得一直捶胸，说怎么可能，来喜发现马跑了，他怎么也该把我喊起来呀。他一个孩子，怎能撵得上四条腿的畜生！大家说，什么样的事情都有可能发生。事情既然已经发生了，呆在这里也不是办法，大家还是赶紧去找吧。

大家便乱哄哄去找，一路跟人打听。被问过的人都摇头。找来找去日头已老高。有聪明人忽然想到：如果马迷失在周围村落倒好，早晚能有找到的那天；但如果被一个外乡人捡到，或偷走呢？外乡人把马带出这片区域，就像一滴水融入大海，哪还能有找回的可能？当务之急便是去把守出入外乡的那条唯一通道。那条通道在县城北侧。到外乡去，不走那小小县城，是插翅也难逃的。

大家兵分两路，一路去侪城，一路去四处撒网，以期找到那失踪的马匹与孩子。

去侪城的那一路，又兵分了两路，有两三人守在县城北侧的路口，一边守候，一边和过往路人打探消息。另一路则去了城内，去所有的车马店细细排查。

以前的旅店，都叫做大车店。那时的路上鲜有汽车，多是驴、马、骡车。车上载的货物，多是粮食、白菜，煤炭、石灰……粮食和白菜大多是拉到山里去，煤炭和石灰大多拉到平原上来。这些物品，兜兜转转，或出售或兑换。挂了一面幌子的大车店，是可供栖息的驿站，也是当时外来人口流动密集的场所。疲乏至极的车老板们，扛不过便去车店的大炕上住上一夜。店里提供便宜的饭食、酒水，也提供牲畜们的草料。但草料一般每挂车都会备足。因苦脚力，除干草和轧碎的玉米秸秆之外，每挂车上还会带上半袋黄豆或豆饼。

他们寻到城东的一家大车店时，有人先看到了一匹似曾相识的白马，而后才看到来喜家那匹寻衅滋事的黑色公马。

母马栓在板车辕上，公马拴在板车旁边的一棵树上，两匹马相安无事的样子，正扁着嘴巴啃吃草料呢。来喜爸爸当时并未看到，他直着眼睛，一路上已被那马和儿子的失踪折磨得万念俱焚。有人叫了一声。他问：哪儿呢哪儿呢？众人指给他看，他拨开众人，踉踉跄跄扑到马的身前，没去责罚它，倒抱住了马头，百感交集的样子。马认出主人，倒忘了自己闯下的大祸，用舌头来舔来喜爸爸的手。来喜爸爸缓过神来，顾盼左右，喊着：来喜来喜……来喜爸爸觉得，找到了马，也就该找到自己的儿子了吧。

马既然找到，总该弄个水落石出。有人找来大车店老板。问这匹黑马的主人是谁？大车店老板指了指旁边的白马说，是一挂车过来的。人呢？房里睡觉呢。那你咋不快把他叫出来。

山里人揉着惺忪的睡眼走出来。他正睡得香呢。心里还在责怪店主不该这么早喊他。他想睡到近中午再上路，中午吃饱肚子，悠哉游哉，晚上掌灯时分也能到家了。喝上老婆热的一壶烧酒，再搂着老婆睡上一觉，那是多美的事……他一边走一边系着上衣扣子。脑海里一点也未想接下来该发生的事。他看见马车前围了几个表情复杂的当地人，想到马的主人可能是找过来了吧。他甚至微笑了一下，准备把昨晚关于他遇到这匹马的奇闻讲给他们听。但让他想不到的是，来喜爸爸见了他，就像仇人见面，不由分说，冲上去就冲山里人的脸上打了一巴掌。

如果是另外的一个山里人，暂时的拥有了这匹黑马，他有各种理由将自己捡到马的事情解释清楚。他或许还能得到感激、拥戴，或是一笔小小的酬劳。但这个脸庞黝黑的山里人却有口难辩。在来喜爸爸的意识里，这山里人一定是盗走他家马的盗贼。即使不是盗贼，所有发生的事情都与他和他那匹白马有关，所以说赏他一记耳光应是理所当然的事。

因是有了一段助跑，因是有了满腔的愤恨和委屈，来喜爸爸的这一巴掌就下手够重。山里人的嘴角流了血。笑容还挂在他的嘴角，血把嘴角的笑容覆盖，山里人就像一个被冰雪冻僵的雪人一样，僵硬地站在那里。

来喜爸爸蹲在黑马身边，对自己村上的一个人说，问问他，问问他，他把我家来喜弄哪儿去了？

神情沮丧的山里人，满腹心事走在路上。他的那挂马车上空空如也，那曾经大块的煤炭，消失不见；曾经的那由煤炭换回的半车粮食——玉米、高粱、大豆、黄豆，还有不多的小米，都消失不见。它们都被人劫掠而去。作为对短暂拥有那匹黑马的惩罚，他们甚至想扣押他的白色母马以及马车。从他们惊慌失措的眼神里，山里人知道他们还丢失了一件远比黑马贵重许多的东西。他们把所有的责难都归咎到他一人身上。幸亏车店老板出来替他说话，他说，如果这个人是盗走你们马匹的马贼，他怎么会这样安然躺在车店里睡觉……他们这才放过了他。这个倒霉的山里人。他一路上都在黯然神伤。他在想，回去，该怎么和老婆解释呢？他怎么去面对她热切的目光呢？那大块的煤炭弄到哪里去了？那沉甸甸的粮食弄到哪里去了？他试图编出各种理由。但每个理由都难以自圆其说。而在他的心里，是如何都不愿欺骗自己老婆的。

地势越来越高。白色母马走得悄无声息。它低垂着美丽头颅，栓在脖颈下的铃铛随着身体的起伏，发出清脆悦耳的声音。马的鬃毛在起伏，老婆总是把马的鬃毛编成无数个小辫，她总是把这匹母马打扮得像一个姑娘。但现在姑娘头上的辫子全部散开，在风里微微起伏。

脸庞黝黑的山里人，起初并未看到老天赐给他的惊喜。倒是迷失了方向的来喜最先发现了他和他的白马。来喜饥肠辘辘，走在未知的道路上。一只鞋子磨破了，脚底的血泡结了痂，又被磨破。他的脸上扑满灰尘，只露着一双明亮的眼睛。所有赶路的人，都会认定这是一个流浪的孩子。来喜认出了白马，便发出了尖叫。白马是维系他回到村庄的唯一记忆。

马车没有停下，继续前行。山里人没有听到来喜的喊叫。白色母马听到了，但她对所有孩子的喊叫都置若罔闻。来喜在后面追赶，挥舞着手臂，他的眼里由于激动，流出清澈泪水。

山里人这才扭回头，勒住马的缰绳。就像在那天夜里奇遇那匹黑马一样，山里人的脸上流露出难以自持的惊讶表情。他认出了来喜。低下头，抚摸了一下来喜蓬乱的头发。弯腰把来喜抱上车。嘴里喃喃自语说，老天爷，你这是想干什么呀！

自此，来喜便看到了那梦境中高过云彩的山峰。那梦境中的一切，都以奇怪的方式给少年来喜做了一一解答。他看到山腰上冒着炊烟的尖顶房子。一个细眼睛女人在门口迎候着他们。脸庞黝黑的山里人把来喜推到女人面前，喜滋滋说，看，我给你带回了什么？

若干年过去，不单来喜家的那匹黑马，包括众多的牲畜，都从这块平原上消失了踪影。来喜失踪后不几天，来喜爸爸便把黑马变卖。卖给了一个专事屠宰大型牲畜的人。卖了不多的几个钱。钱不钱的倒在其次，来喜爸爸是在报复这匹马。而他的故事，成了这平原上与马有关的最为凄惨的一则。此后他再不饲养任何牲畜。在他四十多岁的时候，娶了一个寡妇打点生活。寡妇带过来一个女儿，而后又接连给他生了两个儿子，他的心这才好受了些，渐渐把最初的儿子来喜淡忘了。

这些年仍有山里人过来，车上拉了大块的煤炭。只是马车变成了拖拉机，或是四个轱辘的农用汽车。而煤炭再不兑换什么，只兑换钱。钱是万物流通的资本。

这天又有年轻的山里人来到村里。他认识这村里大半的人。但村里人却不认识他。他们对他热切的招呼迷惑不解，问：你是谁呀？你认识我们，我们咋不认识你呀？

年轻人侧耳听了听，大声说，我是来喜呀！

大家都张大了嘴巴。最后一致摇头否认。

你不是来喜。来喜是个哑巴。哑巴怎么会说话！

来喜指了指耳边的助听器，仍是大声说：我是来喜。我不是哑巴。我爸爸，早就把我的耳朵治好了。

追赶养蜂人

在讲述这个少年的故事之前，我原本只想写一写那个身居北方的养蜂人——那个充满了诗意和传奇的养蜂人。

我在一个文化部门工作。准备写一部关于皮影艺人的专著，这是领导交给我的任务。而那个养蜂人，却是我在一次采访时偶然听人提起他的。

皮影艺人在漫长的回忆中，忽然说了一句与皮影毫不相关的话——他说他的哥哥是一个养蜂人。

我被他的这句话吸引。

你要知道，在我寄居的北方，所遇到的养蜂人，全部是从南方辗转而来。像这种北方土著的养蜂人，方圆数百公里之内，从未听人提及。在很多的文学描述以及相关的专著论述里，也未见有只字片言的记载。他的出现，简直是一个奇迹。

在我的追问下，老人却叹了口气，说，咳，我那哥哥呀，原本也是个唱皮影的。只是后来，被一个姑娘给毁了！最后闹得人不人鬼不鬼……那年他离家，出去一年多……两手空空回来，这才着了魔似的干起了养蜂人的行当……

现在他还养蜂吗？

他看了看我，阖了阖眼睛。不情愿地说：养什么蜂啊！活到四十岁也没娶上个老婆……是1984年吧，好像是1984年，打东北过来个小孩，说是要买蜜蜂。我哥他心善。白送了他两箱蜜蜂。后来他跟我们家里人说，他要出去，出去放蜂……有人看见，他就是和那孩子一块走的，这一走，就再没回来过……

失踪了，还是……难道就没有他的一点消息？

谁知道啊！也不知是死是活……咳，不提他也罢！

老人说完这句话，闭上眼睛。头靠在椅背上。显然不愿对我更多提及他的这个哥哥。

我去网上搜寻更多的有关北方养蜂人的信息。虽收获寥寥，却意外读到一则令我极度兴奋的故事。讲故事的人是一名小学教师，退休之后喜欢写些回忆文章，贴在博客上和朋友交流。在他所写的这篇文章中，竟然也提及到一个寻找养蜂人的东北少年。更重要的是，他在文中还提到很多看似无关紧要的细节。

这少年的故事几度令我震惊。但更令我震惊的，却是那些隐在文章中的细节。它更容易让我将那个身处北方的养蜂人联想起来……借由这些线索，我忽然触摸到他们之间命运的轨迹。

一

天赐从地里回来，远远见自家门前停了一辆马车。老中医坐上马车，准备离去。比车厢板高不了多少的妹妹，正在向老中医挥手告别。

天赐认识那老中医。老家离天赐所在的屯子三五里地。早年出去当兵，现已从医院退休。听人说，老中医的老伴两年前去世了，天堂里的老伴常来眷顾他，使他深陷痛苦中，难以自拔。于是他便有了回乡常住的打算，而老家的人又多么需要他。刚一回来，屁股还未坐稳，四乡八屯的人便蜂拥而至，纷纷来向他诉说亲人患病的疾苦。

天赐听到消息，也赶了过去。去了三次，才见到那老中医一面。老中医在一张纸上记下天赐所在的地址，告诉他不要着急，等过个三五日，把这边的病号看完，方能动身过去。那个屯子里还有三个病人等着我呢！老中医这样说。

天赐背上驮了一捆青草。见老中医离去，不由着急起来。他是家里的顶梁柱，母亲的病不经他过问一下，怎能放心得下！他高声叫着，试图让医生等他一等。等迈开步子跑起来，却见车夫扬着鞭子，马车背离他远去。

院子里晒满青草。院角有一个日益丰满的草垛。草垛边是羊圈，三只小羊挤在母羊胯下吃奶。天赐身负草捆，“咕咚”一声仰躺在院子里，将胳膊从绳套里挣脱，顾不得擦一擦脸上的汗，头顶了草屑冲向屋内。在门口遇到妹妹，先是劈头盖脸训斥一通：医生来家给妈看病，你咋不去喊我一声！

妹妹本来挺高兴，此刻拉下脸，嘴里嘟哝说，谁知道你在哪块地里割草呀！再说医生来家给妈看病，家里不留个人，又怎么办！

母亲从年前便不能下地行走。她患了严重的风湿病，痛起来生不如死。本来就神经兮兮一个人，犯起病来更是口无遮拦，口口声声说要去死，只是丢下你俩这可怜儿可怎么办……母亲说话的腔调有外乡口音。她时常犯病，不是风湿病，风湿病常年困扰着她，而是被屯里人称作癔症的那种病。犯起病来胡说八道，嘴里哼着旁人听不懂的曲调。

母亲在炕上坐着，脸上少见的欣悦。天赐见了，心情也不由跟着舒展。

医生咋说的？天赐笑眯眯凑近母亲。

妹妹在一旁插话：医生说妈的病要治也好治……

天赐瞪了妹妹一眼，仍旧笑眯眯地将目光看向母亲。

母亲刚要开口，那边妹妹又抢话说：医生说了，用蜜蜂来蛰咱妈的患处，治上一个疗程，病就能见好！

胡扯！

天赐翻着眼白，眉头皱起来。八岁那年，天赐就挨蜜蜂蛰过，当时头上起了鸡蛋大的包，眼睛肿得眯成了一条缝。听人说，外屯还有人被蜜蜂蛰死过呢。蜜蜂蜇人也能治病？这简直是胡说八道！

妹妹大声分辨：那是人家医生说的，又不是我说的！难道你在说医生胡说八道不成！

天赐不吭声了。

母亲接话说：确实能治病。我见过……

你在哪儿见过？

母亲目光低垂，转着眼珠，想了又想，终是想不起来。但她梗着脖子，再次重申：我真的见过。有的人能治，有的人就不能治……有一个男人，被蜜蜂蛰了，立马脱了人形，手抖得连烟都拿不住，躺在地上休息了一会，出了一身透汗，这才好了。

母亲的话总是这么颠三倒四，有时借由一个话头，会引出她藏在脑子里的许多故事。但等你去追问时，她却又什么都想不起来了。

那我得去找老中医问问。天赐说。

老中医盘腿坐在一户人家炕上吃饭。蜜蜂蜇人能治病这一说法很快得到确认。但老中医提出的另外一个问题，却让天赐比较挠头。老中医说，一两个蜜蜂好说，你娘的病不是三次两次便能医好的，蛰病人一次，蜜蜂就会死掉，你娘的风湿最少需治一个月。你算算吧，那得多少蜜蜂啊……要一两箱蜜蜂呢，去哪儿找啊？

去靠山屯吧，前几天我从那儿路过，见过养蜂人。旁边有人插话。

天赐回家拿块饼子，骑了自行车出门。

二十里路说长不长，说短不短，半下午也就到了。和靠山屯的人打听，人家却说养蜂人搬走了。

他们去了哪儿啊?

忘了给你打听。人家不客气地回他话说。

回家时，天赐又顺路去向老中医请教。老中医说，咱这儿的花期过了，养蜂人应该往南返了。南边还有向日葵……只是谁说得准他们现在在哪儿呀!

那就等明年夏天，养蜂人过来再给你妈治呗!旁边那人又插话说。

老中医摇头:他妈的病挺重，耽误不得，等到明年……怕是要瘫痪的。

那可咋办啊!天赐几乎要哭起来。

老中医说，孩子，我还真是帮不了你。如果你让你家大人找来蜜蜂，你妈的病包在我身上。

天赐道别离去。一旁闲聊的屯里人小声对那老中医说，他家大人?他家哪还有大人!

他爹呢?

他爹早几年就死了。活着比死了也强不到哪儿去!整天除了喝酒就是打老婆。他那老婆也不知啥来历，听人说是男人进山淘金子带回来的。来时就疯疯癫癫。刚回来时怀里抱着这小子，不大点儿，有人说不是男人亲生的。

天赐回到家里，忙碌起来。他烧水和面，蒸了一大锅馒头。又趁夜色，将半干的青草收拢，攒起丘冢样的草堆。找来气枪，将自行车胎充足气。回屋时见妹妹睡了，便拿笤帚苗去她鼻孔里挠。妹妹打个喷嚏醒来。天赐搂着她，细声嘱咐着。首先不能惹妈生气。咱妈一生气病情就会加重。临睡前别忘了数数鸡窝里的鸡，再给羊喂一遍草，带了露水的草可千万不能给羊吃，羊吃了会拉稀……

妹妹忽闪着一双眼睛，警觉地问:那你去干啥?

我去找养蜂人，天赐郑重说道:买来蜜蜂给咱妈治病。

去哪儿找?

不知道……他们只是告诉我一直向南走，养蜂人正在赶回南方的路上。

妹妹被“南方”一词唬住。她不知道南方具体有多远，问道：那么远，你咋去？

养蜂人不会直接就去了南方。他们要一边放蜂，一边赶路。说不定，我很快就会赶上他们的。

兄妹俩的对话被一旁的母亲听到了。

母亲对天赐说，你不用去找养蜂人了，蜜蜂咱家就有。你何苦去找他们！

天赐知道母亲的脑子又犯糊涂。但他故意逗母亲开心说，咱家的蜜蜂在哪儿呢？

在那儿在那儿！母亲将身子蹭近窗台，用指头戳着玻璃，点着窗外说。

借着朦胧灯光，天赐看到窗台下摆放着的几只鸡笼。不由暗自苦笑了一下。鸡笼放在那里已有些年头，父亲活着时，曾用它养过鸡，他和妹妹还用它养过兔子和鸽子。

天赐沉默着。其实这小小少年并未做好充分的远行准备，心里忽地涌起对母亲的难以割舍之情。他想，如果我不在，妹妹可否能照顾好重病的母亲。

在这个即将分别的夜里，母亲忽然被某种东西唤醒。她做了一个梦。梦醒，便再不能睡去。强撑病体坐在炕上，将胳膊抵在枕上静静端详着熟睡中的天赐。月光将天赐的脸和梦中出现的那张脸叠印融和……只是她从那梦里走出来，却再回不到梦里的情境中去了。想来想去，实在想不清梦中出现的那人是谁。她只是清楚地记得，有人贴近她耳边说，让这孩子去吧，或许会给你带来天大的惊喜……往事如浮云掠过，倏忽而逝，难以抓牢。当晨曦微露，天赐从梦中醒来，睁眼见母亲坐在身旁，脸上尚有未干的泪痕。

咋了，妈?

母亲说，你去吧，去找养蜂人吧。有人告诉我，你会找到他的……

天赐对母亲混乱的话语不以为意，起身穿衣。但母亲却吩咐他去找纸笔来。要告诉他一些重要的事，记在纸上，总比记在心里牢靠些。母亲说的是一些地名，有的地名前面冠有省或县。而有些，则是单独的一个镇或村落的名字。母亲说，养蜂人以前就是在这些地方放蜂的。天赐依照母亲的吩咐，将这些地名一一记下。他后来才知道，这张在路途中被揉弄得有些破碎的纸片，其实是一个养蜂人放蜂的路线图。遗憾的是，纸片上标注的地点却是跳跃错位的。而少年天赐没有太多的地理知识，他并不知道其中的奥秘。

天赐准备上路了。

而卧在炕上的母亲再一次将他喊住，吩咐他去木柜里拿样东西。在木柜底层，天赐找到一个散发着霉味的包裹。将包裹打开，见是一些陈年旧物。母亲抖着手拎出一个长相怪异的小人儿来，对天赐说，带上这个，这是给赶远路的人保佑平安的，遇到什么难处，你可以和它唠叨唠叨……公鸡在窗外啼叫，天赐顾不得细看，将那东西揣进怀里，又被包裹里的另一样东西吸引。他有些疑惑，这些奇怪的东西，竟被母亲藏得这么深，自己从来都未见过。只见那东西圆壳形状，表盘上标着刻度，拿在手上，红白指针来回扭摆。

天赐惊喜地叫了一声：不会是指南针吧!

母亲说，这个也带上吧，会对你有用的!

二

唤推了一辆独轮车，在闪烁着颗粒的黑白画面中缓缓出现，渐至清晰。他最初走在一段通往杨村的路上。

唤所在的村子叫做米镇。皮影已在当地盛行多年。唤是一个皮影艺人。那时的皮影艺人，大多是业余的，只在农闲时节，被结婚或庆生的人家请去，得一些微薄酬劳，却往往饥肠辘辘。俗语说“饱吹饿唱”，影匠们通常都是唱完影才会被主家管一顿饭。等吃完那顿饭，往往是后半夜了。唤在皮影班子里做“打板”的行当。当然是配角。唤嗓子不行。在皮影班子里，每个参与者都要身兼数职。比如唱“生”的（唱生：相当于戏剧中的小生），要兼打铉子的职责；唱“髯”的（唱髯：相当于戏剧中的老生），要兼打锣的职责……而打板几乎每个人都能做。它又不像打鼓和琴师那么重要，在皮影戏里，鼓是整台戏的灵魂，而琴师则是丰盈的血肉。唤之所以能加入这个皮影班子，因班主是他的一个本家叔叔。除打板之外，唤还包揽了整个皮影班子的杂务，包括运送道具，拆装戏台。唤任劳任怨，任何人都可以使唤他。

皮影班子要去一个叫做杨村的村子演出。正是草长莺飞的四月，田野里大片油菜花开放。走上通往杨村的石桥时，唤停下来，他要在石桥上歇歇脚。他坐在石桥栏杆上，随意朝四周眺望。这样，一个叫梅的姑娘便进入了他的视线。

梅在河边洗衣服。

虽是四月，河水却有着浸骨的寒意。会是谁家姑娘这样的苦寒……唤这样想着，忽听到梅低低的叫声。流水冲走了她正在浣洗的衣服。这个梳长辫子的姑娘顺河岸向这边跑来，一边跑一边低叫，胸前有两只兔子在跳。

唤在石桥上仍旧稳稳坐着。当梅跑到石桥下时，唤笑了一声。唤是被她惊惶失措的样子逗笑的。梅仰脸看了看坐在石桥上的唤。就在梅仰脸的瞬间，1964 年的春天豁然开朗，浓郁的色彩忽然缤纷而至。梅的一张脸粉里透红，长相竟是如此可人。正所谓婷婷玉立，目如点漆；眉不画自翠，唇不描自朱。唇边一颗美人痣，越发令她显得妩媚。唤当时便看呆了。而周围缭乱的色彩让唤又有了一些晕眩的感觉，河中流水湛蓝，倒映着天上云朵，新生的菖蒲与芦苇青翠撩人，周围河坡上大片的油菜花黄，竟像染坊里的染缸被砸破了一样。

梅停下脚，睁着一双媚眼看了看唤。嘟着嘴，唇上的那颗美人痣动了一下，嗔怪地说：大老爷们家，看人家遇了难处，竟在那儿瞧热闹。

梅一张口，唤便愣住了。梅说的是一口外乡话，温润，而又拗口。

唤羞红了脸。纵身从桥上跳下，桥不高，只两米左右的样子。唤身子踉跄向前扑跌几步，险些撞在梅的怀里。梅伸手挡了他一下。唤顺河岸向前跑去，紧跑几步，咕咚一声跳进河里，捞起那件被流水裹挟的衣服，冲梅扬着手。那是一件粉红色的上衣。在初春明丽的天光里，唤一对硕大的招风耳被阳光照着，红彤彤的。河水不深，唤的下半身却湿透了。当他站在梅的面前，将那件上衣递过去时，梅一句感谢的话也没有。只是指了指唤放在桥上的推车，那推车上放了大大小小的箱子，问唤，你是做什么的？

唤拿捏着嗓子唱了两句：寒窑虽苦妻无怨，一心自主觅夫男。 二月二飘彩随心愿，三击掌离府奔城南……唤虽没专门练过皮影戏的唱腔，但在皮影班浸泡多日，唱起来还是有板有眼，缠绵悱恻。唬一唬外行人，还是很奏效的。梅当即便惊羡得不行，呼吸都有些急促了，肥硕的胸脯乱颤，说，你，你是唱戏的？

唤说，皮影，我是唱皮影的。

梅未曾听说过“皮影”这样一个剧种。但她还是在想象中把舞台的华美赋予了它。她端详着眼前这个男人，穿上戏装后会是什么样子？从他刚才的唱腔中，她断定他应该是唱旦角的。在舞台上，他该穿华丽的戏装，描眉打粉，在灯光照彻中露出千娇百媚的姿态，只是他那对大耳朵……想到这儿，梅笑了。她忽然俯身攥了一把唤湿淋淋的裤子，算是对他刚才的相助表达的一种感激吧。

他们一同向石桥走去。唤指了指河对岸的杨村，告诉梅，晚上他们就在这个村子里唱皮影。

你是杨村的吗？

不是。

梅说我是外地人。

梅说了一个唤不知道的地方。此时他们已走上了石桥。梅忽然又拉了一下唤，在唤看来，这个长相可人的姑娘竟有些疯癫。一个女人怎能和男人这样随便拉拉扯扯呢！梅朝远处指了指，告诉唤，她是养蜂人，她的家在南方。

顺梅所指的方向，唤看到一顶帐篷，船一样泊在油菜花地深处。帐篷旁一个四五十岁的男人正在那里忙碌，唤的目光看过去时，男人也正在朝这边打量。

唤说，那是你爹吗？

梅没有说话。

梅对唤说，我今晚去看你唱皮影。

你认识路吗？

这么近，就是瞎子也能找见。

太阳正在朝西偏移，将两个人的身影无限拉长。唤要马上赶往杨村，他要在影匠们赶到杨村之前，将舞台搭好，将所有繁琐的事情处理妥当，那是他的职责。

他与梅匆匆作别，推起独轮车，向杨村走去。

那出戏是三个月之前“写”下的。在皮影戏班的演出程序中，唱戏不叫唱戏，而叫“写戏”。而这所谓的“写”，也并不见得非要诉诸文字。“写”戏的人背个褡裢，四乡游走，游说自己的戏班如何出色。他会说，我们戏班的台柱子是张绳武的嫡传弟子，好家伙！我们有整本的老戏《青云剑》、《武家坡》，也有新编的戏，你要听哪一出？这“写”戏的人相当于现在的演出经纪人。他每每订下一场演出合同，只是和人家有一个口头协定，但唱影和接影的人，大多循章办事，该唱影的唱影，该付钱的付钱，从未出过一次差错。

那一晚，梅果真去看皮影了。

台子的左侧有一个麦秸垛，右侧有一棵繁茂的椿树。麦秸垛和椿树的树杈上，爬满了孩子。台下更是挤满观众。“影灯”杏黄的光晕只照出前面一部分观众的脸。没有风，粗大火苗却被宽大的衣袖扑扇得左右摇摆。而当火苗向台前扑跌时，便能看清观者如醉如痴的一张张脸。更多张面孔隐在黑暗的深处，只能看见他们手中星星点点的烟火，忽明忽灭。直到唱皮影的人抛出一个华美音腔，黑暗中才会爆起一片响亮的喝彩。

梅在台前。

从幕布边缘的缝隙间，唤看到了她。梅的一张脸在杏黄灯影里熠熠生辉，又有一些如痴如醉，神态看上去十足的娇憨。她扑闪着一双眼睛，老是朝戏台的角落瞅。她脸上的生动不是被剧情的跌宕唤醒，唤能猜出梅此刻在想什么，若不是台前挤得密不透风，唤想梅肯定会从台子的一侧蹿上来……唤这样想着，不自觉地向后闪了闪身子，把自己的一只脚向后挪了挪。唤的一只鞋子露了脚趾，那双母亲纳的千层底布鞋，已经破得像一条烂鱼。

梅看不到唤。但她把那个挥舞水袖又命运多舛的王宝钏当成了唤。因为那个操纵王宝钏的影匠，正拿捏着嗓子像唤一样吟唱。梅对皮影闻所未闻，她想不出那些生动的剧情，竟是靠人的操纵来演绎的。如果是看到真人在台上演出多好。她想看看那长着一对招风耳的小伙子，化了妆后是什么样子……每当王宝钏出现在幕布上，梅的表情便会更加生动。王宝钏悲伤时，梅的脸上竟是笑着的；而当王宝钏欣悦时，梅的眉头却会皱将起来。她把王宝钏当成了唤，她想着那个粗粗壮壮的唤，竟像妇人一般哭哭啼啼，怎能不令人发笑。

唤因台下的梅分了心。该打板的时候，忘了打板；不该打板的时候，却把木板敲得欢快。本家叔叔抽冷子从头上扇了他一巴掌，说，魂被人勾走了！唤这才猛醒，而此时，演出已近尾声。

唤收拾幕台时，梅并未离开。她被散场的人流挤到了那棵椿树下面。梅抱着椿树，就像身处激流的人捞到了一根救命稻草。直到人走得场地净光，梅才看到将家什搬上车的唤。梅并没有惊动他，而是躲在椿树后悄悄看着他。

月光如此清澈。结算完工钱，影匠们走在前面，唤推了独轮车走在最后。他的眼前还在晃着梅那张灿若银盘的大脸，脑袋如喝了酒般晕晕乎乎，脚下也有些踉跄。当梅慢慢靠近他，唤并未发觉。直到走上杨村的石桥，梅才怪腔怪调地咳嗽了一声。

唤身子一激灵。扭头看去，并没认出是梅。梅身后的道路空空荡荡，月光将 1964 年的乡野渲染得如此空廓。河流、树木、石桥以及这周围大片的油菜花地，都被涂抹成一片银白。唤一失手，车子险些倒在石桥上。梅低声笑了起来。

他们在石桥的栏杆上坐定。

梅问：那个王宝钏是你吗？

唤顿了顿，说，是啊。他也不知道自己为什么要撒这样一个谎。

梅说，唱得真好。

梅又说，那你为啥不在台前唱。为啥要躲在幕后，让那些影人来代替你。

唤听到这里笑了。梅提出的问题，几乎所有不了解皮影的人都会问到。但唤回答起来道理也非常浅显。唤说，我们这一帮唱皮影的，都是五大三粗的大老爷们，有的都六十多岁了。你让我们站到人前去拿捏着嗓子来唱，恶不恶心。

梅想了想，说，我还是愿意看到你真人在那里唱……对了，那些影人是拿什么做的？

唤说，驴皮影，当然是驴皮做的呗。唤这样说，其实是在撒谎。像他们这种草台班子，没有几件驴皮做成的真货。大部分，是用牛皮纸糊的。就像那种遮挡台子的窗纱，以前用的都是桑皮纸。

唤说，我送你样物件吧。

梅说，什么物件呀?

唤不作答。去身上翻找。唤找出来的是一件在皮影戏里叫做“小球断”的道具，与这“小球断”相应的，还有一个叫“大手断”的道具。这两个人物与影卷的内容无关，只在开台前出来插科打诨，说些笑话。影匠们将这两个人物视为神祇，每次唱完夜场，都要将影人的头茬摘下，用纸包好，将这两个道具压在上面，说是唯恐不摘头茬的影人成了气候造反。早年间，在米镇一带，米镇周边的人都将“小球断”作为护佑平安的象征，集镇上便有出售的。唤拿出的这个，是他从做皮影的人那里讨来的废旧材料，自己精心雕刻，是真正的驴皮影人。

梅接过，爱不释手。

唤轻声说，带在身上，能保佑平安呢。

唤抬头看了看前路，影匠们已走远，再听不到他们的咳嗽声和细微的说话声了。桥下的流水清晰可闻，像琴师手中的四弦琴发出悠闲的拨弄。梅不说离去，唤便愿意这样长久陪她坐着。

梅说，你再给我唱两句呗。

唤咳嗽了一声，想唱，忽又打住，不好意思说，这深更半夜的，别把人给吓着了。

梅想了想，不再说话。身子又动了动，挪了挪屁股，挨得唤更近。唤的心忽然抽紧。他嗅到从梅身上散发出的一种甘甜的气息，因此整个春夜似乎都搅动起来。梅是想请求唤打开车上的箱子，让她看一看其他的影人，特别是那个苦命的王宝钏。拿在她手里的“小球断”做工精致，造型夸张。天真的梅甚至想，如果有可能，可不可再讨到一件！她每次想求人的时候，总喜欢拿自己的身子和别人套近乎，或拍拍人家肩膀，或捏捏人家胳膊。她就是这样一个轻佻的姑娘。她的手动了动，无意间碰到唤放在桥栏上的手。

唤拒绝了她。那些装影人道具的箱子搬弄起来很麻烦，至于其他的影人嘛，更是别想。唤知道自己长了几个脑袋。

1964 年的这个春夜里什么也不会发生。两个人只是在石桥上呆呆坐着。

时间已经很晚了。

黑夜里忽然听到一个人的咳嗽。

悚然抬头，见银白的油菜花地里站着一个人。月光单单把这个人的影子涂成了黑色，像是一个怪模怪样的稻草人。梅忽然压低嗓音对唤说，我该回去了。

这样说着，她的手在唤的肩膀上捏了一下。起身离去，收起的手指恰好拂在唤的脸上。让唤感觉到一阵灼热。

就是从那一刻，唤身上的某种东西被唤醒。唤忽然生出了想占有梅的欲望。

唤呆呆坐在石桥上，看着梅慢慢靠近那个黑影。她从他身边悄然滑过，继续向前，浓淡的影子渐渐变得虚无，和更为虚无的夜色融为一体。而那个黑影仍在原地站着，和唤对峙了一会，这才转身，慢慢走远去了。

朝远处看，看不见那像船一样停泊的帐篷。给唤的感觉，就像刚才这两个人，是从皮影的幕布上走下来的一样。

三

追赶养蜂人的少年出现在了路上。

他出行的第一天，似乎非常幸运，很快便追寻到了养蜂人的踪迹。

天赐骑车赶路，走到半下午时，停下来休息，坐在树阴下啃馒头，和旁边一个卖瓜的老女人随意打听：大娘，你见过养蜂人吗？

老女人睁着一双通红的眼睛：养蜂人？前两天见过……前两天我去山里烧香，见有人在那里放蜂。山里的荆条正在开花，他们可不就是养蜂人吗？

天赐心中大喜，被一口馒头噎住，打着嗝问：那山，在，在哪儿?

老女人向身后一指，说，山叫二郎山。山上有座庙，供奉着香火。养蜂人的帐篷就搭在山脚下，紧挨着上山的路。养蜂人是夫妻两个，男的戴纱罩，像个怪人。

天赐收起吃了一半的馒头，打着嗝，连声道谢，推了自行车准备上路。

老女人问：孩子，你这是……

天赐说，我这就去山里，买了蜜蜂，我娘还等在家里治病呢。

老女人说，真是个孝顺孩子，只是那山看着近，你没听过那句老话吗——望山跑死马。我家住南屯，上一次山，还要一大早起来，后晌才能赶到。你这阵儿朝那儿赶，等到了，也该下半夜了。

天色在天赐的赶路中果然黑了下来。那山看着近在眼前，但赶来赶去，山的轮廓却无半点更改。只是在傍晚夕照中越发显得沉郁。那晚有皎白的月亮。天赐赶过三五个村庄之后，险些被村落与高大树木遮蔽了方向。幸亏山影巍峨高大，好似天幕上垂下的虚幻布景，一轮圆月贴紧山脊，恰似给夜色中赶路的少年撑起了指路的明灯。

感觉脚下的地势渐趋上升时，天赐这才相信那山终于走到了。但在起伏的坡地上仍赶了很长时间，起初是推着自行车前行，实在推不动，双腿每迈出一步，都异常吃力。遂决定将自行车寄存在一个地方。找来找去，觉得一棵树下比较稳妥，便把自行车靠在树干上。树旁生了野草。天赐又觉不妥，把自行车放倒，走开两步，又觉不妥，再把肩上的背包摘下来，和自行车放在一起。或许天赐觉得，多一些自己所带的物件，更能证明那自行车是属于自己的吧。

抬头看，见树木在夜色中搭起蜿蜒走势，那略微的起伏一直朝山顶蔓延。慢慢找到一条发白的向上的路，路的左侧有一片开阔地。依照老女人所指方向，天赐没有看到养蜂人的帐篷。耳际里只听到从山上传来的几声鸟叫和寂寞虫吟。磕绊着脚步在那坡地上漫游，只见平地周围野草绵密，生了冰凉露水。在平地中央，天赐找到养蜂人留下的痕迹——用石块搭起的灶台，焚烧过的柴灰，两三页废纸，空了的酒瓶……显然，那老女人所言非虚。

巨大的失望令这独处深山的少年险些哭泣起来。他感觉胸腔憋得难受，嗓眼热辣，哭声就堵在喉咙边缘。他却安慰自己说，你不能哭啊，别那么没出息好不好……下坡的路让天赐脚步飞快，凭借记忆直线向前，天赐去每一棵树下查看。此时月亮坠落山脊，山野变得愈加空旷凄迷。等汗水湿透后背，一记动物逃窜的声响险些令他毛骨悚然，这才看到倒在树下的那辆自行车。

搭在车把上的背包滚落在地。背包是敞开着的，显然是他不小心，未把封口系好。东西散落一地。等慢慢将它们捡拾起来，却发现，带来的馒头所剩无几。显然，是被起夜的动物掳走了。

瞌睡将天赐罩住。他背倚树干，也不顾那夜露微凉，径直睡了。

睁眼时，见天光大亮。耳边恍惚传来空寂钟声。天赐面前站着一位微胖老者。老者慈眉善目，见天赐醒来，问道：孩子，你从哪儿来？到哪儿去？为何会睡在这里？

天赐说了自己的来历。

老者告诉他，自己是山上庙里的俗家和尚。这座山上，每年都会有漫山遍野的荆条花开。花开之时，香气随着风向，弥漫整座山野，一直飘散到很远地方。若干年前，这里来过一男一女两个养蜂人，男的五十多岁，女的年纪很轻，挺着个大肚子。看上去不像夫妻，倒像父女。那年花期衰败，因为那个大肚子女人，养蜂人久久伫留在山上。这山虽秀丽平缓，却在山的另一侧，有一条终日奔涌的大河，河水裹挟了金灿灿的黄金，所以每年会有大批的外地人涌来此地淘金……

和尚说得舒缓，天赐却听得疑惑。

和尚说，那年他住在庙里，专心打坐，此时外面的世界却已是波谲云诡。一天晚上，借着风的吹送，他恍惚听到女人的哭喊。伸头朝山下望去，见养蜂人所在的驻地，燃起一堆熊熊大火。此时雨不紧不慢地下将起来，拂在人的脸上，像是随夜而生的露水。那火在细密的雨水中烧了大半夜。第二天他下山去时，只见一堆灰烬，和无数蜜蜂的尸体……过了几天，他有事再次下山，在山脚碰到那个大肚子女人，被一个淘金汉子牵着，正走在通往山外的路上。他只看见了他们的背影，那女子不时扭过头来，不知是看我这个和尚，还是在看那曾经养蜂的营地。

而在第二年春天，这山上却又赶来一个年轻人，手里拿着一张画像，向他打听养蜂人的消息。

和尚眉眼低垂，看了天赐几眼，忽觉得一阵恍惚。从这少年的眉眼间，他似乎看到那年轻人的影子，不禁叹了口气，自言自语说：这么多年过去，你是第二个赶来此地寻找养蜂人的人……只是从那以后，这里再没有养蜂人来过，这漫山遍野的荆条花虽开得繁盛，却只是开了又败。直到今年春上，才有养蜂人到来……但就在前天，那放蜂的夫妻已下山去了。

天赐压抑着呼吸，开口问道：他们去了哪儿？

和尚出手一指：往南去了，他们说，要赶向日葵的花期。

天赐上路的季节是八月末。在这北方大地，只有向日葵还在吐露花蕊。天赐却不清楚向日葵开在什么地方。而在接下来的追寻中，养蜂人似乎隐匿了踪迹，和遇到的人打听，所有人都对他的问询感到茫然，告诉他说从没见过养蜂人。

在这茫然无措的追寻中，少年天赐慢慢变得冷静，留在他心里的只剩下一个念头：向南，一直向南。南方才是他最终的目标。他不时将指南针拿出来，看白色指针所指的方向，心才会变得踏实。周围是繁茂的绿色植被，少年骑车的技术炉火纯青，他会偶尔撒开车把，将两手平端，风从腋下穿过，像是托举他飞翔的翅膀。

两三天的时间过去，天赐身上带的馒头吃完。路过一个小镇，实在饥肠辘辘，却不敢把带在身上的钱随便拿出来花掉。如果找到养蜂人，蜜蜂是不会白送给他的。如何填饱肚子，只能想办法解决。

正是小镇的集市，街上人流熙攘。煎饼果子的香味让天赐不由停下脚步。是那种油炸的煎饼果子，色泽微黄，香味扑鼻。炸煎饼果子的夫妇忙得手脚不闲。低矮的长条桌上，客人吃剩下的果子和盛豆腐脑的碗筷来不及收拾，便又有人坐了上去。粗门大嗓喊着：来一斤果子，一碗豆腐脑，这桌子能不能拾掇拾掇，你看这脏的！

老板娘嘴里应着，正在收钱，忙得满头大汗。转身时，见一个背了绿色背包的黑瘦少年正弯腰拾捡着桌上的残局，他把碗筷拾掇好，搬到洗刷的水桶旁，把别人吃剩的煎饼果子，也一并拣到一个笸箩里。老板娘冲少年一笑，以为这懂事的孩子也是来吃饭的。但在接下来的时间，少年却做着同样一件事。等到饭铺里生意清淡，他还会垂手站在一个不碍眼的角落，看别人大快朵颐，喉头不时耸动一下，咽口唾沫。

这孩子不讨嫌，也有眼力儿。看得出他很饿，却对别人吃剩的煎饼果子动也不动。看到老板娘忙不过来，又一声不吭去洗碗。直到过了晌午，街边集市场净人稀。老板娘冲他招手，还没吃饭吧？她问。少年点头。老板娘拣一竹蔑煎饼果子，盛一大碗豆腐脑，泼上红红的辣椒油，拽了少年一把，说，快吃！

少年吃得狼吞虎咽，那贪婪的吃相，老板娘从未见过。她猜他或许是个讨饭的人，她的食摊上经常有这种人光顾，但这些人见了别人的剩饭，一点不知廉耻，抓起来便放进嘴里，更不会帮你干活，只会给你添乱……老板娘一边数钱一边瞟着这规矩的乞食少年。又想他或许是个离家出走的孩子，和家里人怄气，独自跑出来。她家里也有一个这般大的儿子，不听话，顶嘴，正在学校读书呢。想到这儿，她的心莫名疼了一下。

天赐吃饱。抬头冲老板娘不好意思笑着。老板娘也回他一笑。天赐忽然抬手，指着盛在笸箩里别人吃剩的煎饼果子，说，能不能送给我？

老板娘一愣，扭头问丈夫：还有没剩下的面？

丈夫说，还有一点。

老板娘说，赶紧催火，把它炸了。

丈夫闷声说，集都散了，还炸个屁。等晚上回村炸了再卖吧。

老板娘眼一瞪：叫你炸你就炸！

新炸的煎饼果子用草纸包好，装进天赐的背包里。瘪下去的背包又鼓囊起来。天赐不知说什么才好。他抹了抹油汪汪的嘴巴，推起自行车，挥手向老板娘道别。女人看着他离去的背影，忽然从饭铺跑出来，冲天赐喊道：快回家去吧，要不你妈多惦记你呀！

寻路中的少年偶尔会在梦中见到他的母亲。梦中的母亲已腿脚利索，只是说起话来仍旧颠三倒四。母亲在梦中告诉他，你带在身上的影人儿和纸片万万不可丢掉，丢了它们，你想找的养蜂人就再也找不到了……母亲说完这句话，便转身离去。天赐的目光追随着母亲的背影，见母亲瞬间变得年轻漂亮起来，穿一件粉红色上衣，两条乌黑辫子搭在肩上。母亲消失的地方是一片金黄的油菜花地。油菜花波平水静，铺排到远方，金黄的色泽仿佛汁液般在阳光下漫淌……

梦醒之后，天赐将带在身上的纸片拿出来。那纸片上记的地名，他也曾向人打听过，但大多数人都不知道。有少数知道的人，告诉他有些地方在南方，只是离得山高水长。而有些地方却在北方，这与他得到的养蜂人的信息背道而驰。天赐知道，秋天已近结束，北方不会再有花开……母亲让他记下的这些地名，又有什么用呢！

而母亲让他带在身上的小人儿，看上去总是有些古怪：夸张的脸型，细短的身子，斑驳的颜色已脱落大半，露出灰褐色材质。摸上去，硬朗却不失柔韧，像是用动物的皮质做成。那小人儿的眉眼看上去无比欢喜。天赐心里恓惶时，便会跟他说说话。现在天赐说的是：你说追到啥时候，咱们才能赶上养蜂人呢？

小人儿不语，只是咧嘴傻笑。想到离家前母亲对他说过的那些话，天赐觉得，自己的追寻总会有个结果的。便对那小人儿说，好了好了，你别笑了。我知道，养蜂人就在前面等着咱们呢。只是我妈在家里是不是等得及呀，要不派你回去给我妈捎个信吧，就说我就快追上养蜂人了，让她在家里等着，可要耐着性子呀……

天赐说到这里，忽觉鼻腔一阵热辣，抹抹眼角，站起身来，将小人儿揣进贴身的口袋，推起自行车，继续赶路。

四

唤始终惦记着梅。日子不长，只两三天时间，却让唤觉得如过了百年。他甚至想再去杨村走一遭，看一看那养蜂人的帐篷是否还在。

有媒人来到唤的家里。

给唤介绍的姑娘叫敏，是米镇南边一个村子里的。敏个子不高，却生得面皮白净，小巧玲珑。敏有三个姐姐，姐姐们都已出嫁，敏的家人想把唤招赘过去做上门女婿。

像这样一桩好事，打着灯笼也难找，唤的家人自然一百个赞成。而唤，对此也满心欢喜，他被敏一笑，脸上露出的两个酒窝迷住了。

在敏的家里见过一面之后，婚事就这样定下来。过了三五日，作为礼节，敏登门来唤的家中拜访。

吃过中饭，敏要走时，唤去送她。那时成亲的新人都要这样送来送去。你若看见一对年轻男女走在路上，女的羞答答走在前面，男的拉开一段距离跟在后面。手上拎一个用碎布拼接的包裹，那包裹里肯定装着饺子，被当地人俗称“压家伙儿”，那一定是一对刚定亲的新人没错。

敏是个大方的姑娘。走出村口不远，她忽然在前面站定，好像在等着唤走上来。唤低着头，在后面磨磨蹭蹭。敏指指前面的油菜花地，问唤：那是做啥的?

顺敏手指的方向看去，唤看见有人正在油菜花地里搭帐篷。于是唤看到了梅，真的是梅。梅穿一件粉红色上衣，在油菜花地里像一朵耀目的玫瑰。唤和敏同时朝梅看过去时，梅恰好直起腰，也愣愣朝这边看着，忽然朝他们扬了扬手。唤也就下意识地扬了扬手。

敏警觉地问：她是谁？

唤忽然羞红了脸。唤说，养蜂人吧。

你认识她？

唤摇摇头。

唤仓促地朝前迈开步子。敏又朝油菜花地里的梅看了看，她的脸上浮起一层笑意，眼睛里却有一种迫人的锋芒。

按常理说，养蜂人在这么短的时间之内，不该有这么近距离的迁徙。养蜂人每迁徙一次，至少要跋涉上百里路程。油菜花开败之后，北方的槐花便会次第开了。但奇怪的是，在这个春天，菜花未败，槐花未开，养蜂人却搬了家。

之所以有了这次迁徙，皆因养蜂人在杨村遇到了一点麻烦。

杨村有一个懒汉，到养蜂人的驻地去瞧稀奇。作为礼节，养蜂人拿出上好的蜂蜜让他品尝。懒汉从未尝过蜂蜜的滋味，他几乎陶醉了。于是每天都去养蜂人的住处转悠。每天都会找些借口，从养蜂人那里要些蜂蜜。

这天懒汉去蜂箱前窥探，他嘴里吹着口哨，动了一下蜂箱。由于他嘴里发出的哨音，更兼天气闷热，蜂群被惊动。密密拥簇的蜜蜂像炸开的炮弹。一下便吞没了这惹人讨厌的家伙。

养蜂人的嘴角撇了撇，暗想：从此后，他再不敢来了吧。

傍晚时分，一个陌生人却找到了他们，并带来一个可怕的消息。他说那个被蜜蜂蛰过的人昏迷不醒，正在医院抢救呢。

你们遇上大麻烦了！

养蜂人错愕地张大嘴巴。晚上我去他家看看吧……养蜂人垂头丧气。拿了一罐蜂蜜交到陌生人手上。

陌生人将烟蒂踩灭，阴冷一笑，扬长而去。

当晚，养蜂人将蜂箱装上板车，开始了出逃。夜色凄迷，他们只是秉持着直觉，向北，一路向北，直走到天光大亮，却被眼前惊现的大片油菜花迷惑住了。

他们以为自己还在原地踏步。跟一个早起拾粪的老头打听：这里离杨村多远？

拾粪的老头耳背，侧头问养蜂人：你说啥？养蜂人说，这里离杨村还有多远？老头说，远了去了。少说也有个五六十里地。养蜂人一颗悬着的心这才放下。忽然决定在此驻扎。他被季节的更替禁囿。如果继续向北，即便到达去年的采蜜地，槐花在这个季节也不会盛开，没有花开的地方对养蜂人来说犹如荒漠。离开杨村这么远，他们不会找到这里来滋事吧。

梅喜欢这个地方。站在油菜花地望出去，能看见前面村子黑色的屋瓦。那村子里生着绿树，一簇簇的，绿树黑瓦，加上这漫无边际的油菜花，让梅看了无端欢喜。而在那个下午，梅无意间看到了唤，知道那个唱皮影的黑脸小伙就住在这村子里，并且她还隐隐知道，唤会来找她。她和唤之间，总该发生点什么。

梅就这样奇迹般出现了。

梅的出现，却彻底改变了唤的生活。

傍晚时分，呆在家里的唤显得躁动不安，他决定出门，向养蜂人的驻地走去。

出了村口，唤也说不清为什么，要把身子隐在一排紫槐丛后面，悄悄向养蜂人的帐篷靠近……透过稀疏的树丛，能看见黄色花影在身侧斑驳闪现，随着唤的移动，夕阳下的花影显得更为沉郁，在绿色间隔的缓慢流动间，竟让人生出一种命运交错的恍惚之感……直走到紫槐丛尽头，唤这才停下脚步。他没有再往前走，而是弯着腰，像一个居心叵测的偷窥者，朝养蜂人的驻地张望。

养蜂人赤裸着上身，正在冲凉。梅端着一只瓦罐，站在他身前，瓦罐里的水丝丝缕缕浇到养蜂人背上，养蜂人像一头苍老的狮子，不时抖动身体，水渍在夕阳下纷溅，犹如镀银的箔片晶莹透亮……放下瓦罐，梅又开始拿毛巾替养蜂人擦背。梅的身子挨得养蜂人很近，唤看得清楚。背对梅的养蜂人，弓腰曲背间，忽然将一只手伸向了梅，那只手在梅的胸前捏了一下。梅并未躲闪，仍在一下一下替养蜂人擦背。唤的心起初像兔子一样狂跳，身子绷得像一张弓。看到后来，唤便恶心起来。中午吃的油腻在胃里作怪，他想呕吐，身子更矮地伏了下去。痛苦的唤满脸狰狞，却还是瞪眼窥望着……养蜂人的手还在游走，那只手伸到了梅的私处，在那里揉捏。他显然弄疼了梅。梅的身子不停扭动，摆脱着那只手的纠缠。养蜂人直起身，粗鲁地扯掉梅手中的毛巾，拽了梅的手，把梅拉进帐篷……

唤真的呕吐了。而此时蜜蜂正在回巢，嘤嗡的振翅声响彻傍晚寂静的田野。天色瞬间暗了下来。

在油菜花开兴盛的这段时间里，唤和梅无数次相遇了。

唤挑了粪担，去油菜花地施肥。

梅拎了一只瓦罐，装作去打水的样子。跟在唤的身后，笑盈盈问：你就住在这村里？

唤板着一张脸，“嗯”一声。头也不回继续朝前走。

梅紧赶两步，跑到唤的前面，背转身子倒退着走。继续搭讪：这几天你没去唱皮影？

唤仍旧板着一张脸，又“嗯”一声。

梅有些生气，眉头皱起来。却又想起刚来米镇那天，看到唤和一个姑娘站在一起。

那个姑娘是谁？

是你对象？

…… ……

唤忽然加快脚步，想绕开挡在前面的梅。路窄，梅堵在路的中间。唤便拐下田埂，绕过梅，跨上小路，挑着担子头也不回朝前去了。

梅怔怔站着。冲唤的背影伤心地问：你是那天晚上我遇到的唱皮影的人吗？

唤远远甩过来一句：不是！

养蜂人吃水，要到村里的井台上去拎。但生活简朴的养蜂人没有水桶和扁担。只能拎了瓦罐，呆在水井上，等村里人来担水时，央求人家将打上来的水匀一些在他的瓦罐里。米镇人友善而仁慈，几乎有求必应。

这天，唤去井台挑水，遇到来井上打水的梅。

梅已经在井台上呆了很长时间，别人打的水她不要，只对人家客气地笑。唤从井里打上一桶水，不等梅张口，便肃静着脸将水倒进梅身边的瓦罐。等唤将水桶再次打满时，梅忽然仰脸求告他说，能不能把这担水给我挑到帐篷里去呢，我下午洗衣服，要用好多水。

唤不屑地看了梅一眼，担起水桶，点点头，算是答应了梅。

两人一前一后，相跟着出了村子。

村外的油菜花地呈现了另一种黄色。在整个春季，油菜花会呈现三种明显的黄。从最初的嫩黄，到花期正盛的金黄，再到花朵将要开败的暗黄。两人在暗黄光影里游走，绿色正在四野繁盛。

唤放下扁担，将水桶拎进帐篷。梅四处找寻盛水的器皿。唤抬眼将这促狭的帐篷打量，见养蜂人的生活竟是如此简陋，几乎超出他的想象。唤对那些破旧的东西毫不在意。让唤在意的，是一张床。床上堆放着散乱的被褥。那么窄小的一张床。原来，他们就是这样睡在一张床上的啊！

脸盆、饭盆、瓦罐、水桶，甚至吃饭用的碗，全都派上了用场，却仍是盛不下唤担来的这两桶水。梅弯腰去床下翻找，唤忽然闷声问了一句：那男人呢？

梅的一段腰腹暴露在唤的眼前。梅低头向床下窥看，回应着唤，梅说，去镇上卖蜂蜜了。

梅忽然听到瓦罐磕碰的声响。唤仓促的动作打碎了堆在地上的瓦罐，水流在逼仄的地上流淌。唤拦腰抱住半跪在床前的梅，将梅扑倒在床上。

梅起初被吓坏了。唤的举动让她想起若干年前的遭遇，也是这样的午后，空气潮湿而闷热……她出于本能地抵抗着。当他看清眼前的男人是唤时，绷紧的身子瞬间松懈下来……

不知时间过去多久，他们谁也没有发现，去镇上卖蜂蜜的男人回来了。

男人的身子堵在狭窄的帐篷口，帐篷内的光线瞬间变暗。从男人嘴里发出的一声喊叫，将床上两个赤裸的人惊醒过来。裹挟了他们的泱泱大水瞬间潮退，他们像两条搁浅在岸上的鱼，在惊慌到来之前，又被羞耻淹没。

正在村口纳凉的米镇人，忽然看到一个在油菜花地狂奔的身影，他赤裸着上身，古铜色的身体像一道耀眼的闪电。他奔跑的姿势有些奇怪，一只胳膊贴紧腰间，像是受了伤，而另一只摆动的胳膊怎么看怎么别扭。他飞快地跳过一道沟坎，灵巧地腾跃起来，身子悬浮于一片金黄的油菜花丛之上，大家这才看清：是唤！唤的一只手死死抓着裤腰，他的腰带跑丢了。如果不用这样一种奇怪的姿势奔跑，裤子会从身上褪下去，那样的话裤子脱落至脚踝，便会羁绊他奔逃的脚步……大家纷纷叫起来。

往唤的身后看，米镇人更是惊呆了。大家看见养蜂人在唤的身后紧紧追赶，手里扬着一根扁担。唤的仓皇逃窜，与养蜂人的步步紧逼，在米镇人眼里形成鲜明的反差，那根不时扬起的扁担看上去令人触目惊心。

唤逃进了村子就像鱼儿游进了大海。米镇人拦住那养蜂人，善意的劝阻看上去更像偏袒一方的推搡。咋了咋了！犯得着这么凶吗？

养蜂人跑得上气不接下气，他身子前倾，指着跑远了的唤说，他，他 × 了我闺女……趁我不在家，他把我闺女给，给……强奸了。

“强奸”二字震惊了米镇人。此事迅速传扬，于席卷之势横扫了附近乡里。自然会传到敏的耳朵里。敏的家人当天便去找媒人。这门亲事就算了吧，敏的家人说。我们家闺女实在嫁不出去，也不会跟了一个强奸犯……“强奸犯”在那个时代人的观念里，似乎比“杀人犯”还要恶劣。

被敏退掉婚事之后，唤再次踏上出外唱皮影的路程。那是一个比杨村还要远的村落。唤不想去，在旁人看来，觉得唤是没脸出门了。唤的叔叔说，算了吧，因为这件事出不了门，那你小子就是孬种！这算个啥破事，你又不是那姑娘家。像这种事，谁年轻时没做过……

唤的娘在一旁劝说着：你叔年轻那会儿，做下的事儿比你还要出格呢!

做叔叔的猥亵一笑，趁娘不备，从背后摸了一把娘的屁股。

唤推了独轮车，跟在影匠身后上路。走出村口时，抬头看一眼那日渐衰黄的油菜花地，见养蜂人的帐篷还在，帐篷前只有男人忙碌的身影。漆黑蜂群就像镶嵌在蓝色天幕上的微小颗粒。看不到梅。直到走出很远，唤再次扭头，见浩荡的油菜花地里只有一面低矮的帐篷，竟连那养蜂男人也看不见了。

走在绿色季节里的唤，其实走到半路就有些后悔了。如果不是跟着皮影班的大部队走，唤有可能就会拐回去。几个同辈边走边调侃他，问唤：那姑娘的身子嫩不嫩，看着就嫩，一掐一汪水儿……见唤闷头赶路，他们又劝他说，那门亲事荒了就算了，不行的话等唱完皮影，回去给你们撮合撮合，让那个养蜂姑娘留下来，给你当媳妇算了。

他们的话给愁肠百结的唤打开了一扇天窗。他由此看到自己和梅的未来。其实那个关于“勾引”的说法，是他在父母逼问之下的一个托词。

他想对知道这件事的所有人说，他和梅，并不存在“强奸”和“勾引”，他们是两厢情愿。至于那个养蜂人说到的“强奸”，简直无中生有。唤甚至想把那天看到的养蜂人猥琐的举动告诉给所有人：那个男人并不是梅的父亲。他更不会是梅的丈夫。至于他和梅是一种什么关系，他也讲不清楚。但肯定不是一种正当的关系。说不定，梅是被他拐骗来的。

等唱完皮影，一定要去找梅。唤打定了主意。如果那个男人出来阻拦的话，他就要当面戳穿他……主意拿定，唤便无时无刻不想着梅了。他在整个演出过程中错误不断。但没人去责怪他，影匠们只是以为，唤仍旧在突如其来的变故中无法自拔。唤看着杏黄灯影里如痴如醉的一张张脸，恍惚中总能辨出属于梅的那张，那张银盘似的娇憨的脸。

皮影唱完，影匠们要在那个村子里留宿一晚。请皮影的人家盛情挽留了他们，说明天一早赶辆马车送他们回去。这家人还准备了丰盛的酒菜，准备让影匠们一醉方休。但唤饭没吃一口，便要连夜上路。大家说，你现在上路也要明天晌午才到，家里又没什么急事，何必呢！但唤执意上路，他要为梅上路。他的耳边响着蜜蜂嘤嗡的振翅声，那声音如急骤的大雨，遮蔽了所有人的劝说。唤轻装简行，他在夜色中匆忙行路。耳边轰响的蜂鸣声却渐次隐退，变成水泡一样的明灭。唤不知道，那其实是一种花朵衰败，黯然熄灭的声音。

赶回米镇，已是第二天傍晚时分。远远看去，金黄的油菜花地像是遭人涂改，绿色一夜间显露峥嵘。养蜂人的帐篷不见了。浩瀚的油菜花地不见一点起伏，波平水静中让唤感觉到脚下的土地在一点点陷落。

唤失魂落魄走近前去，见空地上一片狼藉，生火的灶灰、散乱的柴草、破碎的瓦罐、蜜蜂微小的尸体……如硝烟刚退去的战场，一一呈现在他的眼前。唤跌坐在地，这才感觉到脚踝似要断掉般难受，脱了鞋子，磕了下鞋底，将鞋壳里的土倒出来，手掌去脚板处摸摸，沾了满手掌的脓血。

恍然四顾，油菜花丛中一抹鲜艳刺疼了唤的眼睛。他扑跌过去，见是一件粉红色上衣，搭在油菜花茎上。是梅穿过的那件。唤把那衣服捧着，放在鼻子下嗅闻，衣服上阳光的味道和梅身上的体香，刺激得他泪流满面。

从上衣的口袋里，掉出一张脏污的纸片。

纸片上画了一只蜜蜂，一个梳了辫子的姑娘正在流泪。泪珠有鸡蛋大。姑娘抬手指着一个方向，箭头所标注的前方，写着一个大大的“北”字。

五

1964 年的夏天刚刚到来，年轻的唤也踏上了追赶养蜂人的路程。

而唤的追寻，并没有少年天赐这般幸运，甚至在整个路途中，他都很少探听到养蜂人的消息。

此时的米镇周边，每天都有大量从山东或河南来的逃荒人从此地经过，奔赴遥远的关外。这些走在路上的人们，关心的是粮食、活命，而不会在意一个放蜂的姑娘。更多的人把唤当作了一个闯关东的人。他们对唤说，跟我们走吧。我们要去的那个地方，土地肥沃，风调雨顺，即使插下一根锹柄，也会长成一棵大树。他们的话让唤无动于衷。唤时时纠正着他们的好意。唤说我并不是要去奔命，而是在找寻一位养蜂的姑娘。

这天黄昏，正当唤茫然四顾，身后忽然响起一阵辚辚的独轮车滚动声。一个和唤年纪相仿的汉子，从身后赶了上来。

汉子走到和唤齐肩，看唤一眼，瓮声瓮气问：肿么（怎么）了？兄弟，走不动了……天快黑啦，还是快点走吧，去前头找个歇脚的地方。

唤看一眼那汉子，冲他疲惫一笑。

汉子放缓脚步，和唤并肩前行。他的脚步异常轻快。寂静里响着独轮车辚辚滚动的声音。独轮车上不知装了什么东西，用一件黑色的粗布上衣罩着，又用一道麻绳捆了个结实。

寻到一处落脚之地。两个人攀谈起来。

唤对那汉子讲了自己的遭遇。听完唤的讲述，那汉子一言不发，去解捆在独轮车上的绳索。但解到最后，却有些犹豫。最终还是掀开覆在上面的黑色褂子。只见一摞焦黄的山东大煎饼，在暮色中熠熠生辉。汉子抖着手，从煎饼的最上层，小心翼翼揭了一块，想了想，又揭一块……唤惊喜地叫一声，迅速移到汉子身边。汉子推了他一把，用另外的一只手将煎饼盖好，将煎饼递到唤手里，压低声音说，吃吧！兄弟。快吃吧！又转身用绳索将那煎饼捆了个结实。

唤三口两口，便将煎饼吞下肚去。由于吃得急，唤噎着了，翻着眼白伸长脖子朝独轮车上瞅。汉子脸色暗沉，坐到唤对面的一块石头上。他高大的身影将独轮车严严实实罩住。

你咋带了这么多吃食？唤问。

汉子看唤一眼，朝远处吐了一口痰。没有吭声。

唤说，我没吃饱。你能不能再给我一张。

汉子冷笑一声，撇了一下嘴角。坐在唤的对面岿然不动。

唤去裤兜里掏摸，摸索出一张角币，在汉子眼前晃着，说，我给你钱总可以吧。

汉子沉着脸嘀咕一声，站起身，再次解开绳索，递了一张煎饼给唤。或许又想到两人路遇，总归是有些交情，便撕了另一块煎饼的一半，递给唤。

临睡下之前，唤的目光从未离开过那放煎饼的独轮车。一路上他遇到的那些去往关外的人，几乎全都是讨饭过来。像这样一个汉子，不但有一辆成色不错的独轮车，独轮车上还有这么一摞煎饼，真是少见。

汉子似看穿唤的心事。对唤说，兄弟，你可别打这煎饼的主意。这些煎饼可是俺的命，俺把所有的赌注都押在了上面……你在找你喜欢的放蜂姑娘；俺家里，也有一个姑娘在等着俺。如果没了这些煎饼，俺就走不到关外，等在家里的姑娘就会饿死……

汉子对唤讲起他的故事。

原来，这汉子来自山东莒县。早在1960年左右，那里便闹过粮荒，最严重的地方，竟然发生过人吃人的事。这几年日子虽好过一些，但去年春上，又发生了旱灾，粮食越发紧张。汉子便时时想逃出去。

村上的人，每天饿着肚子，照旧出工，说是兴修水利，大搞农田基本建设。可出工的人，哪还有力气干活啊。汉子这样说。早晨五点出工，干不上半个时辰，人便累得趴在地上。回村去取中午吃的饭食，都没人愿去。那天上午，汉子自告奋勇说，我去。干活的地方离村子大约有五里路远。汉子搞不清楚自己是先前预谋，还是兴致所至。当他推起生产队里的独轮车，竟然打起了歪主意。他意味深长地看了未婚妻一眼。此时，那个已同他订了婚的姑娘，捂着肚腹，正蹲在初春料峭的寒风里。她对他的暗示无动于衷。

汉子回村，领了煎饼，这可是一个生产队近三十口人一天的口粮。他的脚下出现了一条岔路。一条岔路往南延伸，通往干活的地方。一条向北，是一条还算笔直的通往北方的官道。此时一个脸色焦黄的河南人，正站在岔路口犹豫。见汉子过来，操一口河南话向他打听：老弟，这条路是不是往河北方向去的？汉子点头。河南人又说，老弟，你车上是不是吃食？汉子又点头。河南人说，能不能给老哥一些，老哥饿得实在走不动了。汉子瞪他一眼，摇了摇头。那河南人叹口气，准备拔脚上路。汉子喊住他，问道，你这是要去哪儿？是要去闯关东吗？河南人生了气，头也不回说，这你可管不着！汉子舔着脸又问：关外是像人们说的那样，有吃不完的粮食吗？河南人不语。越发走得远了，汉子大着嗓门问：关外那边，你是有熟人还是有亲戚呀？河南人远远甩过来一句话：管你娘粮食不粮食，亲戚不亲戚，爷爷总不能坐在家里等死！

汉子犹豫着。

他朝路的另一个方向探头张望，又朝死寂的村子张望了一会。大路上空寂无人，只前方那个河南人的身影越来越小。他犹豫片刻，忽然调转车头，朝河南人走远的方向赶去……

讲完自己的故事，山东汉子忽然抱头痛哭，边哭边说，俺算是犯下大罪了。俺偷了大家的口粮，他们一天都要饿着肚子。可俺有啥办法呢！俺走到半路就有点后悔了，想拐回去，死就和大家死在一块算了。可俺不敢啊！回去，不被饿死，也会被唾沫淹死……俺是一个坏了良心的人啊！俺说啥也要逃到关外，站稳脚跟，把全村人都接出来，把俺那未过门的媳妇，也接出来……

唤叹了口气。想想这汉子做下的事，也实在不够仗义。但做也就做了，又有什么办法！便劝慰他说，你有这个念想就好，等你在关外站稳脚跟，把全村人接出来就是了……

汉子抹了把眼泪，说，俺早想好了。俺说啥也要站稳脚跟。到时候，俺挨家挨户去磕头赔罪……只是俺不知道，俺那没过门的媳妇，是不是还能等到俺那个时候……

唤湿了眼睛。他忽然想到了梅。那汉子的未婚妻等到等不到，他总归是知道她的下落。而他正在找寻的梅呢，梅在哪儿？想到梅，唤便越发无力。

第二天，二人一同上路。离山海关越发近。山东汉子对唤说了自己的打算，他想一到山海关，便将独轮车以及车上的煎饼变卖，再买上一张车票，踏上去往北方的火车。

临分手时，汉子瓮声瓮气对唤说，兄弟，你说你找一个放蜂姑娘，连她一点消息都没有，你到哪里去找啊！你要找到她啥时候啊！要不，咱兄弟俩一块去闯关东算了。

唤摇摇头。

山东汉子的话，却越发令唤迷茫。

和少年天赐比较起来，这个叫“唤”的冀东农民，他追赶养蜂人的脚步显得如此无力。他类似传奇般的追赶仿佛只是一种鲁莽的冲动，走得离家越远，这个叫唤的人便越发踌躇。他甚至想，如果真要追上梅，梅会不会与他相认？梅身边那个男人，会不会对他做出极端的举动？

脚板的丈量怎么也不会赶上花期的繁盛，唤的追赶往往只会踩住花期的尾巴。一次次的问询徒劳无功，唤便越发气馁。当走入辽宁地界时，风中已聚起略微的寒意。唤在一家车马店里，碰到一位来自天津杨柳青的画师。这画师是从更远的北方过来的，他走在回家的路上。画师像一只候鸟，只是不肯遵循候鸟迁徙的轨迹。每年入冬，他便挑上一个担子，担子里装了他平日积攒起的年画，一路向北，边走边卖，在冀东或东北一带，农家的门楣上，常能见到出自这画师之手的门神或灶王爷。画师要一直走下去，直到把年画卖完，才会折返。等到来年，再次上路。

画师告诉唤，他还真的见过这样两个养蜂人。画师拿出纸笔，依据自己的记忆，将那遇见过的养蜂姑娘画在了纸上。画师研习年画多年，形成了一套自己独特的笔法，所以那画在纸上的养蜂姑娘，身形长相都略显夸张。但嘴唇上一颗美人痣，以及两根齐肩的长辫，却让唤险些惊叫起来。

唤抖着手将那画像看了又看，越看越觉得像他朝思暮想的梅。嗫嚅着不知对画师说些什么才好。离开画师之前，唤将画师对他描述的路线记在心里。他怀揣那张画像上路，心里无时无刻不为这唯一得到的线索感到欣喜。

唤的追赶渐渐难以为继。冬天的到来几乎令他寸步难行。而此时的北方有着众多工作机会，他只能找家工厂先站住脚。一边在那厂子里做苦力，一边时时想着要出去探寻梅的消息。没有读过书的唤其实是一个蠢笨的人，他并不去多想养蜂人和季节的关系。他只是固执地认为，只要那养蜂人在一个地方出现过，那他定能在那里找到他们。

这样时间便很快到了第二年春季，唤积攒了些盘缠，偷偷离开那家工厂。他依稀记着画师曾给他指引的路线。在命运错综复杂的迂回中，唤确乎踩住了养蜂人的脚步。但他仅得到了一些微乎其微的线索，并给这个故事设置了纷繁的走向。

此时，天赐若干年后遇到的那位和尚，已被迫下山。时事的动荡让他做不成和尚，只能去做一个悲苦的农民。但他却还是要常常转到那山上去，听风从破败的庙院吹过，忆一忆晨钟暮鼓的时光。他无意间成了一个站在时间深处的解读者，给先后赶来这里的人们，提供了微弱的烛光。

还俗的和尚拿过唤递过去的画像，告诉他这个养蜂人确实来过这里。但他接着又对唤讲起那熊熊大火燃起的黑夜，以及那个牵了大肚子女人下山去的淘金汉子。他还对唤说，后来在河的下游，人们发现了一具尸体。像这样的尸体，每年都会在河的下游发现几具，因淘金引起的纷争时有发生，有人便会丢了性命。和尚说，他去看过，那具尸体并不是淘金人的，而是那个放蜂男人的。他被人丢进河里，从岸边伸出的一根树枝挂住了他的衣服。那树枝又像男人伸出的一只手臂，他牢牢攀住河岸，不至自己的尸体被流水冲走。他似乎不想被人遗忘。

唤无心关注那具尸体。他只是被从和尚嘴里说出的淘金汉子、大肚子女人，以及他们牵在一起的举动迷惑住了。他再次问和尚：你仔细看看，那个大肚子女人真的是画像上这个人？

和尚再次看了看，点点头，对唤说，是她，就是她。

唤追赶养蜂人的脚步自此停驻下来。他固执地认为：梅已经有了另外一个男人了。并且和那男人有了孩子。他的追寻在这样的现实面前显得如此可笑。

唤在一个雪夜重回了米镇。

在返乡前的那段时间，失魂落魄的唤实际上在北方做了将近一年的“盲流”。直到冬天来临，对家乡的牵念才让他踏上了归途。那一年冬天的米镇下了无数场大雪，却几乎被人们淡忘。只那场大雪因唤的归来而彰显了意义。

唤的归来，米镇人都不知道。只在村口留下一行深深的脚印，等天明时分，那脚印又被前赴后继的大雪覆盖。忽然归家的唤很让家人惊骇，起初都没认出他来，胡子拉碴的唤看上去更像一个从河南过来的逃荒人。原本粗壮的身体瘦得只剩了一把骨头，只一双眼睛黑亮黑亮，像被施了咒。归来后的唤对自己的出走不做任何解释。他躺在炕上大病了一场。

直到第二年春天到来时，唤才在米镇人的视线里出现。

大家问他：唤，你不是去你舅舅那儿当工人了吗?

唤看那些问他话的人，也不作答。归来的唤成了一个哑巴，整天举止恍惚，行为古怪。

唤完了，大家这样说。就连他的父母，也不免对他失望。

六

而那叫做天赐的少年晓行夜宿，继续行走在追赶养蜂人的路上。

时间已进入果实成熟的深秋，他会从无人看守的果园和瓜棚里，偷摘一些果子充饥。实在捱不过，才会在村庄与市镇停留，寻一些面善的人，帮人家干些零活，讨一些饭食。行走了两个多月，身上带的钱币竟没怎么动过，花去的一小部分，是他路过市镇，找到一家邮局，买了信封和邮票，给家里寄了两三封简短的信。在信中他告知母亲，他正在赶往南方的路上。有人告诉他，养蜂人就在前面不远的地方。再过些日子，说不定就能赶上他们了……我吃得很好，总会遇到一些好心人。他们有时会留我过夜，有时我就睡在旅店里……而在信的末尾，他总不忘用哥哥的口气嘱咐妹妹几句，是那些离家前便已嘱托过的话。而那些投进邮筒的信件，走走停停，似乎比他前行的脚步还要缓慢，等最后一封信寄到家里时，家乡的天空已飘起了大雪。

天赐已忘了睡在炕上，身上覆盖柔软被褥的滋味。如果肚子不饿，骑行至天黑，他身子乏困得像要散了架。找个避风的地方，或是柴垛，或是坑洼，或是树丛，身子躺倒，便会坠入梦乡。这露宿旷野的睡眠并未让少年感觉到疾苦，天空繁密的星群，树梢间吹过的风，以及起夜的动物发出的骚动与啼叫，反倒让少年的睡梦少有的酣畅与恬静。随着季节的深入，下半夜骤起的微寒会将这少年冻醒。他瑟缩着身子，也不知此刻夜漏几时，睡是不能再睡，只能骑上自行车，摸黑朝前赶路。

四周是黑黝黝的低矮山岭。路况坑洼崎岖。这漆黑的夜路，天赐还是第一次行走，心里不由叫苦不迭。提醒自己以后务必要找见村子才能露宿，哪怕睡在柴垛或人家的门洞里呢，也不至半夜冻醒。这夜路走起来未免让人瘆得慌……

一声动物的嘶鸣让天赐头皮发麻。瞪眼看去，见前面一团黑乎乎影子，恍然间看见有东西在悸动、挣扎。天赐急忙跨下车来，一颗心怦怦乱跳。停了一瞬，慌着步子凑近前去。这才看清，是一辆马车。车上装了货物，车轮卡在一处坑洼里。赶马车的人驱使着马，精疲力竭的马让他手足无措。

这么晚了，你咋还在路上晃悠！

赶车人喘着粗气，冲趋近的天赐说。他并未发现这是个孩子，只觉得来人异常矮小。他点了支烟，抖了抖身上的棉衣。那道沟坎已让他和他的马汗流浃背。

天赐停在马车旁，问道：卡住了吧？

赶车人这才看清来人是一个少年，不由大惊，再次重复一句：这深更半夜的，不在家呆着，在外边瞎跑啥呀？

天赐不答。只是说，要不要我来帮你？

赶车人在夜色中一笑。他只是低估了这孩子的力气。但也实在是没有别的办法，只好站起身，扬了扬手中鞭子。

马的身子在车辕里绷得像一张弓，负载的马车依旧纹丝不动。精疲力竭的马无奈地扬着前蹄，在夜色中喘息。

赶车人朝车后看了看，不见那孩子的身影。沮丧地说，算啦，还是卸车吧。

他脱下棉衣。解开绑在车厢上的缆绳。赶路的少年并未离去，他帮赶车人将装在车上的粮食一袋袋卸下来。等卸到和车厢持平时，赶车人扬起鞭子，呼喝一声，马车便冲出了羁绊。

赶车人笑了，摸黑从车上翻出两个苹果，塞给这从天而降来帮助他的少年。

你是哪个村的？他问。

天赐实在讲不清自己的来历，只是沉默着，帮赶车人把粮食重又装上马车。等推起自行车准备继续朝前赶路时，面对漆黑的山路，天赐忽然犹豫起来。

马蹄磕踏着路面，马已经很累，隐约嗅到食槽里青草的气味，它有些急不可耐。赶车人勒勒马的缰绳，对背对他的天赐说，你这是要赶路吗？前面山路还远着呢！你就是走到天亮也走不出这大山……走吧，不如先跟我回家去吧。

睁开眼时，已是第二天午后。见一面皮白净的女人移到身前，笑眯眯问：醒啦？你这孩子，真能睡！天赐愣愣看着她，恍然间不知身在何处。

赶车人的家在山上。一座用石头垒砌的尖顶房子整洁而漂亮。站在房前望，见四周满是错落有致的果园。苹果和枣子缀满枝头，夕阳下隐在绿叶间的果实鲜红透亮，伸手摘一颗枣子，放进嘴里，又脆又甜。置身于此，天赐觉得自己跌入了梦境。他问正在院子里烧饭的女人：你们这儿来过养蜂人吗？

女人摇头。她刚从果园回来。她的丈夫还在那里忙碌，他对她说，你回去看看吧，看看那孩子醒了没有，别再醒了见家里没人，悄没声就走了。真要是走丢了，他家里人找来，我们可不好交代！

他们对这孩子的来历充满了好奇。从昨天下半夜进到家里，这孩子扑在炕上便酣然睡去。女人看着这骨瘦如柴的少年，乱发遮蔽了他的眉眼，摊开的一双手，黑黢黢的，显然数天里都未洗过。他还穿着夏天的单衣，臂肘上破了洞……看着看着，女人的鼻翼嗡动，一滴泪竟顺脸腮滴淌下来。

吃晚饭的时间，男人从果园回来了。回来也不闲着，把成筐的山果装上马车，上面遮了层苫布。用缆绳将筐子揽好。天赐跑前跑后，给男人打下手。男人面露喜色，牙巴骨紧咬，将绳结系好，满意地“哼”一声。又收来细碎草料，将玉米和黄豆拌在食槽里，这才掸掸手，拍着天赐的头说，走，咱吃饭去。

女人偏着身子坐在炕梢，男人坐饭桌中央，天赐也受到大人的礼遇，坐男人对面。饭是金黄的饼子，炒了鸡蛋，熬了喷香的黄豆面。当天赐说起自己的来历，女人忽然放下碗筷，起身拽了条毛巾，去眼角揩了一下，又坐回来，眼睛湿巴巴看着天赐。

南方可远了去了。男人说，我有个亲戚，是开大车跑运输的，成年在外面跑，说是从咱这儿，要走上一个来月，才能赶到南方……那还是四个轮子的家伙呢。

男人说完便沉默了。天赐也在沉默。起初的想法看来完全落空，养蜂人或已抵达了南方。起初半路赶上他们的想法，已不能实现。但他又有什么办法呢？他已离家太远，不可能回去了。如果回去，母亲的病又该怎么办？

男人开了一句玩笑，对天赐说，我看你就别走了，留下来给我当儿子算了。

男人说完这句话，瞅见女人瞄他一眼，女人低下头，想着心事。灯光昏黄，男人脸上似有阴影划过。

天赐也笑了。有一点羞涩。忽地想起那个他曾经叫过“爸爸”的男人，慌忙端起饭碗，掩饰着脸上的失意。

女人说，如果要走，就让孩子走吧。明天搭你的马车，能省他不少的脚路……只是南方那么远，你咋能赶到啊？这冬天说来就来啦。

吃完饭，女人对男人说，你给这孩子剃剃头吧。

男人应一声，找出用红绸包着的剃头推子。那剃头推子眼见的放了多日，零件缺油。男人将螺丝松开，鼓着嘴吹了吹沾在上面的发茬，又摘了窗帘布，围在天赐脖子上。天赐端坐着，当冰凉的剃头推子贴近他的头皮，身子扭了一下，发出俏皮的一声笑来。

女人翻箱倒柜。等天赐理完发，找出一身衣服，虽有些旧，却浆洗得干净、平展。女人说，来，试试合不合身。

天赐穿了那衣服，在灯光下兜着圈子，不禁嘿嘿笑了。那衣服好像单单为他准备的一样。男人在一旁看，抽着烟。女人也笑了，只是笑着笑着，眼圈却不知又为何红了。

每年这个季节，男人都要赶了他的马车到山外去。车上载了自家园子里长的山果。他在山外的平原用山果换来粮食，自己吃不完，便倒手转卖给附近的山里人。自行车绑在车辕后面。天赐坐在前面车辕外手，渴了便去筐里摸一个苹果。乏了便躺在苫布上，身下铺了绿色的军用大衣。这似乎是少年天赐追赶养蜂人路途中最为惬意的一段旅程。天高地阔。天赐看着天上的云朵随马车行进的速度缓慢移动，一朵，两朵。看得累了，便闭上眼，眼前红彤彤一片……这温和色泽迅速转换，变成金色的油菜花黄。天赐又看见了母亲，年轻的母亲几乎让天赐不敢相认，他愣愣看着她，看见她冲自己招了招手，便消失在一片油菜花的海洋里……

北方的花期在少年天赐的追赶中一层层衰败。实际上在近三个多月时间的追寻中，少年天赐从未遇见过大片开放的植物花朵。秋季里盛开的花朵都对这寻路的少年遮蔽了容颜，它们只是在等待一个恰当的时机，要为他怒放出绚烂的姿态……在接下来的路途中，少年便不再重复那句问话了——你见过养蜂人吗？养蜂人在他心里已成了一个含义不明的词语，他们被广大的南方包容，成了它的代名词。他唯一的目标，只有到达那遥远的南方之地……每当走得无比困惑，他便把指南针掏出来，见白色指针稳稳指着前方的道路，这少年便笃定地抬头，继续赶路。

而母亲要他揣在身上的那张纸片似乎毫无用处。那些浅蓝的字迹在手指的反复摩擦间，看上去已模糊不清。在和路人的多次问询中，天赐真的走到了一处纸片上记着的地方，那是辽宁省的一个地界。一片绵延不绝的槐林，依傍着一条河流生长。流水清澈，水面落满细碎黄叶。天赐倚着漆黑树干朝天空仰望，见湛蓝天宇碎玻璃一样镶嵌在突兀的枝桠中间。岸边有一处小村，天赐向当地人打听，当地人说，养蜂人？来过，年年来！每到夏季，槐花一开，养蜂人就过来了。

收好那张纸片，天赐想，母亲叫他记下的这些地名，看来还是很有用处的，只是他这一路都错过了花期，又怎会找到养蜂人呢！

冷风乍起，万物萧索，骤降的气温让少年的行路变得愈发艰难。

快走进河北地界时，天赐又赶了一个黑夜。周围是一片起伏的丘陵，光秃秃不见一处村庄。正自惶惑间，见一个人在前面踽踽独行，紧蹬了两下，赶上前去。从自行车上跨下来，天赐开口问道：叔，离前边村子还远不远？

行路者是一个四十多岁的壮汉。头戴一顶塌了帽檐的深蓝色帽子。见天赐问路，也不开口，只是用疑惑失神的眼睛望着天赐。

天赐跺着脚，半天的骑行让他脚掌发麻。见男人不回话，以为是个赶路的哑巴。看他的打扮，却又不像附近村里的农民。路人身穿深蓝色劳动布工装，脚蹬一双翻毛皮鞋。腋下挟一个大大的帆布旅行包，包却是空的。

天这就黑了，要是遇不见个村子，又要挨冻了。天赐嘀咕说。

路人这才笑了笑，问天赐：你去哪儿？

天赐略一沉吟，伸手向前一指。

天黑下来时，男人和天赐共骑在一辆自行车上。男人在前面蹬着踏板，天赐坐在自行车后座上。男人的话开始多起来。他无比沮丧地告诉天赐：他这是回山东老家。看生病的老娘。老娘快死了。他在鞍山当工人。在沈阳转车，坐到锦州时，发现车票和带在身上的钱都被人偷走了。娘的，那可是俺攒了多少年的钱呀！那些钱本来准备一部分给老娘看病！一部分送给村里的乡亲。你说这小偷缺不缺德呀！更惨的是，列车员查票，他被轰下了火车。从锦州搭车朝关内赶，半道又被司机轰下来，因为身上没带一分钱，吃饭还要蹭人家的。司机说过了锦州就要往东拐了，其实那只是他的借口，他的车根本没拐，眼见着径直朝南开去了……

天赐愣怔间走了神，没有听见男人的问话。男人问你这是去哪里？见天赐不答，便继续说下去。这个倒霉的山东人，似是要倒尽一肚子苦水，心里或许才会好受一些。他说，俺在路上整整走了一天半啦。这地方路背，车很少，即使有几辆，人家也不愿拉咱……就在昨天晚上，俺还遇上两个闲逛的地痞，见俺一个人赶路，起了歹心，把俺装在包里吃的喝的全都抢走了。还有俺给村里人买的礼物，全被他们抢走了，你说，俺还咋回去呀！可不回去，怕是这辈子就再见不到俺那可怜的老娘啦！

见天赐仍旧不说话，男人擤了把鼻涕，又说，再往前赶一段，就到山海关了。过了山海关，俺还得想办法搭车走。好几年前，俺推着独轮车闯了一回关外，这次，就算又闯了一回关内。唉，人他娘的这一辈子，活得真不容易！你说是不是，伙计？

天赐仍旧不回话。其实他已经睡了。颠簸的路况给这少年带来难得的舒适。他的脸贴在男人宽阔的后背上，睡得很踏实。

直走到下半夜，仍旧看不到一处村庄的影子。男人累了，慢下来的车速让天赐倏忽醒了。睁开睡眼见路旁有一个黑乎乎桥洞。男人说，实在是骑不动了。要不咱爷俩就在桥洞里睡一觉吧。

路边有农人砍倒的苞米秸秆，将半干的秸秆铺在身下，窸窣躺上去，真是舒服。

秸秆的清香让天赐很久也难以入睡。他蜷缩在男人身旁，听桥洞外风吹树响。天赐说，如果同路，明天我们还是一块走吧。

男人“嗯”一声，很快便扯起鼾声。

第二天一早，有人用脚踢着天赐，说，起来起来……天赐猛然坐起，见眼前站着个年轻小伙。此时天已大亮。小伙怀里抱杆鞭子，身后是一挂驴车，黑驴正尖着嘴叼着天赐头前的苞米叶子。睡在桥洞里的天赐挡了人家的路。也难怪小伙动作粗鲁。

天赐揉着眼朝四周看了看。见一旁的苞米秸杆上空无一物，只有人倒踏过的痕迹。脑袋“轰”一下醒过来，起身去桥洞周围查看，不见昨夜路遇的男人，自行车也不见了。天赐急得团团乱转。心里清楚再也找不见那辆自行车时，忽然追上驴车，对坐在车辕上的小伙喊：自行车，我的自行车呢？

小伙嘴里叼一支烟，奇怪地看着天赐。此时天赐快要哭出声来，说，你看见我的自行车了吗？

小伙本想发火，但看天赐实在可怜，只好摇摇头，驱赶着驴车，很快走远了。

天赐感觉到身体不适。徒步的前行让他的速度愈发缓慢下来。而自行车的丢失几乎摧垮了这少年前行的意志。他茫然四顾，想起家里的母亲，想想前面的路，便呜呜哭啼起来。身后的秋风唱和着他的呜咽，便愈发令这少年感到无助。时而便在无人的空旷里大放悲声。哭过一阵，心里好受了些，脑袋、眼睛却疼得愈发难受，身子软塌塌地，腋窝酸得抬不起胳膊……直到远远看见一处村落，扑跌着走上前去，挪近一处麦秸垛，身子扑倒在松软麦秸里，便再不想动了。

天赐睡在麦秸垛里，身上盖着山里人送他的脏兮兮棉衣，仍觉得浑身发冷，身上没一点力气。他把母亲送他的小人儿拿在手上，喃喃自语着：我这是咋啦，好冷啊，我赶不了路了吗？你快想想办法吧，要不你替我向前赶路吧……恍惚中，天赐见妹妹走近前来，伸出温热小手，去他脸上试探。天赐笑着，伸手去拉她，不想妹妹惊叫一声，甩开他的手，扭身不见了……不知又过了多久，天赐被人唤醒，慢慢睁眼来看，见一个胸前插着钢笔的男人，站在他的面前……

七

那些年米镇周边再不见一个从南方赶来的养蜂人。

但唤却喜欢去那养蜂人曾经的驻地流连。有一天，他被一群嘤嘤飞舞的蜜蜂吸引。那是一群野蜂，但在唤的意识里，或许是养蜂人当年蜂群中流落下来的一支，它们和曾经的养蜂人有着千丝万缕的联系。

唤回家做了一只简陋蜂箱。他在捉到的蜜蜂身上做了一点记号，将它们放飞。起初唤是想追随着蜜蜂的飞行轨迹，找到蜂窝所在。但一个长腿走路的人又怎可能追得上长翅膀的蜜蜂呢！沮丧之际，唤忽然发现，那些做了记号的蜜蜂又飞回了原地。唤心生一计，仔细测算蜜蜂飞去飞回的时间，依据时间的测算，断定蜂窝离此不远。工夫不负有心人，唤终于在一蓬野柳丛间发现了蜂窝。

唤去镇上买来红布，蜂蜜，拿了一把捕鱼的抄网，以及一面小锣。叫上两个兄弟帮忙。唤让一个兄弟敲锣，一个兄弟举着系了红布的竹竿驱赶蜂群，自己把蜂蜜涂在手脸上，将那蜂王擒住。看见蜜蜂们不顾死活地拥簇着蜂王，唤忽然间起了心事，他想起了梅。想梅现在在哪里？她过得怎么样？那两个弟兄冲愣怔的唤叫嚷：你愣啥！等蜜蜂把你蛰死呀？

就这样，唤成了一个养蜂人。他不再去皮影班子里做他打板的营生了。那个打板的营生，由他一个兄弟替代了他的位置。唤甚至荒疏了所有的农事，一心一意来饲养他的蜜蜂。唤慢慢摸索出一套自己独有的养蜂经验。他收获了自己的第一桶蜜。那些金黄的蜂蜜和现在的蜂蜜有所不同，黏稠的汁液间掺杂着微小乳白的颗粒，入口，却是现在难得品尝到的清香和甘甜。那些蜂蜜送给米镇的一部分人品尝，都赞不绝口。说别看唤蔫啦吧唧，却是个做大事的人。那些剩余的蜂蜜又被唤的父亲拿到供销社去换了钱，更是在当地引起了轰动。

成了养蜂人的唤，又被大家看重起来。媒婆轮番登门，来唤的家里提亲，她们掰着手指数叨掌握在手中的资源，那些嫁不出去的老姑娘，以及死了丈夫的寡妇，在她们看来，简直和年满三十八岁的唤是天作之合。但唤的拒绝却令这些即兴而来的媒婆扫兴而归。她们呲着黑黄的牙齿，冷眼问唤：难道你还想娶个十七八岁的黄花大闺女不成?

唤成了一个养蜂人。一个北方土著的养蜂人。

而唤之所以成了养蜂人，似乎是冥冥中命运自有安排。

唤的蜂群在最兴旺时，有近三十个蜂箱。成群的蜜蜂在米镇上空飞舞，嘤嗡的蜂鸣声繁如急雨。唤的日子看上去过得还不错，只是他仍旧不喜欢说话。那些蜂鸣声好似代替了他的发言。春天来临，唤会将家里的蜂箱搬到村外，在养蜂人的旧址上，搭一个帐篷，每天吃住在那里。帐篷顶上被他别出心裁地挂了一面粉红色旗帜，是用梅留给他的上衣裁制的。没事时，唤总会将梅留给他的那张纸片掏出来，放在眼前看一看。

八

追赶养蜂人的少年停驻了脚步。

天赐被一位小学教师救下。教师的女儿放学回家，见到躺在麦秸垛里的天赐。出于好奇，上前看了看，不禁吓了一跳。跑回家，告诉了她的父亲。

教师将天赐背回家，找来医生。调养数日，很快便养好了身子，天赐嚷着要继续上路。

此时天空下起了大雪。教师对天赐说，雪这么大，你咋走啊?

大雪让天赐不得不在此地羁留。

看着窗外的雪花，想起家中的母亲和妹妹，天赐不由黯然神伤。好在老教师的女儿和妹妹一般大的年纪，看着她调皮的样子，天赐的心里才好受了些。小姑娘摆弄着天赐带在身上的指南针，她奇怪那红色指针为何总是朝同一个方向扭摆。天赐对她说，你喜欢不，喜欢就送给你。

小姑娘呲着豁牙，不客气地收下，藏了起来。又对天赐说，把你那小人儿也送我吧？

这可难为了天赐，说，哥身上啥东西都能给你，就是这不行，我妈嘱咐说这东西可不能丢。

一旁批改作业的教师拿过那小人儿看了看，说，这是唱皮影戏用的道具，你从哪儿弄来的？

天赐摇头说，不知道，是我妈让我带在身上的。

天赐将那张写满地名的纸片一并交给教师看。教师说，这影人的造型十分独特，只在滦南皮影里才会有，学名叫“小手厮”。你妈有这个东西，说明她在滦南那地方呆过。况且这张纸片上也有滦南米镇这个地名。这或许是养蜂人放蜂的一张路线图，只是顺序全弄乱了。你看，这个地方是东北的，这个地方是内蒙的，这就一下跳到河南去了……你看你看，这个地方，是河北唐山的，滦南米镇属唐山管辖。唐山你知道不？就是 1976 年发生大地震的那个唐山……

雪停之后，天赐想再次上路。教师进一步给他分析说，你根本走不了。你这孩子别太任性。你看南方那么远，你根本就不能去。你不如暂时先呆在这儿……你自己掂量掂量，走到南方最少要大半年。而在这儿等一个多月，春天就来了，你就可以去米镇那个地方去看看，你妈叫你在纸上记着呢，这个很重要……如果现在去，那里的气温比我们这里高不了多少，怎么可能会有养蜂人……

天赐安下心来，暂住教师家中。每天白吃白住，心里总归过意不去，便将教师家里的所有杂活包揽下来。夫妻俩很是喜欢这手脚勤快的孩子，口口声声说要认天赐做干儿子。提起东北老家，教师督促天赐给家里写封信，告诉母亲自己现在的状况，以免母亲惦记。天赐写了一封报平安的家信，在信中特意提到那个叫米镇的地方，说自己呆的地方离那儿已经很近了。春节过后，竟收到妹妹一封回信。信中说家里一切都好。妈的病控制着呢，老中医给咱妈配了草药，吃了草药后，妈的腿脚好多了……妈还让我告诉你，你好好在“干爹”家呆着吧。等到春暖花开，妈嘱咐你说，就去那个叫“米镇”的地方看看吧，那里会有养蜂人等你的。咱妈还说，她想起来了，她说她在那地方呆过……

天赐长胖了一些。每天都去村外，伸出手掌，体察从指缝间吹过的风的温度。风最初像刀子，削着他的手指，慢慢风便温和起来，像流水，又像柔软的丝绸，挂在这少年纤细的指尖。他还会仰头朝天空凝望，看青白天上是否有北归的雁阵飞过。

当第二排雁阵呱呱叫着，向北飞去时，天赐听到它们振翅的声音。天空宛若一泓碧水，听那翅膀的滑动声，竟让天赐生出头顶行船的幻觉。

教师笑眯眯地凑近天赐耳边说：

孩子，你该上路了，去找那个养蜂人吧。

九

这勇敢的少年再次骑行在了路上。

他的个子似乎长高了一些。背上的草绿色背包已洗得泛白。包里装了干粮，那张写满字迹的纸片和造型夸张的皮影道具，被他装在贴身的口袋里。他轻快地踩着车蹬，（自行车是教师送给他的）遇到下坡路时，他会把车骑得飞快，然后撒开车把，身子后仰，张开双臂。风从腋下穿过，让他觉得自己变成了一只鸟儿。飞翔的快感让少年闭上眼睛，嘴里发出奇怪的叫声。

米镇村外大片的油菜花正在恣肆开放。一顶低矮的帐篷搭在花丛间。那叫“唤”的北方养蜂人正弯腰在帐篷前忙碌。蜜蜂的嘤嗡声很是嘈杂，它们不去采蜜，却盘踞在唤的头顶，好像有什么重要的事提醒着他。

唤直起腰。他皮肤粗糙的脸已不再显得年轻，大大的耳朵支棱着，仿佛听到某种召唤，眉宇间忽然舒展开来——他看到了那个自北方赶来的少年。骑在自行车上的天赐正在慢慢向他靠近。春天的旷野里流动着一层溽气，恍如流水，少年的身影在溽气与油菜花黄的掩映下，迷离而恍惚……少年从自行车上下来，睁着一双明亮的眼睛，痴迷地看着这漫坡遍野的油菜花，有些愣住了。直到看见花丛中低矮的帐篷，帐篷顶上在春风中漫卷的红色旗帜，看到了唤……天赐有些疑惑，咧嘴笑了笑。不禁想道：这就是他历经千辛万苦，所要追赶的养蜂人吗？

蜜蜂正向天赐身边聚集，嘤嗡的振翅声仿如天籁。

女孩

像这样的剃头匠，在城里越来越少。城里人做头发，大多去美容院或发廊。剃头匠的谋生之地，被局限在周边散乱的村镇。但阴历初三初八这两个集日，剃头匠还会赴约赶来县城。

这剃头匠，骑辆“永久”牌自行车，老古董了。自行车一侧，驮了几根竹竿，撑篷布用。篷布，以前是白色，现在说不清是灰色还是褐色，糟朽的地方，被老伴打了花色补丁。火炉用来烧水，苞米骨头做燃料。火炉上的脸盆，倒像个稀罕物。铜的，铜脸盆。是师傅传给他的。光亮如新，经常擦拭的结果，能看出他对它的珍爱。自行车的另一侧，挂了一张凳子，一个木箱。木箱里有他赖以糊口的剪子、推子、剃刀和打磨剃刀用的牛皮吊。

县城里他曾有过一批老主顾。

原商业局副局长老杜，轧钢厂会计老曹，棉麻公司退休工人老林……这些有身份或没身份的城里人，逢初三或初八，都会来找他剃头。蓬头着进，容光着出。他们说他的剃头、刮脸、掏耳朵眼工夫，在县城是独一无二的。他们都离不开他了。就像被施了咒。年岁越大越是依赖。有段时间剃头匠因故未能赴约，那个前副局长老杜，胡子拉碴来找他，哭丧着脸说，你得守信誉呀老弟！你不来，我去哪儿剃胡子、刮脸哪……

但老主顾却是越来越少了。像只进不出的银两，早晚会被用光的。剃头匠心知肚明。那个老曹，前半个月来剔头，还容光焕发着，但后半个月，直至如今，都再不见他的影子。老林最后一次来，脸色很难看，剃刀滑过他的颧骨，他的腮唇，骨头咔咔地硌着刀子。果不其然，又半个月不到，老林的儿子来找他，说他爹不行了，走前想再刮次脸，行动不便，只好烦请他去家里……想起这些，剃头匠会很难过。他认识的老主顾，就剩那么三五个了。而这三五个，说不定也会像河面上的水泡，保不准什么时候就会灭一个，又灭一个。

剃头匠将罩布支起来。是六月，火仍是要生的。剃刀、推子逐一摆好。阳光热辣，炙烤着罩布。他掀起罩布一角，柳树的阴凉正好遮在罩布上。有风徐徐吹过，篷里就不是很热了。一般的剃头匠，别说是夏天，就算冬天，罩布也懒得搭一搭的。你再看他的装束，胸前的围裙是干净的。套袖也干净。还戴着一顶遮阳帽子。一眼看去便是个很敬业的剃头师傅。

人在街面上穿梭。皮鞋、凉鞋、旅游鞋、布鞋，晃来晃去。一个穿灰色裤子的男人，在他摊前晃了两次，最后走了进来。

来呀？他抖着罩布。是剃头，还是刮脸？

男人木着，“嗯”一声。

剃头匠看了下男人胡子拉碴的脸。等他落座。

男人仍是木着。男人说，我不剃。想请你去我家里，给我孩子剃。

他带他进一个小区。以前也常有人请他去家里给孩子剃头。刚满月的孩子，头皮软，一般人很难应对。孩子抱在母亲怀里，爷爷奶奶或姥姥姥爷伺候着，哄骗着。为了使孩子安静，做母亲的通常用奶头堵住孩子的嘴。满月孩子头发旺，野草一般。不管男婴女婴，一定要剃个满月头的……用毛巾浸水把头发弄湿。剃头匠嘴里发出哄逗孩子的“喔喔”声。手疾眼快，三下五除二，孩子就光光鲜鲜，像重投了一次胎。

剃头匠喜欢做这活儿。喜庆。临走还会多得一个红包。

五楼。进到客厅。听不到孩子的啼哭声。奇怪的是，他嗅不到奶水的膻腥味。有满月孩子的人家，那膻腥味是扑鼻而来的。剃头匠嗅着鼻子。倒有一股呛人的味道钻入鼻孔。是什么味道呢？剃头匠想。男人进到一间卧室去了。卧室门开着。我不剃……不剃……一个女孩的声音。说好的，怎么又不剃呢？男人柔声细语。剃了吧，剃了头发会重新长出来……女人的声音。说着话从卧室出来。对剃头匠笑一下。她的笑看上去有些凄苦。是一个长相清秀的女人。或许是休息不好的缘故？或许有什么心事重压着，额上的皱纹突兀地显现。看上去她很憔悴。她从茶几下把烟拿给剃头匠。剃头匠摆手。他不吸烟。他很奇怪此行的目的。没有满月的孩子，那个要剃头的，又怎么会是个女孩？

是一股草药味。

剃头匠终于分辨出了那味道。他呆在客厅。卧室里的人在讨价还价。女孩做了主宰，男人步步后退。剃头匠张张嘴，他怕在这里等下去，会让这家人尴尬。他想说，不剃就不剃吧。我白跑一趟，也不算事。可没等他张口，男人从卧室出来了。苦笑着对女人说，说通了，让我给她买向日葵，买不来就不剃……百合买过了，玫瑰买过了，郁金香买过了，荷花也给她买过了，你说我到哪儿去给她买向日葵花呢。

女人说，先剃了头再说吧。

剃头匠张张嘴。他想问，那向日葵，就是乡下所说的葵花籽吧？

没等他开口，女孩从卧室走出来。

女孩穿睡裙，果绿色的。裙角镶着梅红花边。女孩让剃头匠眼前一亮。他还没见过这么漂亮的女孩呢。乡下漂亮女孩也有，剃头匠通常用果实来形容她们：像苹果一样，或像草莓一样。但眼前这女孩，剃头匠只能用“花儿”来形容她。女孩头上戴顶米色草帽。很小巧的那种。她的眼睛从帽檐下闪出来，审慎地打量剃头匠一眼。剃头匠注意到，女孩的脸有些苍白，嘴唇没有一点血色。

客厅里没有镜子。卫生间有。但卫生间空间狭小。女孩坐下去，就没了剃头匠操作的空间。况且有剃头匠站脚的地方，就没了女孩母亲站脚的地方。女孩要母亲陪在一旁。最后的情形是：男人把卫生间那面镜子摘下来。女孩坐在一把椅子上。女人做一面墙。她手擎镜子，站在女孩面前。男人站在一旁，他被冷落着。

剃头匠搞不清楚，一个好端端女孩，为什么要剃头呢？他看着一家人在卫生间、客厅、卧室转来转去，拿毛巾、梳子、床单……女孩摘下帽子。一头长到齐肩的头发暴露在剃头匠面前。剃头匠这才屏紧了呼吸。

该是一头浓密且黝黑的秀发。并且有丝绸一样的光泽。但那头发却在剃头匠眼底干枯着、稀疏着。缝隙处，露着青白的头皮。头皮像干旱的地，而头发呢，则像植物，了无生气的样子……剃头匠的惊讶被男人察觉。他用探寻的口吻阻止着他的惊愕，理个啥样的发型呢？男人说。他其实是故意这样问的。找来剃头匠之前，一家人就已商量好了。

女孩不吱声。瞪了男人一眼。她在和爸爸怄气。

端了镜子的女人说，剃吧。全剃掉，头发会重新长出来的。

剃头匠的手抖了抖。他完全领会他们的意思。但他的手倾在女孩头上，却循序渐进，一寸寸，将女孩的头发剪短。剃头匠最擅长的活，就是给那些青皮后生、男孩、老头，剃秃子。不管他们的头发多长，推子会像一部剪草机，深入头发腹地，先自轧出一条平坦道路，道路两旁杂草丛生，理发的人，看上去很古怪……剃头匠不忍心那样。镜子里的女孩越来越像个男孩。剃头匠察觉到，女孩的肩膀抖了一下。她美丽眼睛里，蓄了一层薄薄的泪水。

剃头匠的动作迟疑下来。

理吧，拿镜子的女人，和站在一旁的男人，几乎是异口同声地鼓励着剃头匠。

理吧，女孩轻声说。我要留光头。女孩阖了一下眼睛。她嘟着嘴朝额上吹了一口气，将落在鼻子上的几根碎发吹落。

他这次理发从未有过的笨拙。年老的剃头匠，他甚至为自己的笨拙感到羞愧。当女孩以俊俏的光头形象出现在镜子里时，他青筋暴突的手，还在那颗如新生婴儿般的头上雕琢。

女孩的情绪出乎所有人的意料。

不错。女孩说。

她又瞪了一眼她的爸爸。她始终在和他怄气。我小时候就理过这样的光头，是你的主意。那张照片还在咱家的相册里呢。你否认也不行。我妈说的，你是想让她给你生个儿子的。结果却生了个女儿。你不但给我理光头，还让我穿男孩衣服。这下，你该满意了吧。

剃头匠无法看到男人脸上的表情。但对面母亲脸上的酸楚，却被他尽收眼底。她的双手托住镜子底部，镜子贴在她的腹上。她的腰是微弓着的。好让女孩能看清镜中的自己。女孩的无奈、沮丧、惊讶，在她腹部的镜子中逐一显现。她看不见镜子里的女孩，但女孩又像一面镜子，清晰地反衬出母亲此时的情状。

剃头匠看见女人的眼睛迅速红了一下。走开了。

十八岁了。上高二。我老婆是教师。他们娘俩在一个学校。从来没见过这么聪明的姑娘。平常见不到怎么刻苦，学习上的难题一点就透。成绩始终是排在前面的。

年前某一天。她骑自行车上学，在红绿灯拐弯处，和一辆三轮车撞上了。蹬三轮的，是个六十多岁老头。老头很可怜，抱头蹲在地上不起来。也不是什么大事。我姑娘说，你起来吧。没事的，我不让你赔我的自行车。我还要赶着去上课呢。我姑娘自行车前轮撞坏了，手上开了一条口子，流着血。

在学校的医务室包扎了一下。中午回家跟她妈说起这件事。她妈觉得不是什么大事。那天我是在外面吃的饭。晚上回来，她妈将这件事告诉我。我也觉得不是什么大事。对我姑娘说，等明天老爸给你买辆新的自行车。

换了几次药。奇怪的是，那伤口怎么也不肯愈合。我们曾怀疑医务室的水平不行。带她到县医院又换了几次。换药的是我同学。她私下对我说，伤口老不愈合不是什么好事，你还是带孩子做一个身体检查吧。

一查，就查出她患了癌症。

她还那么小。一朵花刚开，老天就这么不长眼……

说这些话的时候，天色已黯淡下来。清澈河水映着西边天空的云朵。云朵被夕阳洞穿。向日葵的花影映在河水里，还有堤岸边绿色葱茏的庄稼。河水稍一流动，那些色调便搅得愈发斑驳。

剃头匠手里握了一把镰刀。他和男人在河边坐着。男人抽了两支烟。烟蒂丢到河里。他很累。他想，选个日子，也带女儿来这河边坐坐。河堤下是剃头匠和老伴的口粮田。田里种了大豆、玉米。地边，长着一圈葵花籽，像篱笆。老伴将近七十岁，牙口还蛮好。磕起瓜子来雪片纷飞。剃头匠第一次见她，就是她倚着她家的门框嗑瓜子。杏核眼一挑一挑望向他。

葵花怒放。葵盘边缘的花瓣肥厚而硕大。而葵盘里，半青半黄的胞衣则似锦绣。随着太阳西沉，它们的头垂下来……

临离开那家人家时，剃头匠无意中冲男人问了一句：你说的向日葵，就是葵花籽吧？没等男人开口，女孩接话说，是啊！男人说，你知道哪儿有？街上什么鲜花都有卖，就是没有向日葵……他家里有！女孩冲剃头匠微笑。她的语气不是问询的，而是肯定的。剃头匠也笑了。对女孩说，你说对了。女孩一下子就兴奋起来。抓住她妈妈的臂膀。

剃头匠将葵花头颅砍下一颗，就听见葵花尖叫一声。周边葵花的头颅垂得更低。他是间着距离砍的。所以大片的葵花都在他耳旁尖叫。他还听见被割了头颅的葵花哭泣的声音。

他把大朵的葵花捆成一束，交给男人。男人掏钱。剃头匠的态度非常淡漠。他说是送给孩子的。你给我钱，在糟蹋我的心意。

男人在黄昏里静默。他说，女儿老是梦到葵花。早晨起来，跟她妈妈说。她想有一朵，或两朵。想不到，她竟然能得到这么多葵花呢。

剃头匠点点头。他看着男人骑车的身影在河坡上渐行渐远。那些葵花像孩子，不时在他肩上昂一昂头，似乎在向他打着招呼。

夜里，剃头匠仍能听见葵花的尖叫与哭泣声。他叹了口气。重新拿起镰刀，把那些失了头颅的向日葵从根部砍断。葵花们这才安静下来。

葵花在阳光充足的房间里盛开着。窗帘以前是半遮半掩。女孩对她妈说，我把窗帘全部打开，让阳光照进来，也没见向日葵跟着太阳转啊！这似乎是小学生提的问题。夫妻俩无力应对。

刚做完手术，女孩担心着她的功课。妈妈劝慰她，不养好病怎么上学。她给她请了半个学期的假。特意请教务主任开了张批条，盖了公章，拿给女孩看。女孩这才安下心。而那个巨大的为何要做手术的问题，他们是这样应付女孩的：起初男人想说得了阑尾炎，或是胃炎，不做手术不行。倒是女人考虑得久长一些，老是隐瞒下去没有任何益处。就告诉她肚子里生了颗瘤子吧。瘤子是什么呢，就是不该长肉的地方长了块肉，你平时不是爱吃红烧肉吗？大概是你吃肉吃多了。

手术前女孩是娇气的。问手术会不会疼？就像她平常有了小小的感冒，老是变着法折腾她的爸爸妈妈。她让男人削苹果。削好一个她又要他削另一个，她把前一个削好的苹果塞到她妈妈手里。她看妈妈无端憔悴，心疼。她把第二个削好的苹果拿在手，诡秘地招手叫爸爸过来。男人唯命是从。谦卑地弯着腰。女孩把削好的半个苹果塞进他嘴里，发出咯咯的笑声……她使小性子他们心里倒好受些。手术三个月后要做化疗。该怎么瞒下去呢？手术已经成功了，为什么还要去医院？她这样问他们。化疗给女孩带来痛苦。她吵着回家。但后来，她又在病床上安静了。

以前她不吃大蒜、洋葱，也不喜欢吃各种菌类。不喜欢吃各种豆制品。她喜欢吃红烧肉，喜欢各种甜食。家里的食谱都是围绕她的口味来安排的。但现在，她不喜欢吃什么，妈妈偏要做什么。有天中午，女孩打电话给她爸爸，让他买些海带丝，凉拌着吃。

她把那些暗绿的海洋植物挑在筷子上，审视着，对他们说，这个东西，也能抗癌。

她说得很随意。却在爸爸妈妈心里刮起了飓风。她这么说，肯定是知道自己患了什么病。他们停止了咀嚼。嘴巴半张半合，男人的嘴角，挂着半根烧得烂熟的蔬菜叶子，叶子上的汤汁，顺着嘴角向下滴。米饭哽在女人喉头，她不住地咳着。

真的！女孩说。她的态度从未有过的认真。我从电脑上查过了。你们不用天天给我吃洋葱什么的。每样菜里放那么多大蒜。我吃不下去。还有很多种东西抗癌。比如这个海带丝……不信你们去“百度”。

他们互相看一眼。无力将这个话题应付下去。只能沉默。他们不知道，早在医院时，那些化疗药物便引起女孩的警觉。她暗暗记下那些古怪名字。回家去电脑上“百度”，就什么都知道了。

女孩还“百度”过诸如：癌症是一种什么病？那些深奥的医学术语她弄不懂。她还“百度”过癌症会死人吗？得到的答案是：会。她对死亡没有明晰的概念。但她知道死亡。死亡令人恐惧。爸爸妈妈对她隐瞒病情，就是在令她恐惧。他们在逃避。但接下来的答案却令她释然。接下来的答案是：只要心中有信念，不放弃，生命就会有一线希望。

日子全被打乱了。妈妈请了半年假，专门在家照顾女孩。她和女儿在一个房间睡。病中的女孩在她眼里成了新生的婴儿。她喊她宝贝。早晨起来，她要抱她，亲吻她的额头。晚上睡去，她要为她把枕头摆好，在枕头中间用手掌拍出舒适的凹槽。爸爸呢，操持起做饭、洗涮等一应家务。还要负责调剂气氛。比如他以前偶尔做菜，从不系围裙。为了搞怪，他下厨房偏要把老婆的围裙系在腰间。他生得膀阔腰圆，那围裙是超市的赠品，围在他身上，又窄又小。女孩看了他的形象，笑弯了腰。说他的样子真傻。简直就是个卡通厨师。爸爸比划着铲刀，翘起一只脚，在女孩面前摆“pose”。再比如女孩提到向日葵的问题。爸爸进女孩房间，趁其不备，将向日葵调整了方向。他依旧不动声色。第一天女孩没有察觉。第二天转动的向日葵头颅也被女孩忽略。到了第三天，女孩的房间传出惊异的叫声。上卫生间的妈妈被女孩的尖叫吓得大惊失色。怎么了怎么了？她踉跄着跑过去。女孩的脸在灿烂的阳光里显得激动无比。她指着向日葵的头颅说，它，它转动了。早晨起来我还看过它，花盘是向东的。你看你看，现在，你看，花盘向西了。

爸爸以前吸烟。中间戒了。现在又复吸。在家里，他关上门，去阳台上吸。烟蒂随手丢下楼。飘散的烟灰仿佛坠入无底深渊。闲下来他会无端烦躁。想躲出去。但呆在外面，又魂不守舍。有一次，甚至和一个来局里办事的人吵起来。前段时间，他把手机关了。不参加任何饭局。现在除八小时工作时间之外，他的手机仍处于关机状态。他为人忠厚，处事稳健。结交朋友很多。几个最知心的朋友惦记他。却不敢去家里看那生病的女孩。能用什么方式安慰他呢？只能像以往那样，坐在一起喝酒吧！他们给他打电话，说你出来坐坐吧。出来吧，好不好？

酒桌上他做出坚强的样子。吆五喝六的，努力不让朋友看出他的悲伤。酒却是比以往每一次喝得都要凶猛。二两一杯的白酒，抬手灌进嘴里。朋友不给他倒酒，劝他少喝。酒杯空着倒扣在桌面上。人却颓了。安静得令人担心。安静了一会，像孩子一样哭起来。没有声音，泪像河水一样流淌。也不去擦。朋友们吓坏了。陪着他掉泪。一个年纪小的兄弟拿了纸巾去擦他的脸。不想却触犯他。伏在桌上号啕大哭。

他哭得像个孩子。他在释放自己的悲伤。但他毕竟不是孩子，他是男人。是一家之主。他应该多考虑那个家庭更长远的事。不容他想，朋友们都替他想了。俗话说站什么山头喊什么歌，搭什么戏台敲什么锣。既然女儿得了那种病，那种病的结果你是清楚的。最后总是要走的。她走后你们夫妻俩怎么生活？你们该考虑再要一个孩子的问题了。再要个孩子，一是防老，二是那孩子能填补他姐姐的位置，会让你们心里好过一些。孩子总不该去领养吧？我嫂子四十岁了吧？比你小一岁。妇女最佳的生育年龄在23到25岁，35岁以后要尽量避免再怀孕，教科书里是这么说的。从现在起，事不宜迟。嫂子应该马上怀孕。

男人半夜里醒来。窗外星光璀璨。他很久没在这样星光璀璨的夜半醒来过。在床上躺了会，赤脚穿过客厅。走进妻子与孩子同睡的房间。房间里响着女人的鼾声，时断时续。他俯身去女儿床前看一眼。她的睡相安恬，眼睛半阖，手掌柔软地摊开在枕畔。女人被他站在床前的影子吓了一跳。他拉着她的手。用动作引领着她，穿过客厅，来到他们共同的卧室。女人以为他需要她了。从孩子生病，他们蓬勃而正常的性事便戛然终止。到现在已经快一年的时间了。而生活仍是要持续下去的。他们无衣食之忧，性事在他们的生活中占了很大比重。她把头扎在他怀里。她太累。他们独处，她才能做一回孩子的角色……但他没有那方面的要求。他推开她。让她的脸对着他的脸。他郑重地向她说起酒桌上朋友们的话。他说他认真想过，他们说得很有道理。

不行。女人一口回绝。

她感到委屈，是替女孩委屈。她生死未卜，他们便在身后做这未雨绸缪之事。而他们是她最亲的人。她认为那是对女孩的一种背叛。她想说，即使想要个孩子，也要等女儿死了再说。但那种话她说不出口。她从不敢把“死亡”这两字与女儿联系起来。她眼里看到的，耳里听到的，都是奇迹。都是抗癌明星们如何历经磨难，健步如飞地活在这个世上。

男人毕竟是男人。想要个孩子的想法一经在脑子里形成，整个计划便成熟壮大。孩子是补救整个家庭的唯一良方。他说。我们老了怎么办？我先你一步，这个世界上只剩你一个，怎么办？或者，你先我一步，整个世界上只剩下我，怎么办？那个未来的孩子是这个世界上唯一能搭救我们的人。是我们的诺亚方舟。男人说着这些，甚至想到那个未出生孩子的姓名——方舟——蒋方舟。

女人仍然听不进去。男人的设想虽对她有所触动，但她却找出另外的理由来搪塞男人。闺女能同意吗？你忘了她小时，你妹妹家孩子来住几天，她就容不下。这个家是她的天下，她容不下任何孩子。

你别告诉她。男人说。

不告诉她？她是这家庭的一员。这么大的事，不告诉她怎么行。

母女俩在阳台上看风景。楼下的草坪上，两个男孩在抓昆虫。一个刚刚学会走路的孩子，由母亲看护着，在草坪上蹒跚走路。小孩只穿了件背心，小屁股圆嘟嘟的。走两步便跌倒在草坪上，咧咧嘴哭了。爬起来，继续走。母亲不管他，任由他跌倒又爬起。一两株长茎的草绊住了他的脚，他没有能力拨开，连续的跌倒挫伤了他的耐心，他哭。咿咿呀呀地哭，一边哭，仍是踉踉跄跄向前迈步……

小孩娇憨的样子把母女俩逗笑了。

女人趁机说，小孩多可爱。

女人看着女孩。

女孩微笑着点头，表示赞同。

女人说，你爸爸最喜欢这样的小孩。你爸爸说我们家里也想要这样一个小孩。

女孩仍是微笑。眼睛看着楼下。此时那个做母亲的，已经出手去帮助她的孩子了。

你愿不愿意家里要个这样的小孩?

女孩仍是微笑，看着楼下。

你说是要个小弟弟，还是小妹妹?

在女人不舍的追问下，女孩终于警醒。她看了妈妈一眼。脸上的笑容慢慢褪去。她的眼睛虽注意着楼下。但脑子里却迅速分辨着妈妈话题的由来。她猜出了一些端倪。她猜测是自己病了，惹他们厌烦了，他们想再生一个小孩，来取代她的位置。

最后她对她妈说，我不要小弟弟，也不要小妹妹。你们想要，就给我生个哥哥，或姐姐。

女孩说完这句话，回房间去了。

女人生完女孩不久，便去医院做了避孕措施。这么多年过去，在女人意识里，她的身体成了一枚蚌壳，而那枚状如戒指的避孕环，已在她身体内部沉睡成珍珠的模样。男人谎称他身体不适，要女人陪他去医院。男人径直将她带到妇检医生那里。医生是丈夫的同学。女人没有机会分辩。不由分说被拉上手术台。

从医院回来的路上，女人一个劲抱怨男人，说怎么着也该跟她商量商量。男人不说话。男人不说话，女人便不好再说。她想，即使摘了避孕环，怀孕也是误打误撞的事。年纪大了，怀孕的概率很低……她的心里，有一架天平，违背了丈夫的意愿，她觉得对不起丈夫；遂了丈夫的愿，又觉得对不住女儿。她已分不清天平两端孰轻孰重了……她想起女孩说过的那句话，那句话她也偷偷地讲给丈夫听。丈夫听完后叹气。说不能由着小孩的性子，我不要小弟弟，也不要小妹妹。我要个哥哥，或者姐姐。在人流熙攘的街上，女人在心里默想着这句话。忽然间泪流满面。

男人要实施他的计划。他没有想到，那个看似简单的计划实施起来，却如此艰难。

做过第三次化疗，女孩的身体看上去还不错。男人征求女人的意见：该不该搬过来与他同住。

女人犹豫。她顾忌怎么对女儿开口。

女孩的头发脱落得厉害。洗过一次便尖叫一次。发丝像墨汁一样浸染了脸盆里的水。她对着镜子尖叫。她的手胡乱抓扯着头发，留在指缝间的头发令她的叫声更加尖利。早晨醒来她也会尖叫。头发大片脱落在枕畔，她的尖叫仿佛噩梦里的延续。

剪掉吧。两个月后会长出来。据说重新长出来的头发更黑、更密。

剪掉头发的那个晚上。房间里盛开着向日葵。女孩情绪不错。对她妈妈说，你别在我房间睡了，你去和那个人睡吧。向日葵也是要呼吸氧气的。它争不过我们两个人。

男人惊喜地偷偷看了女人一眼。女人低下眼睛。

男人洗了澡。早早爬上床。女人还在厨房忙碌。男人趿拉着拖鞋催了一次又一次。他问女人还有什么家务可干？他好搭一把手。女人说，这就好了。女人洗刷了碗筷。又去楼道里倒了卫生间的垃圾。卫生间的垃圾早晨男人刚刚清理过。她又把客厅规整了一番。她说茶几下面好像有碎头发……刚躺上床，女人又说，她要去女儿的房间看看，看看她睡下没有。从女儿房间出来。女人轻手轻脚从壁橱里找出一包东西。她很小心，唯恐被男人发现。但从饮水机里接水的声音，还是被男人听到了。你做什么？鬼鬼祟祟的？男人在房间问她。她将几枚药片含进嘴里，含混地说，没做什么，口渴。喝杯水。

男人不知道。女人含进嘴里的，是她偷偷从药店买回的避孕药。

向日葵的花瓣枯萎了。女孩虽每天都换掉杯子里的水，每天都用一只喷壶往葵花中间洒水，但还是没能阻止住花瓣的脱落。这只是一个自然的过程，一家人谁也没有在意。就连女孩自己也没有在意。但最后一片花瓣脱落的那个晚上，女孩悄无声息地出现在父母休息的房间。她黯然地看着他们。她的父母从床榻上抬起头，无奈地看着她。

女孩一脸阴郁。我害怕。她说。我听见向日葵在哭。它在哭。

女人从床上爬起来。说，别害怕。妈陪你去睡。

躺在床上，女孩说，你听见了吗？它还在哭。

女人说，睡吧。她用手轻拍着女孩的背。哄孩子一样哄她入睡。

男人曾到街上去找过那剃头匠。不是去找他给女孩理发。也不是向他去讨要向日葵。那些最初的向日葵枯萎之后，女孩就不再提向日葵的事了。男人是想对剃头匠表达一下感激：送他几瓶酒，或请他到饭店吃顿饭。但他摸不清剃头匠来县城的规律。剃头匠几次来县城，他们都失之交臂。

剃头匠来县城的次数越来越少。一是生意不好。最主要的，是剃头匠老了。他住的地方离县城二十多公里，往返一次，力不从心。天气好的情况下还凑合，遇到刮风下雨呢，那段路对剃头匠来说，简直太远了，太难走了。

剃头匠只好去周边村落揽些生意。给小孩子剃头，给老年人剃头。年轻人向来对他的手艺不屑一顾。他在那些落寞的村落里显得更加落寞。他偶尔会想起县城的繁华。会想起那个漂亮的女孩来。他始终在心里记挂着她。他去县城，砍下一颗向日葵头颅带上。插在自行车后座上。到县城支好摊子，将葵花插在罩棚的竹竿上。像他的一个招牌。但他一次也没有碰到过女孩的爸爸。秋天来临，他还带过一个成熟的葵盘过去。葵盘的头颅是黄色的。葵面却是如珠宝般黑色的果实。

整个秋天至第二年夏天到来的这段时间，男人似乎把剃头匠淡忘了。把对他的感激淡忘了，把带女孩去剃头匠家里看向日葵、去河边坐坐的想法，也淡忘了……进入秋天之后，女孩病情加重。男人心力交瘁，悲伤欲绝。他什么也顾及不到了。

病重的女孩对她妈妈说，我又梦见向日葵了。不是一朵，不是两朵。而是成片成片的向日葵。向日葵和它的兄弟姐妹在一起，它不哭了，它在笑。那个时候，春天已经来了。

整个冬天，剃头匠都没能出门。下过一场小雪。他去邻村剃头时跌了一跤，骨头摔断。一整个冬天只能躺在炕上。到春天方能下地行走，但走起路来仍是一拐一瘸……他拖着伤腿准备春季的播种。他把葵花籽用温水浸泡一个整夜，放在面盆里，均匀地摊开。上面敷上一层烂棉絮。炕头滚烫滚烫，他在那上面躺了一个冬天，把腰疼病都治好了。他把盛葵花籽的面盆放在炕头，上面再盖一床棉被。

地细细翻过。灌了大水。板结的土壤像蜜糖一样融化。待到水分渗透至三成，葵花籽被一粒粒有序地插进土里。夜里冷，上面又铺了一层细软的沙子。

春天的阳光很好。两三天时间，葵花苗从土里拱出来。头上还顶着黑色的帽壳。为了便于生长，他把帽子一顶一顶给它们摘掉。叶片在阳光里舒展，不几天抻得有巴掌大。

老伴说，你种这么多些葵花籽干啥呀？你把咱俩的口粮田都种了葵花籽了，你不吃饭了？葵花籽能顶饭吃？你个老不死的东西，你真是越老越任性，想起哪样做哪样。

剃头匠把那些葵花幼苗栽满整个田地。他低头忙碌，对老伴说，你不是嘴馋嘛，生来就爱磕葵花籽嘛！别的条件满足不了，葵花籽还不让你磕个够。

老伴龇着牙乐。她的门牙掉一颗。笑起来难看。她也知道笑起来难看，小姑娘似的，用手捂着嘴。

那么壮观的一片。坐在河堤上看。葵花的秧苗竟和别的作物如此不同。花朵开放的时候呢，又会怎样？剃头匠欣喜地想。

夏天，剃头匠又来县城。他还是在老地方支起摊子。把剃刀、推子一应家什摆好，坐在凳子上打瞌睡。他的瞌睡越来越多了。

男人走进他的摊子。男人瘦了，很憔悴。

他带着他，进小区，上五楼。一路上剃头匠絮絮叨叨地说，我今年种了两亩地的葵花籽呢，都开花啦……剃头匠说这些，是想从男人嘴里得到那女孩的消息。但男人只管闷头走路。男人不说，剃头匠也不好问。推开门。一股浓烈的奶腥味扑鼻而来。剃头匠愣了愣。他抽抽鼻子，在客厅里拘谨地站着。也就是在一瞬间，一记响亮的婴儿啼哭声从房间里传出来。

女人胖了些。她怀抱着一个新生的婴儿。在冲剃头匠笑。

是男孩还是女孩？剃头匠鼻子有些酸。小心翼翼地问。

女孩。他们湿着眼睛对他说。

遥远的亲人

在林水清家隐居的日子里，我近乎疯狂地重复着一种单调生活：每天天不亮起床，扫地、做饭、整理房间。有时林水清起床比我早些，去楼下清扫院子，侍弄菜园。然后，上楼，拿我做好的饭去楼下给他老婆送去。然后我们一同默默吃饭。然后，他下楼，推起那辆破旧的自行车上班。铁门的门框高出地面两尺，他心情好，就会托起自行车，悄无声息跨过那道铁门；心情不好，会双臂用力，任车轮碾轧那道门槛。车轮撞击残破的铁门，发出这一天里最为响亮、最为尖利的一记动静。然后一切又慢慢复归沉寂……此时我站到窗前，看不到林水清，却能想象得出：他身体贴在铁门上，端着肩胛，努力将一把大锁扣死。锁经年累月挂于门环，雨水和海面飘来的雾使锁眼生了锈。林水清不止一次和我提起过，说应该从厂子里拿些机油，抹在锁眼里就完事。但他总是把这样一件不起眼的小事给忘掉。

沉寂，就是这样。对声音的感触正在一天天剥离我的身体。起先我还能听到从远处码头传来的，渔船出海或归来时拉响的汽笛声，在我的意识里，我甚至还能辨听到海鸥的啼叫以及潮水暗涌的声音。深夜醒来，那粗重男人的鼾声，使我辨不清是马德的，还是林水清的……随着时间的埋葬，所有意识渐渐荒芜，沦为废墟。所有事物却以沉寂的方式在我的眼前呈现，与马德居住并熟悉至骨子里的房子、院落，院落边角以及墙缝里，生出荒芜的杂草。我能想象得到那屋子里的样子：蛛网，灰尘，麻雀与燕子在屋檐下筑巢；蟑螂，蚂蚁。老鼠，流浪的猫。马德一人的气息终抵不过众多气息的侵袭，使那屋子沾染了一股衰败之气……那气息一时之间令我呼吸困难，目光慌乱地投向远处。直到后来，每当我临窗眺望时，我总会把目光越过那块驳杂的屋顶，屋顶之上仍是屋顶，随着目力所及，屋顶的面积越来越小。偶有白色瓷砖突兀而起，是又有人家盖起了砖楼。屋顶、楼宇、蛛网纠结的电线、电话线、热水器、状如锅盖的电视节目接收器……所有的一切在最远端的海水出现时，即刻变得杂乱而渺小。海水在天的下面静着。潮起时颜色深重一些，在午后安静的时光里，它的颜色愈加澄澈。

在和马德结婚之前，我心里曾有过一个男人，是我同学。我就读的班里，男生四十二名，女生人数记不清了。之所以男生记得清，只因那么多的男生里面，有一个叫林清水的男生对我很好。

当时的学生，大多是抱着赌博的心态结束那最后一段学习生活的。成绩好的把赌注压在考大学上，成绩不好的把赌注压在搞对象上。那时学生的年龄，读到高中都二十大几了。结束学业，回到农村，有家境不好的男生，以后鲜有接触女生的机会。

林清水似乎是唯一有两手准备的人。他一边狠抓学习，一边对我初露轻佻。我自知相貌平庸，在同学面前，总是低眉顺目。有谁会对一个木讷女生侧目呢？那段时间想起来总会令我头疼。我精疲力竭，感到茫然失措。我的努力没有任何方向感……记得那天下晚自习，林清水与我擦肩而过，他迅速将一张纸条塞在我抱着书本的怀里。我愣住，看着他。他扭回头，朝我微笑，迅速消失在人群里。

那是个春寒料峭的傍晚。昏暗灯光下他的笑容给了我无尽温暖。躲在寝室，我将那封信看了一遍又一遍。信中的溢美之词令我迷惑，信中的约定又使我茫然。林清水说，我们努力吧，不要将光阴虚度。考不上大学，我们再一起努力……在最后的几个月里，林清水真正将我打动，他给了我诸多帮助和鼓励……就像所有人预料的那样，林清水考上大学是当然的事；我高考落榜，也是当然的事。

但令我忧伤的是，自考试结束，直到现在，我一直未得到林清水一丝一毫的消息。就像那封信，就像那信里的约定，从来没有过一样。他怎么会以这样一种方式从我的生活中消失呢？哪怕他给我捎个口信，哪怕他邮寄一封措辞不详的信件，也会使我好过一些呀。

毕业后回家，马德在我的生活里出现。

我的父亲曾是个渔夫。在我们这个镇子，生活着名为渔民和农民这两种称谓的人。又分为渔业生产队和农业生产队两个大队。渔业生产队的人大多从事出海捕鱼的营生；农业生产队的人大多耕种着镇子周围近百亩的肥沃良田。随着世事变迁，很多从事农业的人造了船，操起了渔业。因为下海捕鱼，赶上好的渔汛，几网下去便可抵得一年稻米的收入。而少数从事渔业的人，出于对海洋的敬畏，几经辗转，承包下几亩稻田，踏踏实实过起了农人的日子……我父亲就是那后一种人。我父亲的渔船是镇子上出海较早的那一批，但他运气极差，似乎从未赶过一个好的渔汛。好渔汛对渔夫来说是一生中的幸事。每逢有消息从海上传来，码头上会一片欢腾。拣海的妇人孩子，腰里踹满钞票的鱼贩子，早早候在码头。最早进港的渔船远远拉响汽笛，接下来汽笛声此起彼伏，渔老大的吆喝声响彻云霄，各种鱼类堆满码头。每逢这时，我父亲总是迟迟未归的那一个。好的渔汛成了对他的一种羞辱。别人收获越多，他的脸面越是挂不住。那些枯鱼期对父亲来说倒是难得的平静，他可以混在众多的渔船中，从从容容返港，从从容容回家。有时喝多了酒，我父亲会垂头丧气说，我是一个被鱼类厌弃的人。这是命中注定的。他驾着船，去荒芜的海上寻找鱼群，但鱼群却像有过约定，躲着他。在最好的鱼汛期，被他打上来的那些为数可怜的鱼像是鱼群派出的间谍。它们引领他走上错误的航线。他甚至说，从那些躺在甲板上的鱼们的嘴巴和眼睛里，他听懂或读懂了它们幸灾乐祸的言语和表情。

我父亲渐渐被海洋磨损了意志。卸帆归田是他早就做好的打算。但在最后一次出海航行中，他遭遇了突如其来的风暴。船舱漏水，马达熄火。此时船已可遥看到海岸。它像吸足水的海绵一样在海浪中越陷越深。船上的几个伙计哭做一团。我父亲面如死灰，他此时并未感知死亡的恐惧，而是无比沮丧地回味着他的渔夫生涯，内心无比凄凉。

是马德救下了我父亲以及船上的伙计。

为此他被县里的记者采访，写成洋洋万言的报道。上了大报小报，出席各种表彰大会，领了奖金。令我感触最深的，是下面这段采访报道。记者：你在知道自己有可能船毁人亡的情况下，为什么还对遇难的渔民出手相救呢？马德：出海的渔民都是我的兄弟。不单是我，任何一个人，都会这样做。更何况，（说到这里马德笑了。露出他渔民特有的淳朴）我救下的是我的岳父呢！

恰逢休渔期。马德从外面开会回来，他那被海水熏黑的面颊稍稍显得白净了些。眼角的纹路像被炭笔描画了一样。为此衬托的一双细小眼睛有了几丝狡黠的意味。这是他第二次来我家和父亲喝酒。第一次被父亲以救命恩人的身份请来家里喝酒时，我父亲便慷慨地将他的女儿许配给了马德。他的女儿成了他的礼物，为此他说，也可看出他对女儿的惜爱，犹如珍宝。唯有将这样的珍宝献给救命恩人，方可看出海洋赋予他的豪爽性格。马德将报纸塞给我看，他认识不多的几个字。在那张报纸上，我看到了披红戴花的马德，并读到一个身份暧昧的女人，成为某种知恩图报行径的殉葬品，并为此搭上了被记者大肆宣扬的一段“英雄佳话”的末班车。

出嫁那天，休渔期行将结束。码头上仍是一派忙碌。人们忙着补网，检查机器设备，在船身周围涂抹防腐的桐油。在我们这里，迎娶新娘大多走两条路。一条走陆路，以前有轿子、高头大马，现在是汽车、拖拉机。另一条走水路，驾船，哪怕是两三步的距离，也要绕过浅滩，经曹妃甸，十里海，在另一条码头靠岸。前一种，当然是农业生产大队的规矩，而后一种，则是渔业生产大队的规矩。但在我出嫁的那几年，各种规矩已乱了行情。农业生产队的女儿，偏要选了船出嫁；渔业生产队的女儿，偏要坐了轿子。依我父亲的意思，他是要我坐了汽车嫁过去的。他既有了耕田犁地的打算，并对海洋有了切肤的恐惧，当然希望他的女儿走得稳妥而踏实。但马德是个渔夫，他当然会选择用船迎娶他的新娘。

那天风和日丽，我被马德领上船时，父亲没有送我。母亲和邻家的几个小姐妹将我送到船上。母亲失声痛哭，她哭泣的样子不像是女儿出嫁，倒像是漂洋过海，再无回头的时日。我坐在船头，看着他们。看着他们的身影越来越小，那种感觉不像是船在漂移，倒像是他们脚下的陆地在移动。马德一副得意样子。从驾船开始，他便大声对我说着一些海上的事。仿照他的描述，我就像他从深海俘获的一条美人鱼新娘。他还踌躇满志说，休渔期结束了，一个个渔汛在海洋的深处正等着他呢。

风是在船行至曹妃甸时吹起来的。大片乌云从海洋深处涌来，马匹一样飞奔。船晃得厉害。这是我第一次坐船进入海的腹地，也是最后的一次。我那么真切地贴近了父亲的恐惧，并且对即将到来的婚姻生活有了莫可言状的揣测。

船靠码头时，我吐得身上没有一点力气。被马德抱着，咸湿的海风将我的头发吹得七零八落。我是我父亲的女儿，看上去我却更像一个溺水之人再次被马德搭救。我的虚弱恰好迎合了某种仪式。我踏入这个村子，成为马德的老婆，就应该是被马德抱在怀里，一步步走回家中去的。冥冥中有很多事情都敷衍了我命里的执拗。如果我不晕船，我是不会允许马德将我抱在怀里的，我要跟在他的身后，一步步走进他的家，走进我另一段生活……心里虽不再那么撕扯般难受，但我还是闭着眼睛。听着马德与那些渔民调侃的对话。在他们的语气里，马德的渔汛已提前到来。我成为了他捕获的最丰美的一条大鱼。

夜里真正的风暴才登临了这个小小的渔村。我和马德的洞房成了风暴中一条颠簸的渔船。我在海边长大，一生中经历大大小小的风暴无数。除去父亲的渔船没有按时返港之外，我总是能在睡眠中安然度过。我和母亲相拥坐在动荡的屋子里，猜想着父亲的船像纸片一样在汪洋中挣扎、沉没，或像利箭一样穿透汹涌海浪，安然驰入避风港湾……而实际上，在我和母亲的不安与揣测中，父亲总是浑身浸湿叩响屋门，他遭遇到的不多的几次风暴，总会有惊无险，涉险过关……做为父亲的女儿，在这个夜里，我却没有这样幸运。每次的风暴，我都愿意将自己封闭，缩进睡眠的躯壳，以求抵御那风暴间接施予我的伤害。但这一次马德成了恐惧的帮凶。他不准我睡，并且要履行新婚之夜所必须履行的义务。我哀求他，甚至妥协说改天行不行？我不敢承受那自然风暴给我带来恐惧的同时，还要面对一个陌生男人强行进入我身体的恐慌。

我古怪的举止令马德疑惑，甚至愤怒不安起来。他是个温顺之人，但我缩紧的身体勾起了他隐藏在性情深处的粗暴。我怪异的举止甚至导致了我们过后婚姻生活的冷淡与疏离。风暴摧毁村里的电力设施，屋子里断了电。但闪电和风暴的呜咽声烘托了窄小床榻上另一场风暴的登临。我本意并不想这样执拗下去。如果马德俯下身来，轻声细语给我一点安慰，或像白天那样将我抱在怀里，我就会将我的身体展开，或在他的手下开放……但愤怒迷惑了马德，他认为所有被网上来的鱼都该成为他的战利品，它们在甲板上喘息，甚至不安地扭动身体，他都认为那是归顺前的徒劳挣扎。我的衣服可以像渔网那样被他轻易理顺，但他的粗暴却将我刺激成一条愤怒的鱼。我从未经历过这样的夜晚：两种风暴以恐惧和愤怒的形式依次登场，它们在我的经历中给我带来不一样的感受。恐惧的风暴终在我的意识里被淡化。当早晨醒来，外面已风平浪静。阳光从窗子里射进来。它是什么时候止息的？是在我疲惫地熟睡之后，还是在这个早晨到来之时？

我感知了下身的疼痛，我的手还抓在床栏上。昨晚，我是把那根床栏当作了汹涌波涛中救命的桅杆。马德一张浮肿的脸此时探到我的脸前。他迷恋地触摸了一下我赤裸的乳房。他有些疲惫，有些失落。他说，休渔期结束了，一个个好的渔汛来了，我要出海。作为妻子，你该起来为我做一顿像样的早饭吧。应该去妈祖庙前替我献上一柱祈求平安的香烛吧。你应该，把我送到码头，然后在家里祈望我满载而归吧。

我是在步入婚姻的第二个年头与林水清邂逅的。此前我似乎已渐渐习惯了与马德的婚姻生活。马德出海，我呆在家里，真正做到了大门不出，二门不迈。那幢坚固的老房子终年难见阳光，我的面色在房屋的阴影里愈加苍白，额头上甚至能看见青色的血脉。也有年龄相当的一些女人找上门来和我聊天，那当然是一些丈夫出海，守在家里提心吊胆、寂寞难耐的女人。她们说着一些无聊的话，从未将那担忧与孤寂表露出来过。她们掐算着时间，邀我去码头一同迎候出海将归的丈夫。我委婉地拒绝了她们。我的理由是怕见海水，见到海水就晕，就头疼。这似乎是我父亲的遗传，也似乎是那次嫁过来时风浪留下的后遗症。她们又邀我在退潮时，去滩涂里挖蛤蜊，拾扇贝，换些钱，或补贴家用，或置些衣物来打点黯淡的生活。我仍是拒绝了她们，我宁愿去离渔村不远的机械厂打工。虽然工资少得可怜，虽然不自由，每天一踏进机械厂大门，总要捱够那八个小时的工作时间。

我的一个小姐妹在机械厂做工。我呆得实在难耐，有时会回到家里。帮母亲做做饭，或下田帮父亲清除稻秧里的杂草。偶尔我还会住上几天。但从父母的神情里，却读出几分疑惑和担忧。母亲甚至悄悄问我，和马德结婚这么长时间，怎么肚子里没一点动静？我的父亲甚至委婉地说道，即使丈夫出海，做妻子的，也该替他守在那个家里，为他担忧，替他祈祷，寸步不离。这是每个做渔夫妻子的责任和义务，就像你妈年轻时那样。父亲这样说着，向母亲投过赞许和感激的目光。而我的母亲，此时无比感伤地低下头去。在逝去的岁月里，她确实是这样做的。我的那个小姐妹来看我，见我神情抑郁，就说，跟我到机械厂去做工吧。

第一天上班，我便被安排到林水清的车床去干杂活，做了他的徒弟。

林水清和林清水这三个字，无一字之差。仅仅在字面的安排上调换了顺序。“林水清”，“林清水”，在某种意识里，我对文字的理解能力竟然如此的敏感与活跃。林清水似乎代表了一种流动，难怪我心里曾有过的这第一个男人，从我的生活中流走得那样快，那么不着痕迹。而每日里与之相处的这个叫林水清的男人，似乎像水流一样在我的生活里停驻了下来，不再流动，所有的沉渣与污浊沉落于河床底部，水变得至清至浊。这似乎是我的命运。

当然，我之所以对这个叫林水清的男人产生兴趣，应该承认是那个叫林清水的同学在心里作怪。林水清是个其貌不扬的男人。他安静，沉闷。如果将我所接触到的男人打个比喻：我丈夫马德，更像海洋，宽厚，但内里却隐藏着无尽的风暴。林水清则像一段潺潺流动的河水，温吞，却令人心怡。

我们之间似乎很少交流。当我初次踏上车床，操作出来的几乎是一件件废品。心里不但焦虑，甚至感到无尽委屈。我的师傅林水清，脸上无怨无怒，他甚至闭紧了口，把所有以前教我的技巧、原理，全部装在心里，全部演示在他那纯熟精练的动作上。他倾着身子，车刀刮磨着器件，发出类似吟唱的嘤嘤之声。薄薄的铁屑像糖饴一样绵软，偶有断裂，溅起的碎屑才会使他眨一眨眼睛。哦，原来多么坚硬的铁器，都可在他的手下变得绵弱无力，都可在他的操控之下，变成精妙的器件，刻度无一丝一毫的错差。

每天傍晚收工，我师傅林水清都会火急火燎地推车，跨出厂院大门，一刻也不耽搁。好像他家里有很重要的事在等着他。而我骑车上班的某个早上，恍惚间见前面蹬车的一个男人更像是他，清瘦，在车子上弓腰驼背。我骑得慢，远远被他甩掉。晚上收工时，我无意跟踪他，每天下班我都和那个小姐妹同走一段路，然后在一个岔路口分手，她骑回我娘家的村子，我则走上回渔村的道路，有时也和她同回娘家坐坐。这一天，我恍惚间和林水清踏上了同一条回家的路。岔路、转弯、进村、拐过巷角、经过小卖部、嘈杂的鱼市、小学校……直至拐过刘德林家的房子拐角处，我甚至惊慌失措起来。我竟然想的是：林水清是不是已探知了我的底细，知道了我的住处，知道了我丈夫马德出海捕鱼，整个夜里我独守空房……他或许正等在我家门前，准备矜持地提出他那不安分的要求？想到这里，我的心怦怦乱跳，脸烧得不行。马德出海已经有些时日，我刚刚经过例假，身体正蛰伏在某个潮汐期待涌动的时段。如果他真的这样做，我该怎么办？我停下车子。在街口犹豫了一下。这或许是整个渔村里最为岑寂的一段街道。我从未听到过源自此处的喧哗。即使远远海港传过来的渔船拉响的汽笛声，或是前方小学校里孩子们的诵读声、歌声、放学时候的喧哗之声，竟然映衬了它的安静和岑寂……我终是推着车子走入巷口。我先是看到我家门前，空无一物。在我诧异之时，我听到林水清的问候之声。我看见他伏在我家对面的一扇铁门上，正在费力地开启着一把锁头。

就像一个玩笑。我在这幢房子里生活了两年之久，竟然不知道我的师傅林水清，就住在我家对面。

也难怪。林水清早出晚归，而我，始终生活在一个深居简出的状态里，那么久，我们总是擦肩而过。

那个夜里，我难以睡去。想不到在我心里留下印记的这第三个男人，竟然住在我的对面。此时他在做什么？我由此开始揣测他的生活。

他或许早就认识我，并且熟知我。马德将我抱进这幢房子时他是不是夹在闹房的人群里？我在院子里懒散地进出，他站在他家二楼的窗前，是不是曾经细细地打量过我。但在我邂逅他之前，他注定对我熟视无睹。他比我将近大十来岁的样子，论辈分或许该称他为哥哥或叔叔。我偶尔到院子里去，常常听到街对面的铁门被硬物击打，或被身体拍响的声音。我问马德，那家人家是怎么回事？马德说，那家院子里关了一个疯婆子，精神病。以前性情还好一些，自从女儿夭折，性情便暴躁起来。张口便骂，逢人必打。男人没有办法，只好将她关在家里。你最好离那家人远一些……马德说，是一个很聪明乖巧的孩子呢，长到两岁左右，都会说话了。男人出门几天，老婆有些糊涂，病了也不知道去医治，生生把孩子给耽误了。男人回来，女儿的身体都已僵硬，仍是被她抱在怀里。男人可能打了她。从此便糊涂得更厉害……

这似乎是个恐怖故事。也是我疏于接近周围邻居的理由。但在这个夜里，所有恐怖的色彩都在林水清这个男人的辉映之下悄悄隐去。我甚至欷歔起他生活的遭遇和不幸来。由此想起另外一个叫林清水的男人，他的面容已在我的记忆深处模糊，他留给我的，只是一个名字，和一段不痛不痒的伤害。想到这里，我忽然悟出他在我生活中的作用：他仅仅像个引子，用他意义非凡的名字，钩起我此时生活中的这另一个男人。

那个夜里我听到了远处潮汐的涌动声。门被推响，腥咸的海水气味扑鼻而来。我丈夫马德出海归来。他的嘴里喷着酒气，但仍是掩盖不住那海水的气味。我舒展开身体，第一次丰沛地接纳了他。

掐指算来，我在那个机械厂做工，足足有四年之久。

四年时间，慢慢滋养了我对林水清的依恋之情。每个早晨或者傍晚，我们之间似乎有了一种约定……按照正常骑行的速度，经过刘德林家的拐角处，经过小学校、鱼市、小卖部。出村，如果前面没有那个清瘦的、弓腰疲沓的骑车人身影，我的速度就会慢下来。不用回头，用不了几分钟，林水清就会从后面赶上来……出村，在转弯的地方见不到他，我骑行的速度加快，在走上大路之前，我必定能看见他的身影，缓慢的，无精打采的，在慢慢行进中等着我。

我们在路上从未说过一句话，从未并肩前行过一次，总是那么一前一后，按照正常的速度行进。在别人看来，就完全是同一个厂子里的工人，同一处巷子里的街坊，被生活无意中固定在同一条轨迹上的两个人。下班愈是这样，从厂子里相约出来，无所顾忌地走完那条大路，我娘家的小姐妹已出嫁，辞了机械厂工作。这个时候，我们会偶尔有一两句交谈，为了便于对话，骑在前面的人会将速度放慢，等后面的人赶上来，侧着耳朵，并肩骑行一段，然后再交错分开……在转弯处，一个人的速度加快，一个人的速度就会相应慢下来。当林水清关紧他家大门时，我也刚好走到自家门口。

四年光阴，细细算来，我和林水清在一起的时间，抵得上和丈夫马德在一起的时间几倍。我们说过的话，比和马德说过的话还要多。林水清也是一个不善言谈的人，但我们之间的一个眼神，一个动作，便能抵消千言万语。我情绪每有波动，或是和马德生了闷气，或感觉心思烦乱，我的表情、语气、一个眼神、一个动作，同前一天相比有一点异样和反常，林水清关注的目光就会投过来。没有问询，没有安慰。我走到哪里，都能感觉被那目光罩住。那目光像一双大手，或像一个怀抱。使我鼻根发热，有时眼角竟会盈出热热泪水。我用浅浅泪光去回应他的目光，我们四目相对，转瞬间便有了知己般的拥抱。但林水清总像是被烫了一下，快速低下头去……

自行车车筐里，用布袋装了一个铝制饭盒，林水清每天早晨带着它。中午在机械厂食堂吃饭，林水清吃完一份，又会打上一份，急急忙忙送回家里，再急急忙忙赶回厂里上班。我从未问过他的婚姻，家庭，他怎么会有这么一个疯癫癫的老婆？关于这一切，我只是从别人的嘴里听说过只言片语，说那老婆嫁过来时也是安安静静一个女人，是他做学徒时，他师傅的女儿……不管下雨刮风，每天中午，林水清都要不厌其烦地走那一段路。我能看出他的疲惫、无奈和厌倦。我说，早上的时候你不会多做出一份饭来？省了这样来回跑。林水清叹口气，说以前也这样做过，但留在锅里的饭，不是被她倒掉，就是摔碎了碗，砸毁了锅。我现在都不敢叫她进睡觉的屋子，没人看着，她敢把房子给我点着。林水清说，他现在出门，把自己睡觉的屋子锁上，把院子里的大门锁上。留给老婆的空间，是楼前那一片空地，和她单独居住的面西的偏房……说到这里，他又叹口气，他说，也不知何时是个尽头。

有一次我的手被铁器上的茬口刺破，我低叫一声，关了机器，蹲下身去，用力掐紧那弥漫全身的尖锐刺痛。林水清走过来，端起我的伤指，用指尖快速将尖刺拔出。我呻吟一声，朝车间门口看了看。空旷的车间此时只有我们两个人。林水清将我沾满油污的食指送入他的口中，将淤积在伤口内的血用嘴咂吸出来。他把满口的血污吐掉，说，生锈的铁刺有毒，回家后没有酒精，就用白酒消一消毒。说着，又怕吸不干净，再次将热辣的嘴唇裹住我的指尖。新鲜的血仍是涌出了我的指尖，但异样的感觉却覆盖了伤口的疼痛。他的嘴唇箍住我手指周围扩散开去的痛感，坚硬的牙齿在伤口的边缘有了某种依托或尝试，舌尖在绽开的皮肉里吮吸、蠕动，使疼痛的尖锐与隐秘的接触奇妙混杂在一起。我的身体似乎都要随着那蠕动与吮吸，慢慢飞升起来。

四年光阴，罗列在一起的白天，我们像真正的夫妻一样完成了话语与精神上的交流。但我们的肉体，在黑夜里却一次也未接触过，亲昵过。

如果在一起，我们就要离开这个地方。我们有过那关于“私奔”话题的探讨吗？有过某一天他将带我离开的承诺吗？但在我的感觉里，那探讨与承诺却是曾经有过。他的眼神、他的举动，以及他落寞的生活，似曾给过我确切答案。

我们之间似乎已不需任何口头的表达。如果没有这份把握与感知，那天夜里，我就不会贸然出现在林水清家里，从而进入他黑夜中的生活。从而，使自己的白天与黑夜，变得越发孤独和幽闭起来。

那天晚上下着微雨。马德早晨离开家。他离开家的时候，竟然奇怪地摔碎了一只碗。我觉得他并不是故意要将那只碗摔碎。碗落在地上，变成无数个碎片，在尖利的碎裂声里，马德奇怪地看了我一眼。我们四目相对，他故意做出一个恼怒的样子。抖抖肩，扬长而去。

马德卖了原来的船，造了一艘更大的船。新船下海那天，马德击鼓焚香，搞得煞是气派，场面甚至比我们结婚时还要隆重。也是啊，一个渔夫一生中，还有什么比结婚、生子、造船更隆重的事！即使这样隆重的场面，我也未出现在码头。我那天的借口是厂子里有一批活催得紧。我回到家时，马德并没有责备我的意思。他只是说新船已泊在港湾里了，气派得很！即将驾驶新船的幸福笼罩了他。对我的淡漠，他总是表现得宽容。我们结婚多年，性事蓬勃而正常，但我的肚子始终没有动静。我的父母，总是催我们去看医生。如果真的有什么问题，抱养一个孩子也好啊！

我们一次也未去看过医生。对生育的问题，我们鲜有交流。每次出海归来，马德会贪恋我的身体。但我认为那仅仅是他对海上寂寞而凶险生活的一种补偿。他把每次赚到的钱毫无保留地扔在我的身边。当他在我的身上辗转时，我无意中窥见那些纸币。心里竟生出古怪念头：夫妻间很正常的性事，多像一种交易啊，他是嫖客，我成了妓女。

自造了新船，马德在海上的运气差了许多。而实际上，随着海上资源的枯竭，随着下海捕鱼的渔船增多，收获越来越小是理所当然的事。即使捕获到和以前同样多的鱼，马德也不会满足。因为造了大船，马德的期望值更高，他的失落也就会更多。所以，马德出海的日期变得愈加漫长。他在船上新增了三个油桶，加了满满的柴油。有时他会驾船到山东的海面上去。他将航线拉得如此漫长，并不是追寻到鱼群的踪迹，而是在茫茫大海上漫无目的地寻找……偶尔回家，身上海水咸腥的气味和酒气越发浓烈。这一次，我来了例假，他仍是不管不顾，就像讨债一样。他在昏暗的灯光下一边阴郁地吸烟，一边说起他因造船欠下的一笔债务。他说，照这样下去，年前想把欠债还完，似乎是没什么指望了。他弹弹烟灰，竟然说这一切的窘迫，似乎都与我有关。他疑惑地将这个话头提起，而后直了直腰，似乎坚定了自己的想法。他说新船下水，别人家的女人都去码头，去船头贴吉祥的“福”字，捎带着给妈祖多烧些祈求平安的香烛。他说，你做了什么？他的言外之意，似乎连带着抱怨：渔夫返港之后，妻子们都翘首在码头上，而我，一次也未在那里出现过。

身体潮汐带来的隐痛让我在那一天里病态般虚弱。我没有上班。太阳一整天也没有在窗子上跳出来。我想着马德的抱怨，想着他阴郁的脸出现在湿气浓重的码头。他的背影在凝固的远眺中变得越来越小。海水荒漠一样渐渐吞噬了他。等待他的又将是多么无奈而又莫测的航程呀……他抱怨得不无道理。我从未像一个真正的妻子那样对待过马德。以前他满载而归，兴高采烈对我描述海上的收获。他说，海里没有美人鱼，如果有，我就能给你捕回一条。我没有回应。我从未分享过他的喜悦，亦没有分担过他的忧愁。很小的时候母亲便万分恶毒地咒骂过我，说我闷得像个葫芦，葫芦也有浮上水面的时候。你这不知疼，不知冷暖，死面疙瘩，不开窍的货……对自己的厌恶让我无声抽泣。又能怎么样呢？马德，如果我从这里离开，我们会不会都能变得好过一些？

我没有勇气去敲林水清家的大门。当我披衣散发站在细微的雨幕中，我听见从海的那面传来沉闷的雷声。

林水清说，你怎么没去上班？我一整天在厂子里提心吊胆的，下了班就想去你家看看。出了什么事？

或许从我无助站在院外的那刻，林水清便隔了他家的门缝注意到了我。夜色浓重。他拉开他家铁门，他就像一座岿然的城，将我接纳。

铁门习惯性地在后面栓死。我安静地走过林水清家的院落，雨水已细密地在物体上制造出一些声音。我忽略了以前对整个院落的猜测和臆想。林水清无声跟在我的身后，我不像是被引领，倒像是顺其自然地登堂入室。在走进楼前的那道正门时，我恍惚了一下，等林水清从后面赶上来，将那扇关闭的房门打开……此时闪电在黑暗中丛生，那猝然惊悚的光焰将一些影像在我眼前凝固：我先是看到林水清一张疲惫的脸，雨水打湿他稀疏的额发，正顺着额头滴淌到脸上……他瘦削身影转瞬间赶到我前面去，背后空出来的，是一张贴在偏房玻璃窗后的一张脸，那张脸稍纵即逝。但她那双充满惊惶和恐惧的眼睛，却不禁令我打了个寒战。

是林水清老婆。

在对那双眼睛的疑虑和猜想中，我不由变得迟疑和惶惑起来。

你怎么了？

我看着他。眼里慢慢蓄满泪水。

面对我的眼泪，他显得手足无措。

发生了什么事？他把目光落在我的肩上。伸出手，似乎是想掸去我肩头的雨水。他的手在我的肩头挥来挥去，短促的挥动与抽离间，手指触及我的头发，我的脖颈。湿滑的头发被他捏在指间，而后温热的手掌缚住我的脖颈。我在那暴虐般的抚摸中不由崩溃，整个身体坍塌在他湿热怀里。

他想要我。但手指触摸到我下体的隐秘，不由仓皇间罢手。我知道他多年来鳏夫般的生活，充满了干柴般的焦灼。如果他蛮横地索取，进入，我也没有办法。但他只是抱紧我，再无任何动作。

雨声细密绵长。掩盖远处海水起落之声。在一张窄小床上，我安静睡去，睡眠中没有任何梦境。

醒来，睁开眼，我看见他的一张脸，在熹微晨光里睡得有些扭曲。我忽然想起出现在这里的初衷。我是想和林水清说说离开这里的打算？还是想让他带我离开？抑或只是发泄发泄对生活的抱怨？安静的睡眠已成了最好的疗治。我已内心平复，踌躇着该不该将那话题说起，或是将那话题遗忘。但我清楚的是：我必须马上起身，回家，步入从前的生活，遏制这种荡妇般的行径。

林水清醒来。他愣怔了一下。对我笑笑，搂紧我，把脸埋进我胸腔深处。我像一位母亲一样抚摸了他的头发。他的头发软而糟乱。头顶露了头皮，密集处白发乍现。我想起昨晚我们并没有过任何实质性的事情，不由得意了一下。对他说，起来吧，我该走了。该去上班了。

林水清仰头看着我，露出孩子般祈求的神色。

我说，好啦，改天晚上我再过来。

我这样说，心里忽然有了某种罪恶般的快感。

我的话给了林水清无尽鼓舞。他起床，去厨房做饭，对我说，要不你也在这里吃罢。

我犹豫着。很想与他在一起吃早饭。但又担心时间拖久了出门时被人看到。边整理头发边站到窗前。我朝院子里看了看，淡淡雾气和夜色混杂在一起。未看见林水清老婆。外面天色正在渐渐发亮。我的目光越过围墙，忽然看见自家门前蹲踞着一团浓重物体，是一个人。是，是马德……我不由惊叫一声。身子后挫，唯恐被他发现。心不由擂鼓般激烈跳荡。马德不是出海了吗？他什么时候回来的？是在昨晚？还是在这个早上？

而实际上，正是马德阴差阳错般的忽然回归，阻止了我回到从前生活的脚步。他如果是那天晚上回来，我不在，他就该想到我可能回了娘家，自己安然入睡。在这个早上，他应该醒得迟些。我走出林水清家院子，回到他的身边。谎言，或是一些纷乱的猜测，但终是改变不了我们各自生活的轨迹……但可能是，我临出门前，忘了挂锁，门就那样敞着，我仓促间造成的过失，令马德产生了疑惑。他认定我的离去有些离奇。寻遍整个院子，不见我的身影。不安地站在黑暗的街道上，细雨令他心情沉重。他蹙眉判断着我的去向。或许敲响了邻居家的房门，（林水清家自然会被他忽略）打听我的行踪。邻居的回答令他更加焦灼。他或许忽然想到我可能去了娘家，遂徒步过去，边走心情竟然放松下来。马德想，除了娘家，我还有什么地方可去呢？但我的不在不免令马德惊慌失措。他或许一个晚上都未曾合眼。天还未亮，他便守候在门前，祈望得到我的消息。

看见我惊慌失措的样子，林水清不知发生了什么事。我朝窗外指了指。我苍白的脸色令他生出不祥之感。等他从窗边回来，也是难掩一脸的惊慌。

怎么办？他说。

时间慢慢过去。在那一段时间里，马德始终守候在家门前，也就是林水清家门前稍稍偏左的地方。他无意中封堵了我的去路。他吸着烟，蹲踞着。有时站起来。同路过的人说几句话。他可能在同他们打听我的行踪，被问过的人有的摇头，离开。有的出于同情，和他并肩站在一起。马德周围，人越聚越多。马德将烟散给众人，他此时的表情稍显轻松下来。大概是从别人的安慰中，得到了一丝解脱。

虽是早晨，天气很是凉爽，但林水清的额头却生出细密汗珠，他无奈地对我说，怎么办……你只能暂时呆在这里了。我要出去，要去上班。我呆在家里，他们，或许会产生怀疑……

他的离去令我生出深陷枯井般的感受。林水清锁紧大门的动作更加麻利。他把自行车靠在铁门上，竟然去马德他们那里站了站，然后弓腰疲沓地骑车离去。他依然骑得不紧不慢，一副踏实稳重的样子。他的老婆此时出现在院子里，把身子扑在铁门上，将残破的铁门拍击得轰然作响。那声响令我心惊肉跳。街上越是嘈杂，那疯子情绪表现得越是激烈，嘴里竟然呼叫着什么。但疯子异常的举动并未引起街上人们足够的重视。有人嬉笑着呼喝几声，捡起石子朝林水清家的铁门掷来……如果街上有片刻岑寂，我都恨不得立刻狂奔而去。

到太阳照彻街角，我看到父母赶了过来。父亲骑一辆三轮车，母亲坐在车厢里。众人的围观使我短暂的离去确乎成了一件轰动的失踪事件。还未等母亲下来，我父亲便丢了车子，赶到人群里，他眉头微蹙和众人交谈着什么。我母亲在未停稳的车厢里险些跌倒，她身子晃了晃，手拄着膝盖慢慢爬下来。她凑到大家身边，侧耳听了片刻，嘴巴一咧，险些哭出来。

后来赶过来的，还有两名着装的警察。他们把警车停在刘德林家的拐角处，也就是更宽敞的大街上。警车就像是一块招牌，他们徒步过来，身后，跟了大批的观众。他们先是同马德了解了一些情况，然后又走进我家的院子。他们走进去后，更多的人想进去围观，但被警察截住了。如果我的失踪源自某种离奇的命案，现场任何蛛丝马迹都不能被毁坏。他们在屋子里未发现任何搏斗的痕迹，血液喷溅的痕迹……只是无意中窥视了我散淡的生活。他们从未曾叠好的被子上拈起我的一根头发，我换过的内裤上，还印有颜色暗浊的经血，被我塞在床罩下面，不知他们发现没有。

那一天里我陷入病态般的虚弱。躺倒在林水清家的床上，如陷深渊。我闭着眼睛。心里片刻浮出一些恶作剧的想法。但失重感马上令我虚弱。我从床上爬起，站到窗前看。见街上人迹稀落。警察消失了，消失的还有马德和一些壮年男人，他们大概正走在各条假设的道路上，期望能探寻到我的踪迹。守在门口的是我父母。我父亲一脸阴郁站在街角，背着手朝四处瞭望。母亲坐在一张凳子上，她被一些上了年纪或年轻的女人簇拥着。天热了起来，有拿蒲扇的老女人打扇，替我母亲扇风。但我猜想我母亲的额头仍会淌出焦虑的汗水。

那一天人流如织。他们或是站在街上，或是去我家里转悠。我在无望的恐惧中睡去又醒来。时间不觉移至中午。林水清从厂里回来，他拎着饭盒，先到楼上。见了我，忧心忡忡的样子。我故作轻松对他笑笑。他从厨房拿了一只碗，从饭盒里拣出还冒着热气的包子。剩下一半，下楼给他老婆送去。复又上楼。坐在我对面，对我说，怎么不吃？还热着呢。我为什么不吃！我狼吞虎咽，转瞬间吃掉两个包子。喉咙干涩，被噎得喘不过气来，这才想起他有可能还未吃饭，对他说，你也吃吧。他摇头，叹息一声，说，怎么办？

我径自把包子吃下去。我说能怎么办！

他说，你怎么回去？我们惹下多大麻烦！

我说，回不去就呆在这里好了。

他说，等晚上吧。晚上或许有离开的机会。

我深知即便晚上也不会有回去的可能。接近傍晚我看见马德从外面回来，他的身上从未结过如此多的灰尘。他以前出海归来，衣服总是干干净净。他坐在门口一块青石上，一边和人说话，一边用双拳捶着小腿。我母亲从屋子里端了一碗饭给他。他狼吞虎咽吃了几口，便若有所思起来。天黑以前所有出去的男人陆陆续续赶回来了。他们灰头土脸地交换着路上所得到的信息。在众人的嘈杂声里，马德回屋拎了一只包出来，包鼓囊囊的，未拉紧的拉链里，露出一件外套的袖子。我父亲挡在他面前，对他说着什么。马德低着头，对我父亲的劝解充耳不闻。他下定决心要去远一点的地方找我。出海前对我的责难可能令他心生愧疚。他认为我负气出走，或许去了远一点的县城。他不可能将我们之间的纠葛讲给我父亲听。众人围在身边劝说着什么。不知是在劝马德，还是劝着我父亲。最终马德离开人群，背着包，匆匆离去。

林水清收工回家。他坐在屋子里，替我想出一个个对策，说等夜深人静时候，我悄悄出门，先躲到一个地方，再编个什么样的谎话。躲到什么地方去？躲到我亲戚家里，躲到我那个小姐妹那里去。再编个什么谎话？你就说和马德闹了点小别扭，在外面散了散心……他编造的各种对策和理由，被我逐一否决。我能躲到哪个亲戚家里去呢？马德肯定已找遍我所有亲戚家里。我失踪的消息被他四处散播。走到哪里，我必须对那短暂的失踪做出合理的解释。我无力编造出一些漏洞百出的谎言……我冷眼看着他。对他说，我哪儿也不去，就呆在这里。

他吃惊地张开嘴巴，无言以对。

在最初的黑暗与困顿中，我们相拥着躺在那张小床上。街上人们的走动声和密集的对话声，令我们有了深陷囹圄之感。我们彼此抚慰，以寻求一丝解脱。并在狭窄的困境中探寻到一种灭顶之灾般的乐趣。此时我身体的潮汐已经退去，岸滩平阔。他进入了我。屋子里闷热而潮湿，窗口遮挡了窗帘，使这狭小空间显得更加幽闭。此时我听不到外面传来的任何动静，只听到肉体的摩擦声，以及他痛苦的呻吟。汗水浸泡了我们。在汗水的灼烧中，我忽然有了一种被毁灭的感觉。

夜半惊醒。我赤身站到窗前。拉开窗帘，看见我家的屋子里亮着灯光。如果门是关着的，灯光会被遮蔽。马德肯定不会回来。是我父母在这里住了下来。他们或许睡了。但他们开着门，亮着灯。此时天上没有一颗星星，天黑得像是墓穴一般。那微弱灯光，像是父母怕我迷路，又像是担心我会回来找不到家门，特意为我点亮的。

大雨落下。雨势瓢泼。水汽从窗缝灌进。我又走到窗前看了看。看见灯光在雨中扭曲。父亲从屋子里走出来，探头看了看外面的大雨，皱着眉，关上了屋门。

我想象着自己冲出门，跑过林水清家的院子，跑过雨水密集的街道，冲到那扇已关闭了的门前去。死命拍打那扇结实的木门。父亲最先打开门扉，被我的忽然出现惊得目瞪口呆。而后母亲披衣起来，欣喜或许令她哭泣。他们叫着我的名字，问我去了哪里？这样的雨天，在外面遭了多大的罪……任何的谎言在那一刻都不会显得重要，重要的是我又将回到亲人身边……林水清被雨声惊醒。如果他想到事情的严重，劝我回家。我或许就真的将刚才的想象付诸实施……但他蒙眬着睡眼将我重拉回床上。这是我从未经历过的大雨。它喧哗的声音保持了一致的节奏。我慢慢睡去，天亮时在那节奏中醒来，看见外面的街道上雨水成河。如果我真正失踪的话，那场大雨将会把我的踪迹冲洗得干干净净，不在人间留一点痕迹。

大雨将所有的秩序打乱。林水清没去工厂。始终呆在家里。期间他也清醒地劝说我回家。他说不回家怎么办呢？现在不回家总有要回家的时候。不论编造何种理由，都是要回家的。林水清并且委婉地表示，如果实在不能自圆其说，就不妨把我们俩的关系说出来。他说到“我们俩的关系”，使我看清他做为一个男人的担当，不由内心生出欣慰之感。但我似乎已彻底清醒，知道已无任何退路。我这才将心里的想法说给他听。我说要想在一起，（我们也必须在一起了）就必须离开这里。那天晚上过来，我就是来和你商量如何“私奔”的。我看着他，等着他的承诺。他没有说话，只是笑笑。用手在我苍白的脸上抚摸了一下。但我认定那就是他的承诺。并且絮絮叨叨地描述起我们今后的生活。我说我们可以去某个城市，租一间房子，从最简单的事情干起；他可以去建筑工地干活，我呢，去做保姆，或是洗盘子，或是做钟点工。实在不行，还可以去捡破烂。如果有了些积蓄，我们还可以做点小生意。那个地方没人会认识我们。如果有可能，我们就要，要个孩子……他始终静静听着，偶尔微笑一下。他的微笑那么难得，就好像我对未来生活的描画已扫清他内心积存多年的落寞与阴霾……雨一直持续了两天两夜。但街上仍然有撑伞的人在走来走去，看不到他们的脸，只看到各种颜色的伞在雨水中盛开。临近傍晚时，唯一一个未撑伞的人走过来了，那是从外面回来的马德。雨水小了些。马德的身上没有半点灰尘，大雨将他的身体洗了个干净。但他脸上沮丧的表情，又像是他在海上遭了难。

生活似乎恢复了常态。我父母那天晚上便冒雨回家了。我母亲依旧坐在车厢里，为弓腰驼背蹬车的父亲打着伞。她凄惶地回头，冲站在门口同样凄惶的马德招了招手。我父亲的半个身子淋在雨里。母亲心痛他，将伞挪过去，但细雨却又淋湿了她的半个身子。

我无法描述夜里的生活。我们像新婚夫妻那样，我虽深有负罪之感，但在他激情的引领下，我的欲望超脱了情绪的束缚。他将我的身体带进新的海域，我在焦渴、绝望、癫狂、迷醉之后，竟会安然一觉熟睡到天亮。

早晨醒来，我在街口未曾见马德的身影。家门紧闭。街上又恢复到岑寂状态，大雨将此前发生的一切冲洗得干干净净。我不知道马德出门了，还是下海捕鱼去了。直至中午，才见马德在门口出现，蹲踞着。惺忪着睡眼，一脸憔悴的样子。然后被别人用一辆摩托载走，直到天黑也未见回来，大概是去码头上的小酒馆喝酒去了。

第二天，第三天，每天如此。

直到又过了两天，再不见马德的身影。屋门紧闭，他像是出海捕鱼而去。当我听到他确切的消息，我还在怀疑他怎么会经历如此漫长的出海捕鱼期呢？

白天，我从未在下面的院子里出现过。除了眺望，除了梦境丛生的浅睡，我从二楼下到一楼，打了水，将屋子里的一切，擦拭一遍。我不敢叫灰尘驻足，哪怕是门框上方一块小小的断面，也不肯放过。然后是楼梯、扶手，一楼的家具、座椅、水泥地面。直至通向屋外的正门，我才会停下。门是关着的，阳光从缝隙里射进来，在隔有一米的地方，划出一道浅浅疆界，那是我的疆界。

即使这样，我总能窥见林水清老婆那古怪目光。隔了玻璃，我们的目光偶有相遇，这疯子便会情绪激愤。她鲜有表达，嘴里只是碎骂着，拣了院子里的砖块、瓦片，砸向院落处的那扇铁门。或者身子扑上去，嘴里唔噜唔噜冒着谁也听不懂的秽语，将那铁门摇得吱呀作响。

林水清似乎习惯了我在这里的隐居生活，并且是安然接受。我就像他的第二任妻子，填补了那疯子遗留下来的空白。中午，他依然回家，却不再是风风火火。他的自行车车筐里，仍然带着那个破旧的铝制饭盒。他每天中午带饭的理由，只是机械厂的伙食便宜，能够节省些家里伙食的开支。但一个饭盒的容量显然不够填饱三个人的肚子。更多时候，他只给疯老婆打来饭，自己也不在机械厂吃，赶回家，和我一起吃我做好的饭菜。渐渐的，那饭盒仅仅成了一个迷惑众人视线的道具，空着带去，又空着带回。我不知他在机械厂里编造了什么样的理由，迷惑了众人。但如果有细心的人，一定会觉得林水清家里发生了奇迹。田螺姑娘躲在他的家里，每天给他做好饭菜，然后在神话的水缸里隐身。

自他妻子疯掉以后，他确乎丧失了正常的床笫生活。我的到来唤醒了他身体中沉睡的意识。我们像新婚夫妻一样度过了一段蜜月般的日子。他每个晚上都来我的身上纠缠。他略显苍老的身体充满活力，多年前积攒的经验令我得到前所未有的满足。幽闭的生活并且给了我们无端的放纵，他中午匆匆回家，有时什么也不做，便把我拉到床上。

我在某个恰当时候向他探寻我们何时离开这里的消息。我的探寻会令他即刻忧心忡忡起来。向窗外指了指，说，我们走了，她怎么办……他的担心显而易见。任何一个心理正常的男人都难有那样狠心的割舍。我的闯入令林水清陷入进退维谷的境地。我不能那样狠心逼他。他并且安慰我说，总会想出办法来的。等我把她安置好，我们就从这里离开。

我相信会有那么一天的到来。内心的焦虑将我束缚在他家的二层阁楼之上。在时间缓慢的流逝中，我猜不透我所俯瞰的这小小地域究竟隐藏着多少秘密。我竟然成了这秘密的一部分：那个表面看上去老实本分的男人，每天出门锁门，他的举动因为那个疯女人的存在，早已在人们的意识里见怪不怪。一把锈迹斑斑的大锁，便将我的所有秘密掩盖起来……在我隐居的日子里，我从未见生人踏进过这院子半步。仅有的一次，是村子里搞过一次安全用电加防火普查。那一次他们将厂子里的林水清召回。我深知林水清焦急的心情和慌乱的神色。他在院门前便大声说话，意在引起我的注意。他故意在开那把生锈的锁时拖延着时间。

别人问他为什么天天锁门，他说不锁门，他的疯子老婆不知要给他惹多少麻烦。那个村里的干部说，你这样锁来锁去，只会加重疯子的病情，被妇联的人知道，再加你个什么什么样的罪过。林水清无力地辩解着：能有什么办法，我要赚钱养家，我天天在家里陪她，我们吃什么？喝什么？

众人刚一迈进院子，疯子便从她住的屋子里冲出来，她的举动更像是咆哮，乱骂着，愤怒地用手指点着楼上，似乎是在向众人提示着我的存在。但她的言语又表达不清。她含混的词句中包含了婊子、不要脸、别以为别人不知道……这样的字眼。并且捡起石块，砸向来人。林水清迅速将她拖进她住的屋子。并且苦笑着对来人辩解说，看到了吧，真的没有办法。

众人的脚步迅速响到楼上。林水清说话的声音更大，也更加慌乱。他不知道我对生人的踏入有无更好的防范。直至屋门推开，我如同空气一样消失在某个不知所终的地方，林水清才如释重负，安定下来。屋子里没有任何我曾存在过的痕迹。一切的一切，都显示着一个男人独居的寒酸和杂乱。草草检查过之后，来人竟然关心起林水清的生活来。说真是不容易，虽有老婆就跟打着光棍一样。两人分居着，夜里有了念想怎么办？那疯子还不如早早死了算了，趁年轻，还能讨一房老婆……我未听到林水清任何的回应。他送他们到楼下，大声告辞，说着客套的话。迅速返回到楼上。见我安然坐在床上，他诡异地笑着问我刚才躲在什么地方。我沉默着没有回答他，想着刚才来人说过的话。他说，没事了。我要走了。下班的时间还早着呢！

我这才喊了一声，泪水不知为何流了下来。我说，你别走。

他走过来。

我拉住他的手，泪流满面地说，带我走吧，再这样下去，我快受不了啦。

西红柿是我和林水清在夜色里种下的。我们像夫妻一样，将院子里的土地翻过，浇上水。疯子大概睡了。一到夜晚她会变得安静，悄无声息。我能听到根须扎进泥土的声音。然后淡黄色的花朵开放，青色果实缔结下来。不等果实熟透，我便趁着夜色，将它们采摘。一颗颗青色果实，摆在床前的桌面上。我们在那桌面上吃饭，面对面枯坐、交谈。果实从花朵脱落的疤痕处红起，往下辐射浅浅的黄色条纹。我描绘不出它暗夜里慢慢红透，所发出的那种声音，但能真实感觉到。浅浅的，细细的，清澈而又绵长。果实脱离植物的根系，自身营养已足够它蜕变至成熟。我又将青色果实源源补充进来。林水清搞不清我怪异的举动，他也从不过问。每个夜里，我都能听到果实那细密、熟透的声音，间或有一两声沉闷的爆炸。我知道，那是其中一两枚果子，从顶端熟到根蒂，内里变质，已完全腐烂掉了。

从林水清嘴里，我慢慢听到一些关于马德的消息。那段时间，对面紧闭的屋门仿佛掩盖了马德全部的行踪。整个院子里杂草丛生，占据了人本该落足的地方。马德好像在荒芜的海上迷失了方向。我不禁担心起来。我絮絮叨叨让林水清去外面搜集马德的信息，回来转述给我。

关于马德的消息，林水清或许早有耳闻，但他不透露给我，也在情理之中。据林水清说，自我失踪之后，马德并未出海，他收拾了行囊，花钱请人印了整沓的寻人启示。每张寻人启示上都印有我的照片。林水清说，从我们机械厂旁边的312国道开始，马德便开始张贴。马德寻找的足迹就是从那里开始的。离厂门口不远的一堵墙上，就贴有一张。我对林水清说，那你怎么不拿回来给我看看？林水清说，以前并不知道，他也是遵从我的吩咐关注此事后，听厂子里的一个工友说起，才知道的。林水清说，下过几场雨，那张寻人启示上字迹已模糊不清了。我坚持着，无论怎样，也要他拿回来看看。

由于雨水的侵蚀，也由于胶水的黏着，那张薄薄的纸片放在我手里时，字体确实已模糊不清。但我却认出那张印刷粗糙的黑白照片，是我毕业时的学生照。我在照片里努力做出微笑的表情，但内心的压抑却使那笑容显得青涩而苦闷……我这才想起和马德短暂的生活中，确实没有留下一张值得纪念的照片。我们仅照过一次结婚照。这张照片肯定是马德从母亲那里找来的。在残破不全的字迹辨认中，我仅读出对我本人形态体貌的大至描绘，在寻人启示的最末端，我还读到这样的字句：亲人万分焦急。希望你得到消息，早日回家。

我忽然无声哭泣起来。那个下午，我的泪水像突降的大雨，淋湿了那张残缺不全的纸片。我能想象到马德的足迹，从最开始的地方，把寻找的消息一步步散播开去。我青涩而又苦闷的面容，被他张贴到各个陌生的车站、广场、电线杆上、学校的门口、任何人群密集的地方。所有无意中看到这张寻人启示的人，猜测着失踪者是一个怎样的女人？她的生活或家庭发生了怎样的变故，才致使她离家出走？她是一个受害者，还是一个不贞者？

林水清说，马德的船始终孤零零泊在码头上。由于占用航道，影响别的船只出港。后来被拖到靠近滩涂的地方。几经涨潮落潮，船慢慢孤立，现在离开海水有一丈远了。由于没有海水的浸润，阳光暴晒，船板变形，裂开小小的缝隙，再次出海，需修缮一次……

时间过了一个月？两个月？我忽然看见马德出现在街上。他贴着刘德林家房子拐角的阴凉，慢慢走过来。他看上去那么苍老，头发胡须又长又乱，第一眼看去我并未认出是他，以为是个流浪的外乡人。这就是我的丈夫马德吗？这就是那个以前从海上归来，满嘴酒气，走路摇摇晃晃，还未见人便高声吆喝的马德吗？他慢吞吞走着，街的一角响起人的喧哗声，竟然使他神情慌乱，不由加快脚步。时令已至秋分，天气微凉，他还穿着夏天出门的衣服。迎面走来的那人几乎与他擦肩而过，却又站住，大声喊出他的名字。马德！他迟疑着将脚步停下，疲惫地应付几句，逃也似的离开。

他站在自家门口，愣了很久。这才去衣服的口袋里掏摸。他翻遍身上所有的口袋，然后蹲下，把鼓囊囊的皮包打开。皮包里的东西散乱摊在地上，虽看不真切，但我能猜得出，卷在一起的薄薄几页纸张，似乎是未曾张贴出去的寻人启示，毛巾、茶杯、香烟、啃了一半的面包、半袋即将腐烂的榨菜……他翻遍皮包又愣在那儿。看不到他的脸，只看见他塌下去的后背，他的双臂撑住膝盖，手掩着脸颊……我知道他是在寻找离家时带走的钥匙。但那样一件小小物件，在路途的颠簸和流离中，又怎能保证不失落呢？而钥匙在这一刻对马德来说显得多么重要！他打不开那扇沉重的木门，便被“家”阻隔在外面……也许仅仅是片刻恍惚，他站起来，扑向门口的那棵柳树。柳树的侧面有一隐秘树洞……我这才想起，那是我们之前的一个约定：谁出门，便把钥匙藏进那个树洞。我去机械厂打工时，已厌烦将那钥匙藏来藏去，便特意找修锁匠多配了几把，树洞里的那把钥匙，后来几乎成了马德一人的专用。

在那一刻，泪水不知为何夺眶而出。等我擦去泪水，对街的门已然关闭，它保持了以往每个宁静下午时分静默的状态，只不过，那把冰凉的大锁已然不见。

直至如今我仍在揣测我未来生活的走向。如果马德这次回来，断绝了四处找寻我的念头，每个人的生活都将持续下去。不管他内心是否对我存有虚妄的愧疚，但他数月的颠簸已做出了补偿。他该安下心来，修缮他的渔船，继续出海；或者修缮他的生活，娶回另外一个女人，填补我的位置。我蜗居在对面楼上，能看清他生活的全部。我甚至能想象他娶回来的女人是什么样子，她去码头迎候他，去妈祖庙为他焚香。他们还会有自己的孩子，不管是儿子还是女儿，都会渐渐抚平马德内心的凄苦，慢慢将我淡忘……而那时我又将在何处？我或许看不到马德最后的生活，便已和林水清离开了这里……但实际上马德的举动却左右了我生活的走向。那天晚上林水清下班回家，我告诉他马德回来的消息。林水清“唔”了一声，便僵立在对面。他长长久久地窥测着我的表情，从而来揣摩我的内心。我坐在床边，朝他望去。夜色弥漫整个屋子，使我看不清他的脸。我们就这样盲目地对望了许久。最终林水清虚弱地叹息一声，说，还没做饭吧？便走下楼去。

那个夜晚，隔窗望去，街对面黑沉沉一片。林水清想要我，被我拒绝。我无端对他生出怨恨。而一整个晚上，他没有说一句话。既未对我做出安抚，也未对我做出承诺。

我能想象到马德一人躺在床上的样子。他或许在疲惫昏睡，或许在蒙头痛哭。在他心里，我俨然成了他一个失踪或死去的亲人。我们近在咫尺，却成了某种特定环境里无限遥远的亲人。

此时我才感觉到整件事情的荒谬。

是什么致使我走到这一步？夜已深。在对未来生活的揣测中，我慢慢睡去，在梦里，我听到马德的哭声。

早晨醒来，街对面的门依然紧闭，但挂了一把锁。说明马德已从家里离开。他去了哪儿？一整个上午我都未曾见他的身影。后来我看到父母赶过来，他们在门口徘徊。显然已知道马德回来的消息。他们焦急地等待马德，其实是盼望从马德嘴里得到我的消息。隔窗相望，他们益加苍老。母亲瘦了，脸上写满忧愁。父亲背弯下去很多，却还在努力做出一副坚强的样子。整个上午我面对着他们流泪。我们之间离得那么近，却又多么遥远。

林水清中午回家，诧异地看了看我哭红的眼睛。欲言又止。他想重回厂子上班时，我对他说，你别去了。

他看着我。我说，你去打听打听马德的消息，看他在做什么？

犹豫片刻，他最终还是用沉默答应了我的要求。

马德在寻找买主。那艘渔船很低的价钱便被他卖掉了。拿上钱，他甚至连家都没回。便踏上了通往外乡的班车。

林水清这样对我说，马德是疯了，所有人都这么说。当林水清对我说完这些，他的脸上露出一丝迷惘的表情。

马德的再次离家，犹如鞭子一样在暗中抽打着我。必须从这里离开，必须离开。和林水清去一个陌生的地方生活。

虽然有一丝丝愧疚，但至少灵魂能够得到片刻安宁。当我向林水清再次郑重提起这个话题时，林水清依然说，疯子怎么办？我们虽不算夫妻，但毕竟也算好多年的亲人。

我说，我怎么办？

林水清躲开我的眼睛，好半天才说，她活不久的……没了她，我们就可以光明正大地在一起生活了。

我想不到自己竟然如此暴躁，我冲他吼道：那么我去杀了她！要不往饭里拌一包老鼠药，毒死她！

林水清后退几步，骇然说，你疯了，疯了……

我失声痛哭。

连续几天我躺在床上。水米不进。

我要死了。我对林水清说。

林水清说你生病了。你生病了要去医院，不去医院怎么办？呆在家里会死人的。怎么办？怎么办……他从未有过的慌乱与紧张。最后他说，要不，要不告诉……告诉你父母吧。我们去医院吧……

我将他抚在额上的手推开。安慰他说，没那么严重，过几天，就会好的。

那个夜里我最后一次打量了这个睡在我身边的男人。长久的注视或许惊扰了他的睡眠，使他鼾声中断。而在我转身走出去时，他轻微的鼾声再次响起。熟悉，而又陌生。凉润的空气充塞着头脑，让我有些透不过气来。我打量了一眼每天俯瞰过无数遍的院落，一层白亮不知是月光还是泛起的微霜。林水清家每日里紧紧关闭的屋门在我身后依次敞开，并且一直要敞开到天亮。走过一段街道，我将身体紧紧依附在一棵粗壮柳树上。手先是探到一团柔软的绒球，那是马德坠在钥匙上的饰物。那把钥匙还在。打开门。走进曾经无比熟悉的院落。屋门虚掩，我推门而进。屋子里的昏黑什么也看不清。我摸索着走到床前，疲惫地坐在那里。我知道，这是我离开之前的一次短暂休息。天亮之前，我将从这里消失。我的路途不知所终，我不知道马德还会不会回来。他的出走是去寻找一个消失的人。而我想到的则是在今后漫漫路途的找寻中，我们会不会碰在一起?

床忽然晃动了一下。

那是黎明前最黑暗的一刻。周围静得甚至能听到雾气相互碰撞的声音。多久未听到海水的起落了？一进入冬季，海水也像是蛰伏了起来，难以听到它退涨的呼吸声……但在那一刻，我却清晰地听到了海水的涌动，无比沉闷，又无比暴躁，它像是冲破了堤岸的束缚，一直延展到我站立的地表下面。它巨大的力量使我身处的陆地变得轻飘，如一片树叶……门窗发出吱吱呀呀的呻吟，坚固的墙体也禁不住摇晃，发出可怕的动静，如巨人在噩梦中磨砺着自己的牙齿。我茫然四顾，不知这暗夜里有什么可怕的东西在悄悄降临。地表之下像有一头脱缰的困兽，撞击，奔突。我跌跌撞撞向门外跑，听见身后一面镜子从墙壁上脱落，摔碎。一群老鼠发疯似的从脚下窜过，缠住我的脚，有一只甚至撞到我腿上……门幸亏是开着的，但另一扇虚掩的门阻碍了我因惊慌而变形的动作，我伸手想将它拽开，但它死死卡在那儿，一动不动。

街上的空廓并未使我找到一丝安全感。脚下的大地抖动的益加剧烈，那种力量像要将整个镇子掀翻、折叠、撕碎。所有的东西都发出惊恐的呼喊，所有的东西似乎都想拔脚逃掉……我扶住门前的一棵柳树，但柳树却似乎也想挣脱开我的双臂。那些东西注定是逃不掉的……对过的院墙在我的视线里扭曲了一番，坍塌了，迸溅的砖块险些砸到我身上。天还未亮，但东边的天际却泛起微微蓝光。对声音的感觉在那一刻忽然逃离我的意识，耳廓里听不到任何的响动，在一片微弱光亮中，只看见所有矗立的东西受惊吓一样颤栗、抖动着，然后纸片一样坍塌……远远近近腾起的烟尘，仿佛令这曾经安逸的小镇燃起了战火。

一双手将我从惊惧的晕厥中解救出来，是林水清的老婆，我听到她以一种非常冷静的声音对我说，世界末日到了……天塌，地陷了……

那场地震超出了所有人的想象和预料。据专家说，翻遍史料，也未找出记载这一地域发生过地震的只言片语。从震区的形成看，它大概是海域深处地下岩石破裂、错动，长期积累的能量急剧释放造成的结果。来得快，平息得也快。它带来的直接后果是：造成这一区域数十万人罹难，海水向陆地挪移了近一公里的距离。

当马德找到我，我正在市里的一家医院接受救治。地震带来的惊吓让我产生了意识上的混乱，并出现短暂记忆上的空白。当马德在记者的簇拥下抱紧我失声痛哭时，我才有了某种模糊的觉醒。

马德说，他是在旅馆看电视时，才知道家乡发生了地震的消息。更为令他感到震惊的是，他在记者的镜头里发现了我。在跳跃的、惨不忍睹的震区画面中，我的镜头只不过出现了短短两三秒钟。就是在这稍纵即逝的两三秒钟里，惊喜和疑惑迅速替代了马德心中原有的震惊和悲伤。马德说，他当即就给电视台打去了电话，询问那画面中的女子是在哪里发现的，并讲述了他关于寻找的故事……他说，我连夜朝家乡赶啊，下了火车转汽车，越接近家乡，路越不好走，交通阻断，救援的车辆排起了长龙。在离家乡一百里的地方，他就不得不徒步前行，他走啊走啊，披星戴月，风餐露宿，走烂了鞋子，磨破了脚掌……马德说，爹和娘在地震中都死了，只有你还活着，你，我，我们两个，是唯一的亲人啦……

泪水滴在我的脸上。又从我的眼角悄悄滑落出来。

林水清死了。而我在本该出现的地方忽然出现，因我意识的混乱以及时时出现的记忆空白，成了阻止马德不再探究下去的最好理由。林水清的死，将那段羞惭的经历彻底埋葬。我们失去了家园，但在四面八方的救援下，我们又很快住进临时搭起的样板房。我和马德，依然和林水清做邻居，他幸存下来的老婆在这次地震后大脑清醒了许多。每次吃饭时，我都叫马德将她喊过来，我甚至想，如果以后生活允许的话，我们可不可以收养她？

她乖乖吃饭。坐在我的对面。当马德问她话，她总是停止咀嚼，安静地看着我，看着我。她说，我们好像在哪里见过，我们，是不是前世的亲人？

世　界

有人跑来家里报信，跟雪白她娘说，你家哑巴满村子转着借自行车，人家不借给他，快和人打起来了！

米镇当年仅有三辆自行车。

最早的一辆，是公社干部高有成买的。高有成每天都要骑了它，去二十里地之外的侪城上班。有时下乡的任务紧，十天半月也不回家一趟。自行车是高有成的一条腿，离了它就走不得路。所以他那辆自行车，在米镇自行车的数量统计中占据了子虚乌有的位置，从没见别人借过，别人也没理由开口去借。

第二辆是赵峰会家买的。赵峰会家人口少，有家底。只赵峰会一个儿子。他爹娘为了能给赵峰会寻上一门亲事，所以便高瞻远瞩买了这辆自行车。但赵峰会是个跛子，从买车到现在，一年多时间过去，赵峰会也没把骑车的本事练出来。也常见赵峰会和他爹，在夜朗星疏的麦场上刻苦操练，却只闻赵峰会数次跌倒，发出鬼哭狼嚎声，以及他爹忍无可忍的斥责声……有了这辆自行车，赵峰会相亲的次数自然多起来。无论远近，都要推自行车前往。相亲毕，姑娘家里人出于礼貌，将赵峰会送出大门口，说道：时间不早了，快骑上回吧。赵峰会说，不忙不忙，你们先回……赵峰会的推脱往往被认为是一种通情达理的表现，也就会成为劝婚的一大理由。说，你看你看，人家小伙多有规矩……赵峰会一步三回头出了村子，见身后无人，这才跨上他那辆自行车。他骑车的水平还在初级阶段——将残腿踏到自行车脚蹬上，那条健全的腿在地上戳来戳去，好似一根船蒿生出行船的动力。等自行车摇摇摆摆向前滑行起来，赵峰会便收起单腿，因车梁较高，车座对他来说实在是个难以逾越的高度。他那条腿只能从车梁下方斜插过去。踏一下车蹬，便有一个间歇性的停顿。原来赵峰会不但是个跛子，还是个身高不健全的人。难怪他的相亲就要屡屡受挫呢。及至后来，他爹心灰意冷，便将自行车搁置起来。但那个年月，自行车毕竟不是寻常之物，赵峰会的爹很有办法，竟在墙上钉了个木橛，将自行车悬挂在了墙上。他家的墙上还挂着挂钟、“穿衣镜”，自行车也便成了一件显赫的摆设。也成了那个年代里一件很稀罕的事情。

第三辆自行车是刘三会买的。是一辆二手货。刘三会是个好奇心很重的人，过日子不会精打细算。他是一个马车夫，那年去铁路北卖粮食，粮食卖完，被一个推自行车的人哄骗住了。那人说家里老娘生病，因无钱医治，才舍得把自行车卖掉。自行车是他爷爷骑过的，也算老古董了，德国货。价钱嘛够买一袋米就成。刘三会心痒难耐。遂用卖粮的钱将自行车买下。把自行车装在马车上兴冲冲回家，走到半路，童趣大发，从马车上搬下那自行车。他在前面练习骑车，无人驾驭的马车便在后面跟随。过一个岔路口，由于骑车技术不佳，和迎面过来的一辆马车相撞，对方的马踩折了刘三会的一条腿，自家的马车碾过那辆刚买的自行车，几乎将刘三会“人车”俱废。后来有同村人去铁路北卖粮食，见公安带一人去指认，说是上个集日赃物才出的手。便猜想刘三会买的那辆车，便是小偷的赃物无疑。但碍于同村人的面子，也没敢声张……折了腿的刘三会以后鲜有骑车的机会，那辆修修补补重新攒起来的自行车，显得极为怪异。轮轴换了，车辐条换了；只铃铛、车架子没换，成了一辆不土不洋的货。这辆自行车很快成了全村人的代步工具。每逢有什么大事，村里人都会跑到他家去借。刘三会也不在乎，大大咧咧说，借吧，反正就是人骑的玩意儿，也不是自家老婆。

哑巴借自行车想去干啥呢！雪白她娘想。

雪白她娘深知哑巴的脾性。哑巴脾气倔，常常为一丁点小事与人争吵。争吵不过，便出手伤人。所谓瞎子心重，哑巴手重。每每闯了祸，别人也无法与一个废人计较，往往要找来家里，和雪白她娘讨个说法。

哑巴正在刘三会家的院子里跟人吵架。

哑巴吵架的方式极为独特，亮开嗓门，嘴里呜哩呜噜也不知吵的是什么。哑巴吵得越凶，别人越听不明白，脸上便会露出莫名其妙的笑。那笑在哑巴看来，则是对他的一种侮辱和嘲讽，便越发生气。嘶吼不奏效，哑巴便开始挥舞双手打起哑语来。而他那哑语又是不规范的。哑巴是半路出家的哑巴，是那年抽羊角风时，自己把自己的舌头咬断，便不能说话了。

哑巴很不讲道理。本来那辆自行车已被另一个同村人抢先借下了。哑巴去晚了一步，却蛮横地攥住自行车不松手。嘴里哇啦哇啦叫着，额上青筋暴突。哑巴做一个手势，两手合拢，比划成两个圆圈，将手扣在眼睛上。然后嘴里又是一通哇哩哇啦乱吼。搞得蹲在一旁的刘三会和那个借自行车的人不明就里。那个被抢了自行车的人满脸通红，很不服气。而刘三会则笑眯眯地蹲在一旁，也不说话。似乎故意要看两人的热闹。

雪白娘跨进院子。见此阵势，不问青红皂白，上前掰开哑巴的手，拽着哑巴，掉头就走。

哑巴不走，脚底生根。哑巴又开始对自己的老婆哇哩哇啦，出手带比划，雪白娘还是未明白哑巴话里的意思。

倒是刘三会看出些门道，他说，哑巴是不是想去唐山看他弟弟？

哑巴“哇啦”一声，对刘三会翘起大拇指。

雪白娘却更不愿意了。嘴里轻蔑地说，嗯，好嘛，你想去城里看你兄弟？你去看他干啥！那个没良心的东西！

说起哑巴的弟弟，雪白娘便气不打一处来。之所以嫁给哑巴，哑巴的弟弟似乎也算是一道筹码，只是这样的心思没办法说到明处。媒人说，哑巴兄弟俩从小没爹没娘，是哑巴一把屎一把尿把弟弟拉扯大。那弟弟没别的本事，就是书读得好。如今大学毕业，在唐山当医生呢。娶了个同是医生的老婆。他两口子都把哑巴当父母敬！你说那两口子都挣工资，还能亏待了你！可雪白娘自从嫁了哑巴，连这小叔子一面都未见过。只结婚的当天，见了弟媳妇一面。

哑巴跺脚，又是一通比划。

雪白娘皱眉说，你就甭给我去！地里的草比苗都高了，再不锄，雨水下来，锄都来不及！

哑巴更急。他两手合拢，比划出个圆圈，将手扣在眼睛上。然后又比划出一张纸，比划出写字的样子，然后将那张纸贴上眼睛，嘴里哇啦哇啦大叫，一劲儿摆手。

哑巴的样子把刘三会逗笑了。那个同村人也难得笑了一笑。雪白娘终于掩饰不住，苦着脸也“扑哧”笑出声来。她理解哑巴最后摆手的意思，肯定是一件令人绝望的事。但她实在搞不明白哑巴用手比划的那两个圆圈，贴在眼睛上是啥意思……她毕竟和哑巴是半路夫妻，所以对哑巴不规范的哑语也是一知半解。

刘三会对那同村人说，哑巴肯定有急事，不行你就让给他用吧。

同村人露出一副为难样子，说，我要是没急事，我才不会和他吵。我那老婆，这不想要二胎吗？在家里吐得死去活来，人命关天，我明天不带她去医院，怕是两条人命呢。

同村人这样说，刘三会也没办法。站起来拍拍屁股，自嘲地说，我买了辆自行车，算是当了大家的孙子。你们自己看着办吧！

雪白娘和哑巴撕扯起来，急赤白脸说，我们不用，你赶紧骑车走人。我看还管不住你了！你真要想去唐山看你兄弟，我也不拦你。但话说在前头，你前脚走，我后脚也走，咱这日子就算过到头啦。

哑巴有些吃不消，他最怕雪白娘跟他来这一手。临嫁过来时，雪白娘借媒人之口，对哑巴约法三章，最霸王的条款，便是哑巴必须要听她的话。她已跟人打听过，哑巴脾气倔，犯起倔来八头牛也拽不回。没一把尚方宝剑，还真是制服不了他！

哑巴松了手。被雪白娘拽着，一步一回头地看着那辆自行车。嘴里仍旧哇哩哇啦，对着那借车人指点带比划，那意思是说，你真不要脸！也真不够意思！你那点事，芝麻粒大小，你就不能让我一步！

刘三会悄声对借自行车的人说，赶紧，你把车子推走。哑巴一条道跑到黑，说不定过会又拐回来了。

回到家，哑巴仍在申辩，他甚至现场说教，把正在灶上烧火的雪白拽过来。打开雪白丢弃在炕角的书包，拿出一本皱巴巴的课本，一根细短的快要抓不住的铅笔，用铅笔在本上比比划划，又抓过雪白，把本子贴在雪白脸上，几乎盖住雪白的眼睛。然后摆个手势，那意思是说，不行了不行了。接着又推开雪白，凑近雪白的娘，再次哇哩哇啦，打手势比划一通。最后，又用手比划出两个圆圈，搭在雪白眼睛上。

雪白娘胡乱骂了几句，再不理他。灶上的水已经滚沸，她紧忙去淘米、择菜。她还在为哑巴怪异的举止感到心气不顺。而雪白呢，俨然成了一件道具。被哑巴抓来抓去的，睁着一双惊恐的眼睛，一会看看哑巴，一会看看娘。而此时，屋子里终是静了下来。傍晚的幽暗潮水般涌进这杂乱低矮的空间，镀了铅般，使屋子里的陈设越发显得破败。

哑巴垂首，看着比自己矮了半头的雪白，眼里露出怜惜又感伤的目光。老牛似的阖阖眼睛，最后将手搭在雪白头上。

雪白摆了摆头。发辫拨浪鼓一样在两肩扭摆。挣脱了哑巴的抚慰，踅出门去。

吃过晚饭，哑巴又不见了。

等哑巴回家时，已是月亮高照。

哑巴终于借来了一辆自行车。看那自行车的成色，全然不是刘三会家的那辆。

哑巴揣了个心眼，他把自行车藏在院外的牛棚里。又找来一条栓羊的铁链，一把锁，把自行车栓在牛槽上。

雪白娘早早睡了。哑巴捅了捅正剪着灯花的雪白。把她带进牛棚，指了指自行车，张着嘴，又好一通比划。

雪白终未明白哑巴的意思。

哑巴要明天上路，驮了雪白，到百里之外的唐山，去做一件对雪白来说举足轻重的大事。

上小学时，雪白便学到了“世界”一词。

在一本没了封皮，掉了几页“音节索引”的字典里，雪白查到了关于“世界”的注释——①自然界和人类社会一切事物的总和。②地球上所有的地方……

自学到这博大精深的词语，少女雪白的心里，从此便世界廓大。大到能装下所有可想象出来的事物；而在雪白眼里，世界又很小，小到只有家人、村庄、学校、四季分明的田野。少女雪白的心因此脆弱而敏感。春天时凋零的一朵野花，也会令她唏嘘不已。幸亏她有着超乎同龄人的想象，她能用想象把冬天的雪涂成各种颜色，红的、黄的、绿的、粉的……雪天的村落清寒而凋敝，但在雪白眼里，依旧五彩斑斓。

雪白在一个雪天出生。名字是爸爸取的。这个为她取了好名字的人，却在一个下着大雪的日子里仓促死掉了。这两种充满寓意的方式，让雪白对世界充满了惊恐和疑惑。她怎么也想不清楚，自己的出生和爸爸的死，会不会有着某种联系呢？要不为什么，她出生和爸爸死的这天，天上都下着大雪！她曾对娘袒露过自己的想法，她说，爸爸的死，是不是因为我呀！

娘看她一眼，没好气说，你爸是病死的，跟你有啥关系！

从那时起，少女雪白的世界便垮塌了一角。

而在这一年夏季到来时，少女雪白的世界又接连发生了两次垮塌。

第一次的垮塌，后来总归是找到了根源……那天上体育课。在雪白就读的初中，由于师资缺乏，教学不规范，体育老师由班主任兼任。如果班主任不在，便由别的老师胡乱替代。上体育课的内容，永远是跑步，跑步。好像跑步是最廉价也最奏效的一种体育形式，它不需任何的成本，那学校的操场，麦收时往往就成了农人的麦场。

这天雪白正在操场上慢跑，忽觉胯下一热，她并未在意，以为是夏天出汗的缘故。她穿了件浅颜色裤子。裤脚略短，在脚踝的三寸之上，便越发显出雪白腿部的颀长。一个速度超过雪白一圈的男生忽然慢下步子，他被雪白屁股上的一片濡湿迷惑住了。起初以为是雪白尿了裤子，想笑，但细看，那湿迹却是深红色的，不禁大骇，叫一声：雪白，你受伤了？

雪白诧异扭头，不明白他说了些什么。那男生指了指她身后，说，你流血了！

雪白奔跑的脚步这才止住，背手去后面一摸，抬起手指，见手指上蘸了黏稠的血，那血在两指间拉出丝缕的粘度，呼吸顿时困顿起来。

同学越聚越多。他们的好奇加深着雪白的恐惧。伤口不是在一个能够公开救助和包扎的部位，雪白清楚地知道，那流血的伤口是在自己的裆部。仍旧血流不止，她能感觉到大腿根部咕咕涌出的温热，这样淌下去，人总归会死的。

雪白号啕大哭起来。

早有同学报告了老师。那代课的男老师也吓得不轻，以为雪白受了什么严重的伤害。等气喘吁吁跑过来时，见此情景，老师倒显得镇定自若，让雪白去处理一下，并轰走围观的男同学，说散开散开，有啥看头！

雪白腿软得都不会走路了。她真的以为自己得了什么绝症。老师说的“处理一下”，显然是让她去包扎一下“伤口”。还未及走到厕所，便身子瘫软，跌坐在操场边的麦秸垛里。她呻吟着把裤子褪下来，见艳红的血仍顺着腿部丝丝缕缕滴淌。那伤口竟在最不可告人之处，又怎么能止得住！她抖着手抓起一把麦秸，去揩大腿上的血迹。粗硬的麦秸刮擦着她娇嫩的皮肉，不禁使少女的身体轻轻颤栗。金黄的麦秸沾染了血的鲜红，雪白看过去时，竟想到了家里的母羊下崽时，铺在它身下的那层麦草。而那母羊，竟是在那一次的难产中死掉了。

还没到放学时间，雪白便因“病”回家了。

走在路上的雪白失魂落魄，一度有了将要死去的绝望。她一路走一路暗暗哭泣，引来无数路人好奇地打量。走到半路，便又走不动了，坐在桥头的一块石头上歇息，等再次起身行路时，看见青白的石头上，也印了一滩暗红。

娘和哑巴还未从田里回来。雪白扔了书包，仰躺在炕上，心里默念着，我快要死了，谁来救救我啊。

死亡并未像雪白想象的那样，同黑夜一样如期而至。雪白娘从田里收工，看见躺在炕上熟睡的雪白，不禁开始抱怨。往常这个时候，十二岁的雪白放下书包，不是剁猪菜，就是喂鸡、喂鸭子。如果他们回来的再晚些，炉膛里的火也会被雪白生起，锅里水汽弥漫，下了米。雪白蹲在炉灶旁，一张小脸被炉火映得微红。

雪白睁开眼睛，虚弱地说，娘，我要死了……

娘大骇，趋近前去，用手掌去雪白的额头试探。

等听清事情的原委，娘舒了口气，拨开雪白冰凉的额头，笑了一下。

那个夜晚，娘凑在油灯之下，连夜为雪白缝制了一条长方形的布袋，袋口是敞开的，又去灶膛里抓了些草木灰，塞进布袋里，然后用线将袋口缝合。

自此，从娘的嘴里，雪白才明白了自己的初潮。在娘略带忧伤的低语中，少女雪白懂得了一些关于女人的秘密，并且知道作为一个女人以后将要经历的辛酸以及尴尬。在她幼年的身体力行中，并深深感知到那种无以言说的惊恐和羞耻。

而那第二次的垮塌，却是娘如何也解释不清的了。

学期进行到一半，雪白便看不清黑板上老师写的字了。起初那些字，被老师写在黑板上，雪白看上去，竟像是铁锅里搁放的冰糖，一颗颗晶莹剔透。每到过年时，娘总会买了冰糖，熬化，然后从地窖拿了秋天储存起来的山里红，给雪白攒糖葫芦吃……那些黑底白字，随着气温的升高，却也在雪白的眼睛里融化，并肆意漫漶，白的黑的，搅成了一团糨糊……雪白起初坐在教室后面倒数第二排。像那个年月的乡村学校，排座次也是件很随便的事。雪白的座位便因了那黑板上的模糊，而那模糊在雪白眼里，像一根线，牵了雪白的鼻子一步步往前走。先是往前挪了两排位子，那字便清晰一些，却不能盯看的时间过长，教室里的光线也不能过暗——就这样被牵引着，雪白从倒数第二排的位子，渐渐挪到了前面第二排的位子。雪白个子高，坐在前面，便会挡了别人的视线，她那梳了两根稀疏发辫的头，便引来别人格外的关照。有时正专注地写着作业，后脑上“噔”地一下，会被一颗飞来的石子击中。听到下课铃响，雪白急着去上厕所，仓皇中站起身，却被后面的一股力量拽个趔趄。原来，雪白的辫子，被人从后面拴在课桌上了……为了读书，像这样的委屈，雪白都能忍受。最让她忍受不了的，是即使坐到最前面一排，她也看不清黑板上的字迹了……那些字迹像一群白蚁，在雪白的视线里飞快蠕动，搅成一团，最终颜色可疑地逃出了雪白的视线。最让雪白感到恐惧的，是把视线投到窗外，窗外的世界竟也全都乱了套。那些曾经熟悉的植物、花朵、娘的脸、家里的羔羊……全在她的眼里变成了一滩模糊的液体，它们肆意流淌。以前清晰分明的红白蓝绿，现在红不是红，白不是白；而是红里夹杂了白，白里又搅和了一点绿……世界仿佛病了，再不是本来面目。以手触之，花朵仍旧以瓣型的姿态在手心开放。用手去触摸羔羊的身体，细软的绒毛依旧让她心痒难耐。雪白这就知道，世界未曾改变，反倒是自己的眼睛出了毛病。雪白一度曾这样想：我要瞎了。我就要成一个瞎子了。一想到瞎子，雪白的耳边便会响起清脆竹板的敲击声，便会想起正月里走村串巷的算命先生。先生以竹竿探路，靠为人算命谋生。但雪白想，自己是个女娃呀，瞎了又不能去给别人算命。又不能穿针引线，纳鞋底缝衣裳。一个女瞎子，跟个死人有什么两样啊！

但雪白是个忍辱负重的孩子，知道自己眼睛要瞎了，也不会在学校里和任何人说起。自从发生了那次"流血"事件，雪白在学校里便成了被人嘲讽的对象，越发的孤僻和沉默……她也不会跟娘说起，因为娘脾气暴躁，常常无来由地便给她一顿打骂。只有在一个人独处时，少女雪白才会偷偷哭泣。她觉得自己已被这世界抛弃，却无一人来解救她。那唯一能解救自己的亲人，已到另一个极乐世界去了。

快放暑假时，雪白在学校里终于呆不下去了。让她呆不下去的原因，是她越来越糟糕的学习成绩。雪白是学校的尖子生，从小学一年级开始领跑，一次也没落到过别人后面。但暑期前这最后的一次考试，雪白的成绩却跌到中等偏后。这简直令雪白万念俱灰，死的心都有了。她想自己一个瞎子，一个快要死了的人，这学上起来还有什么意思！

雪白将弃学的想法说给娘听，没想到娘非但不恼，反倒生出几分庆幸。娘说，不上学就算了，反正一个女娃，读多少书也没用。嫁了人，生了娃，用不了几年，那些识下的字，也会喝粥就咸菜吃掉。娘没有更多地问及雪白不想上学的原因。倒是哑巴，急赤白脸地问过几次。只当那晚她在煤油灯下做针线，到针眼里去穿针引线。娘皱着眉，蹙着眼，将两手举到油灯前，拿线的手去针眼里碰了又碰，都是不能奏效。便暗自骂起来。慨叹说，眼花不花，四十七八，这就眼花啦！

娘叫过雪白。雪白人小眼亮，眼贼着呢！以前也老是帮娘缝缝补补。没想到，雪白拿了针线，好一番踌躇，将头抵近呼呼燃亮的油灯，头发甚而被乱晃的火苗燎焦了一缕，仍旧不能奏效。甚而让娘觉得，比她还要老眼昏花。这下娘便发了脾气，将雪白一把推倒在炕上，嘴里骂着：贪吃不中用的货！自己拿起针线，再次去油灯前尝试。

娘的粗鲁，勾起雪白压抑在心底的痛楚。娘刚才的责问，又让雪白想到自己在学校里的遭遇。她抽抽搭搭哭起来。起初娘不理会。却不想雪白的抽噎，犹如滔滔江水一发而不能止泻。娘这就火起，出手给了雪白一巴掌。雪白哭得更甚，在炕上翻着身子，哭着说自己眼快瞎了，甚而念叨起自己的亲爹来。

雪白的亲爹不能闻之前来，却惊动了哑巴。哑巴看着娘儿俩吵闹，好像终于明白了什么。

等到了白天，哑巴特意拿了书本，举到雪白的眼前让雪白验看。哑巴站到离雪白三米开外的距离，嘴里哇啦哇啦。雪白不想理他。倒是娘在一旁说，在问你看不看的清楚呢！雪白不耐烦地摆了摆手。哑巴便又向雪白的方向跨进了一步，雪白再次摆手。哑巴像是操练一样，再次迈进了一步。雪白呢，仍旧是病恹恹地摇头，话都不想说。

哑巴扭头朝向雪白娘，嘴里又是哇哩哇啦，朝雪白娘摆着手，大势已去的样子。

对于雪白的眼睛，娘并没有显得多么焦虑。娘对眼睛的价值估量是，不上学的人，眼睛好与不好并不碍事。因为雪白娘心里清楚，大字不识的雪白亲爹，眼睛就不是那么好用。雪白现在的情况，大概是随了她爹了。

村子小，况且闭塞。大多数人都没见过世面。在那个年月里，所有的人，似乎都未曾对雪白的眼睛做出过正确的解释。

鸡刚叫了头遍，哑巴便悄悄起床。蹑手蹑脚踅到西屋，弄醒了雪白。

睡眼惺忪的雪白不知发生了什么事，叫了一声。哑巴伸出一根手指，竖在嘴唇正中，示意雪白别吱声，又用手指指东屋，意思是不要把她娘吵醒。

哑巴举止的神秘让雪白仿佛中了蛊术。也就疲沓坐起，穿了衣服，不明就里地走出门去。外面还是扯天铺地的黑，哑巴等在屋外，见黑暗中的雪白一副懵懂无助的样子，便扯了雪白的手，窸窣挪到牛棚外，推出自行车，伸手托起雪白轻薄的身子，放在车后架上。

鸡鸣这才密了些。村子不大，一只鸡叫便会引来全村鸡的骚动。哑巴是推了自行车走出村子的。轮轴里钢珠的滚动像是闹钟上紧了发条，声音越来越密集，雪白这才如梦方醒。一时间她搞不清哑巴要带她去做什么。这才叫了一声，从自行车上跳下来。

身处黑暗中的雪白以手做杖，试探着朝回路迈开步子。哑巴一惊，停好车子。几个箭步追上来，从背后掳住了雪白，像缚一只待宰的羔羊那般，将雪白轻薄的身体挟在腋下，将雪白杵在自行车后座上。不管不顾地推着自行车疯跑起来。

凌晨的寂静里响着雪白细弱的叫声，令早起惊醒的人以为那是一种怪异的鸟叫。雪白坐在车后座上，疾驰的速度让她再不敢生出跳车的勇气。恍然间感觉周围的幽暗像河水一样奔涌，夹杂着哑巴粗重的喘息。

等跑出村子很远，哑巴这才缓下步子。此时天蒙蒙亮了。哑巴停下自行车，擦着满头的汗，回头对雪白瞪着眼睛，额上青筋暴突，这才又打着手势，嘴里哇啦哇啦，对着雪白好一番劝说。

雪白不理他，只是安分地在车架上坐着。雪白有雪白的小心思。她知道无论自己怎样挣扎，都是倔不过一根筋的哑巴。四野晨雾弥漫，让雪白恍然不知身处何地，她想回去，却辨不清回家的路。哑巴纵是怎样地古怪，但他惧娘，这雪白心里清楚：她是娘的闺女，便料定这哑巴也不敢把她怎样！

见雪白变得安静，哑巴这才舒心地笑了。转回身，重又推起自行车。

这一次，哑巴不再推着自行车向前了。他的身体在推起自行车的一瞬，略有停顿，显然是在做骑车前的准备。米镇最早的那一批骑车人，都是像哑巴这样，骑车前，偏要拉开一番架势。哑巴的左脚踩住脚蹬，右脚拖在身后，蜻蜓点水，一下一下趟着地面，这样，自行车便摇摆着向前滑行起来。等速度保持平稳，哑巴右腿一个飞跨，想从后面跨上车座……但哑巴忙中出错，他全然把车座后面的雪白给忘了，一个飞腿，便将坐在后面的雪白扫下车子。

雪白"哎呦"一声，倒没哭叫。等哑巴意识到自己的错误，停下车，回头一看，忙不迭地转身回来，从灰土里抱起雪白，嘴里吸着气，怜惜地擦着雪白脸上的灰土，又猴子捣蒜般拍打着雪白身上的衣服。

雪白有点跌懵了，用手揉着额头，不做任何表白。哑巴两手托起雪白，这一次他的动作轻缓多了，仿佛放置一件易碎的瓷器。将雪白在车座上放好，这才推起自行车，准备再次上路。

这次哑巴记住了先前的教训，他改变了策略，想从前面上车。依旧是做了行车前的准备，左脚踩住脚蹬，右脚蹬着地面，等自行车向前滑行起来，哑巴将右腿勾起，想从车梁上方将腿迈过去。但遗憾的是，这种骑车的方法，哑巴一次也未尝试过。两腿拌蒜，身子倾斜，连人带车，又整个摔倒在地上。

摔了两次，哑巴方才顿悟。他身高腿长，有着骑车的优势。只是在这次骑车之前，他仅有过两次骑车经验。一次是和雪白娘相亲，另外一次是将雪白母女迎娶回村。哑巴天生喜好阔绰，自己不会骑车，偏要借了刘三会的自行车来装门面。

哑巴分开两腿，将自行车叉在胯下。他人高马大，自行车成了他胯下的一匹战马。等雪白像一只笨拙的小兽，自己爬上自行车架。这一次雪白更加提心吊胆，她改变了坐车的方式，也像哑巴一样，将两腿分开，骑坐在自行车后架上。弓腰缩颈，两手死死攥着后架前端，生怕再发生什么不测。

自行车终于被哑巴顺利地蹬踏起来。起初有些摇摆，但很快顺风顺水。哑巴开始有些紧张，但过不多久，便自鸣得意，不时扭头冲雪白乱叫两声。

雪白不理他。她的身子始终绷紧，和哑巴的后背保持着距离。

此时天光大亮。身边恍然有车马踢踏之声。被甩在身后的那些声音，是牛车或者马车，雪白隐约能辨出牛马的鼻息，以及赶车人发出的呼喝以及鞭哨。那赶到前面去的，或是瞬间跑到身后很远地方去的，是汽车。汽车的速度快，经过时掀起的尘土味更加浓烈……等周围静下来，雪白感觉自己坐在了一艘缓慢行驶的船上。初升的日光掺杂着露水的湿润，抚摸着她的后背，一瞬间令她舒服极了。所有的声音也便渐行渐远，慢慢沉入到清澈幽凉的水底世界……

那天一早起来，雪白娘烧火做饭。等锅里飘起米粥的香味，她便又去篱笆上摘些豆角、刚开的南瓜花，以及一夜间疯长起来的瓜秧藤蔓。采在手里的这一把鲜嫩，放锅里炒熟，放上春天刚发酵好的黄豆酱，是每天吃粥的好菜……她掰扯着豆角的筋络，耳朵动了动。忽觉得这家里静得出奇。不觉间一愣……往常这个时候，哑巴早就起了。似乎每天都要起得比她还要早。这个时间也该从田里回来了，绾着被露水打湿的裤管，汗毛下垂的小腿上沾了草叶和泥巴……而雪白呢，不上学的早晨，这个时间也起了。而上学时便要起得更早些。自从不上学，喂猪便成了雪白份内的事。娘对她有过承诺，说是把家里的两头猪伺候好，年底是不会亏待她的。但雪白听了，没有丝毫的兴奋，仍旧一副病恹恹的样子。只是她自小便被家人的勤勉熏陶，小小年纪觉得什么也不干，心里总觉空落得慌。

院子里不见雪白。娘踅进西屋，也是不见。只见雪白睡过的床上，摊开着被褥。这小丫头片子是个利落胚子，每天早起，总是把被子以及自己的头脸捯饬的齐齐展展。她这是到哪儿去了！

当雪白娘从田里回家时，日头已高过杨树的顶梢，热辣辣的。田里没有哑巴的影子。雪白娘顺便从路边掐了一捧野菜，捎带着回去喂猪。此时她的心里还未曾有丝毫的慌乱。等她直起腰，和早起收工的人打听哑巴的下落时，心里却不由掠过一丝慌张，好似有许多惊飞的鸟撞进她的胸口。

所有人都说没看到哑巴。

当雪白娘将野菜捧在怀里，在村子里四处打听她家雪白和哑巴的下落时，大家都觉得她在胸前捧着的，是她的一颗心。她再没了往日的凶悍。这才知道平日里被她呵斥惯了的哑巴和女儿在她的心里有多么重要。所有人都劝慰她，说他们能到哪儿去呢！说不定现在正在家里呢！

她听信了他们的话。觉得他们此时就呆在家里。忙不迭跑回去。等走进院子，院子里仍那么静。她骂了两声，想他们如果在屋子里，便会循声出现在她面前……锅里的粥已经糗成了糨糊。她踉跄着从屋里跑出来，忽地想起昨夜做过的一个梦。那梦虽不甚清晰，但她记住了哑巴身上沾着的一团血渍，她还记得自己在梦里惊讶地问他：这是咋回事？哑巴笑着，在梦里开口说了话，他说他看到了自家兄弟……直到这时，雪白娘才想起哑巴昨天借自行车的怪异举动。这才扑跌着脚步赶到刘三会家。

刘三会告诉她，哑巴后来确实来过，见自行车被别人推走，还老不高兴地冲他吼了一通，然后就走了。会不会去别人家借自行车了？会不会，真的去唐山看他兄弟了！

雪白娘在村街上走着。她看见高有成骑了自行车，从对面走过来。高有成微笑着向她打了声招呼。她忽然将他喊住，向他问了一个莫名其妙的问题：如果骑自行车到唐山，啥时候能到，又啥时候能回？

高有成略一沉吟，估量着说，怎么也要晌午到，星星点灯时方能回。

这么远的路，不禁使她越发揪心。两眼逡巡着不知怎么就走到赵峰会家的院门外。赵峰会他爹正用砖头蹭一把锄头。见她过来，毕恭毕敬喊了一声：太奶奶……

赵峰会他爹六十多岁，头发稀疏，看上去远比实际年龄要大得多。在村子里辈分却小得很，随便一个小孩在他面前，都可以“爷爷”自居。

雪白娘问他：你没把自行车借给我家哑巴吧？

赵峰会他爹说，借啦。

雪白娘说，谁让你借的！你那自行车不是不外借的吗？

赵峰会他爹一愣，随之嘿嘿一笑，说，那要看是谁啦？我太爷来借，怎么着不得给点面子！

雪白娘瞪他一眼。打转身子，心思恍惚朝家里走。

不料赵峰会他爹从后面喊住她，陪着小心问：太奶奶，你家那个堂妹，啥时候能过来，让俺家峰会和她见见面？

雪白娘诧异地看着他。不懂他话里的意思。

赵峰会他爹又进一步解释说，哑巴……哦，我太爷，昨天来借自行车，不是说去你娘家门上提这门亲事嘛！我寻思着再跟你打听打听，把话说清楚，心里不就更透亮了吗？

雪白娘转转眼珠，心里明白了怎么回事。却实在厌烦得不行，粗门大嗓说，我哪来的堂妹？我那堂妹，从生下娘胎就死了！

直到星星在天上一颗颗挤出身子，雪白娘心里才稍稍心安了一些。她在油灯下纳着针线，坐一会便趿着鞋站到院子里，竖起耳朵，听一听外面的动静。她还想着，等那爷俩回来，她就吹了灯，等他们鬼头鬼脸踅进屋来，她就要好好教训他们一番。难不成，还真的没有一点王法了！

但她的耳际里，始终静着。

静得只听见灯油耗尽，细针刺穿布帛的声音。

直到多年以后，雪白都无法将记忆中的第一次远行，与那些熟知起来的地名联系在一起。那第一次的远行只有时间上的概念，却没有半点地域上的认知。如今她就居住在这个叫做唐山的城市里，每次驱车回老家，仍旧是走在当年她和哑巴行走的路线上。倴城、官寨、扒齿港、青坨营、丰南、小集……半个多小时的车程，转眼间便到了。甚至有一次，她动了一个奇怪的念头，利用公休日，骑了儿子的山地车，回了老家一趟，虽有些累，但三个多小时的车程，仍旧波澜不惊，没有任何感触。但记忆中的那段旅程，怎么会如此漫长而颠簸呢！

雪白的儿子现在也近视，小学三年级便配了眼镜。第一次带他到眼镜店，配镜师偷偷打量这个奇怪的母亲，他发现她的眼睛里蓄满了泪水，声腔竟也奇怪地嘟囔起来。他不知道，雪白是想起了困扰她少女时光的小小麻烦。当时整个村子的人，就连老师，竟没有一个人告诉她，那只是很普通的近视，只需配一副眼镜，她便可重新看清这世界。而只有她的哑巴继父，惊心动魄地借了自行车，跨越百公里的路程，为她解开了这个秘密。当时他们那个小小县城，竟连一家眼镜店都没有的。

……路途显得如此漫长，在渐急渐缓的颠簸中，雪白的腿脚又酸又麻。遇到上坡路时，哑巴会停下来，弓腰推着自行车前行，雪白便趁此时机也跳下车来，小小身子先是一个趔趄，险些跌倒在地。却又活动着腿脚，像瘸了腿的麋鹿，一蹦一跳追赶上去……她已经忘了出门时的疑惑，心内变得安静而舒朗。只是隐隐盼着，能不能早一点赶到那个叫做唐山的地方呢。她甚至期待着，能见到那个传说中考上了大学的“叔叔”。

直走到下午两三点钟光景，唐山才到了。

周围世界的变化，让雪白迅速想起一个曾经学过的词语：繁华。她用“繁华”考量着身边越聚越多的人流以及车辆。眼前的房屋虽影影绰绰，却异常高大，给雪白的感觉，好像玩具一样。为此，那些曾学过的关于城市的词语，全都在雪白的脑子里被迅速激活起来。由于人流稠密，哑巴便再不敢骑车。推着自行车前行，雪白也从自行车上跳下来。脚刚一沾地，却感觉路面瞬间高了许多，人也似乎显得高大挺拔。舒适硬板的路面令她的脚掌极不适应，一度觉得自己站在了冰面上，却没有半点光滑之感。那感觉粗粝而又妥帖。不经意间跺了跺脚，又跺了跺脚。每个初来城市的乡下人，似乎都有着这样的习惯，好似是要剁掉粘在鞋上的灰尘……这就是城市。城市里有马路、红绿灯、警察叔叔、高楼大厦、商场、公园……关于城市，雪白掌握的词语无数。她的眼睛看不清那些关于城市的细节，却隐约感觉得到。城市似乎囊括了她想象中整个世界的全部。

一种气味令雪白极不适应。那种气味浓烈而清澈，超出了少女雪白对所有气味的想象。那是一种什么气味呢？它不同于青草与花朵的气息，也不同于苎麻和药汤的气息。它尖利而古怪，却又无比通灵润透。一时令雪白生出惶惑之感。她觉得那味道似曾相识，触觉与感官瞬间变得异常敏锐。走廊内回声廓远。哑巴带着雪白，推开一扇扇门扉，直到见到那个曾经见过一面的婶子时，雪白这才明白，就在她随母亲嫁到米镇时，她便从这个婶子身上，隐隐嗅到过这种气味。只不过那气味是微弱而稀薄的，有一丝草本植物的清香，一度使她迷醉。而现在，在婶子所处的这个空间，这气味浩浩荡荡，令她窒息的同时，反倒生出一种浮出水面的解脱之感。

婶子穿了件白大褂，耳朵上戴着听诊器，张着一双清澈的眼睛，正在给病人看病。见到哑巴和雪白进来，很惊讶。微笑着冲他们点了点头。便又张着眼睛，仔细辨听病人身体里的动静。那病人是一个上了年纪的老头，喘气像拉风箱一样。他裸着胸脯。婶子一双白皙的手，捏了听诊器，在病人的胸部左探探，右探探。

等打发走病人，婶子这才站起。走过来摸摸雪白的头，惊喜地说：呀，你们来啦！

见了婶子，哑巴再无先前的焦躁。而是把雪白推到婶子面前，异常安静地打着手势，告诉她发生在雪白身上的变故。

婶子似乎很快便明白了什么。准备带哑巴和雪白去找另外的医生，问了一句：你们爷俩还没吃饭吧？

哑巴摆手，意思是不用吃饭。又指了指雪白。好似说雪白的事比吃饭要重要得多。

那哪行？婶子说，又摸了一下雪白的头，把父女俩按在座椅上。

饭是婶子从外面买来的。父女俩头抵头，在一张桌子上吃饭。抬眼间雪白见哑巴看着自己，眯了眼笑，她也便眯了眼，笑了一笑。笑得俏皮而又欣喜。

眼科医生穿了件白大褂，显得干净利落。让雪白感到新奇的是，医生的鼻梁上，架了个叫做“眼镜”的东西。这是少女雪白第一次见到这种东西。她在医生的指导下，做了一系列检测，当医生把怪模怪样的调试镜戴到雪白鼻梁上时，雪白被眼前瞬间发生的一切惊呆了，世界以全新的姿态再次回到她的眼中。那些奇怪的字母，先前还像变形的魔咒，在她眼前示威、聒噪。而在镜片的魔法之下，它们被迅速打回原形。混沌四散，留在测试表上的字体，安恬而沉静，黑色的表面散放着珠玉般晶莹的光泽……而当戴了眼镜的雪白将目光挪移，她看到了安静美丽的婶子，她在对她微笑，眼睛里有一种欣悦的波光。那个戴眼镜的眼科医生站在婶子身边，他的手，在婶子的肩上抚了一下……雪白的视线再次挪移，便看到了哑巴。哑巴的脸黧黑粗糙，眼角堆满皱纹，他张着嘴巴，呆呆看着雪白。在雪白惊喜的叫声中，哑巴嘴角一咧，不禁也跟着笑了起来。

离开医院前，雪白拉住婶子的手，突兀问了一句：叔叔呢？咋见不到他？

微笑中的婶子忽地一愣，雪白感觉到婶子那只柔软的手略有颤抖，这就抽出来，抚摸着雪白微黄的发辫，淡淡地说，叔叔到很远的地方工作去了。要很久才能回来。你回去，要对你爸好啊！

返回米镇的一幕幕场景，多年后仍像电影胶片一样在雪白记忆里回放，甚至移植进她的梦里。世界仿佛获得了解救。戴了眼镜的少女雪白，不时为路途中看到的美景发出尖叫。她为一条大河发出赞叹，也为一匹走在路上的白色母马传达出惊喜……直到行驶在一条僻静路段时，哑巴似有些乐不可支。他从自行车上下来，鼓动着雪白也尝试一下骑自行车的乐趣。哑巴在身后叉开腿，两手扶着自行车后架。雪白骑得歪歪扭扭，不时发出一声尖叫。但雪白骑自行车的本领似乎无师自通，很快便骑得有板有眼。

经过一条岔路，骑在自行车上的雪白并未看到前方巨大的危险，只听哑巴一声惊叫，便连人带车摔进路旁的深沟里。

哑巴救了雪白。自己闪躲不及，被迎面驰来的一辆汽车撞倒。

在多年之后，做了眼科医生的雪白成了婶子的同事。此时婶子已同那给她配眼镜的眼科医生生活在一起。而等她见到叔叔时，却是在一帧相框里。黑白相片里的叔叔也戴一副眼镜，对她落落寡欢地微笑。眉眼里有着哑巴继父更多的影子。

婶子告诉雪白：叔叔是出车祸去世的。临终前，特意嘱咐她，不要把他死去的消息告诉给哥哥。哥哥早先有抽羊角风的毛病，经不得刺激。

而那用来看清“世界”的第一副眼镜，则始终被医生雪白保存着。

细雨唤醒狮子

一

晚饭很简单。苞米渣子粥，一碟小咸菜。咸菜是去年冬天腌的，萝卜，雪里蕻，蔓菁，足足腌了一大缸，能从这一年秋天吃到来年春天。夏天各种青菜下来，也就不愁菜吃。咸菜里拌点切碎的葱白，香油盛在输液瓶子里，院子里有老乡在医疗站工作。像这种输液瓶子，用来盛酱油、醋、香油，真是好用。胶皮塞子一拔，发出“砰”的一声，香味直钻鼻孔。总不忘把鼻子贴瓶口嗅嗅，嗯，真香！香油拿捏着斤两来倒，出一滴，手不想动了，觉着少，又斜一下。而后伸出舌头，舔舔瓶口。咂巴咂巴嘴，把塞子盖上了。

这样的饭吃起来总是很香甜。两个人，平时话就少，吃起饭来，话就更少。只听见从男人嘴里发出的“稀里胡噜”声。女人喝一口粥，猫似的吧嗒着嘴。她吃东西秀气，去菜碟搛一点咸菜，总是挑挑拣拣。她不大喜欢葱味，胃口也不好。自己不能吃，倒喜欢看男人的吃相。她甚至想，如果一大家子围在一起吃饭，该有多热闹。肯定有意思！想到这儿，她就笑了。瞟了一眼男人。

明天几点的火车？

男人歪着脖子搛一筷咸菜，吸溜着嘴，说，十点。饭吃得快，汗从他的额头冒出来。搛一口咸菜又接着说，明儿早起四点喊我，都和他们说好了。我搭去马家屯拉粪的马车，满赶趟。

饭吃完，女人蹁腿下炕，趿拉着鞋嚓嚓嚓挪到屋角。屋角码了两个包裹，上面那个小，是用碎布头拼的，红红绿绿，看上去像是女人家用的。下面那个稍大，那种黄色的旅行包，刷得泛白。“为人民服务”几个字，还能影影绰绰辨出来。她把小包打开，里面是几包烟，还有几瓶高粱烧酒，还有一块布料，还有其他平时攒下来的零零碎碎小玩意。她舒心地叹息一声，把小包搬下。拉开旅行包拉链，旅行包里装了满满一兜炒熟的葵花籽。黑亮黑亮，像虫子一样“鼓涌”着。她把手插进去，哗哗翻找，翻出两个纸包。一包是葵花籽种。几年前回去，老家人都说让给捎点，这东西吃着香，没油水的日子，磕着是个意思。她本想寄一些葵花籽种回去的，但回来一忙就给忘了。另一纸包里是粮票、布票，还有一些钱。她扭头对男人说，把它揣身上吧，揣身上安全。

男人已吃完饭，正在炕下找鞋。他“嗯”一声，便出去撒尿了。

这片房子是两年前盖的。三家凑在一起，有了一点屯子的样子。后来被人称作：三家屯。那是很多年以后的事了。房前屋后种了大片的向日葵，此时长得有半人高，夜色里望出去，一眼望不到尽头。屋子前后连个栅栏也没有。秋天时，三家人坐在一起唠嗑，伸手拧一盘葵花籽下来，边嗑边唠，很是惬意。那两家丫头小子一大堆，就他们家孤身两个。起初唠的都是关于老家的话题，但说着说着，话题自会拐到他们身上来，说实在怀不上，就过继一个吧，清汤寡水的有啥意思。马家屯有个老娘们特别能生养，八个儿，又怀上了。养不起，说要过继出去一个。老马拐着弯认识他们，不行就抱一个？女人不同意。女人说，要抱养，也要从我哥家抱养。打断骨头连着筋，到啥时也错不了。

本来该女人回去的，顺便看一眼她的哥嫂，但她工作忙。男人是农机站的维修工，现在地里轻省，没多少事。站长虽是本地人，站长老婆却和他们是老乡，请假很给面子……都多年没回去过了？男人打了个尿噤，还是禁不住有些想念。

躺在炕上，女人问：这次回去，你不回李庄看看？

男人瓮声说：不去，也没啥念想，去了做啥！

女人叹息一声，暗自里想：哪里是没了念想，是他不愿回。他娘带着他，半路改嫁，嫁到李庄，早几年就死了。他后爹又续了弦。那个李庄，对男人来说，根本就不算个家。

不回去就算啦。回去，也是不招人待见。她开导他。

回来的时候，可要把孩子照应好，别粗心大意。

嗯。

都快睡着了，男人忽然坐起来，对女人说，要不多带些钱吧。咱俩不是刚开支吗？要不都带上。毕竟把孩子从人家手里领过来，一把屎一把尿的，多不容易。

这话女人不爱听：你当买哪！都是自家人，还提啥钱不钱的。她扭身背对了男人。

男人想了想，就又躺下了。平时他们没少惦记他们，常把粮票、布票、钱什么的寄过去。她总念叨她哥的好，有时说起小时候的事，说着说着就哭了……日子可长着呢，都是吃一锅饭的家里人，等以后吧。如果那孩子过来，就真是亲上加亲了。

二

从春天开始，男孩便从母亲那里，窥破了自己命运的走向。她似乎对他格外珍重起来。东挪西凑的，为他做了一件新衣服。以前他总是穿哥哥们穿过的旧衣。不是大了，就是破了。饭桌上的菜，其实有什么菜啊？一年一年的，只有春天发酵好的一大缸黄豆酱，捞一碗，放在饭桌中间，沾小葱和萝卜吃。或是把酱和豆角、南瓜放在一起熬（那时总说熬菜而不是炒菜），没有油水，放半锅清水，放些盐，放上黄豆酱，开锅即可。即便这样，饭桌上也总免不了争抢，那些孩子就像一帮饿狼崽子……只在农活累时，母亲才会炒几个鸡蛋。鸡蛋平时不敢动，要用它换钱，再换成油盐酱醋。而摆在桌子上的这碟鸡蛋，父亲动都不想动，他拉不下脸子吃那独食。每当男孩和哥哥们伸筷去碟里试探，会被母亲敲开筷子，有时敲在手指上，就又免不了一通哭闹……而现在，男孩可以大大方方去吃那鸡蛋了。有父母默许，哥哥们自然也就效仿。男孩倒端起架子，对那鸡蛋看也不看。而这时，母亲或父亲，便将大块的鸡蛋送入他的碗里。

夜里他还会被他们手掌的抚摸弄醒。睁开眼，见母亲披衣坐在身前，微弱光晕照亮她枯瘦的脸，唇角挂一滴泪。父亲在一旁劝她：也不是给了旁门左姓。跟了他姑，是享福去了，你有啥想不开的。母亲抽搭一下鼻翼。见他醒来，笑笑。哄婴儿般拍着他再次睡去。

男孩是从姐姐口中，听到了他要被姑姑带走的消息。

那天，因为一颗玻璃球，他和三哥吵起来，大哭。姐姐恰好担水经过，将扁担竖在身前，用指头点住三哥说：给他！三哥望望姐姐，出手将玻璃球扔了出去，撇撇嘴，哭了。男孩撅了屁股去一堆柴草旁翻找。姐姐对三哥说，没出息的，哭啥哭！又捧着三哥的脸，俯身在他耳边说了些什么。

姐姐说，他就要从这个家里离开了，你要让着他点……她唯恐那最小的弟弟听到，边说边向这边瞄上一眼。但姐姐的话终是被男孩听到了。扭回头，见三哥正看着自己。三哥破涕为笑。从那笑里，男孩读出一些同情和惊讶，更读出一些幸灾乐祸。

他搞不懂那所谓的“离开”，是要去往哪里。这未知的命运让他倍觉恐惧。一时间那莫名的“离开”，竟成了男孩的一个噩梦。他梦见自己被绳索捆住，一个牛头马面的人押解着他，使他愈发变得胆小与谨慎。而当母亲再次对他宠爱有加时，他便不再把那宠爱当成一种享受了，而是认为那是一种罪罚的开始。

母亲给他做了一双新鞋，当着哥哥们的面，把他抱着，放在大腿上，替他脱了露着脚趾的旧鞋，又耐心替他穿好新鞋。嘴里说，小了还是大了？脚长这么快，年前刚刚剔得鞋样子。你走走看，合不合脚。

他踮着脚在院子里走步。鞋有些小，挤着他的脚趾。母亲站在一旁点头说，还不错，穿几天就合脚了。起初他还被那新鞋蒙蔽，但哥哥们的笑声迅速提醒了他。他们脚上的鞋子都露着脚趾，却毫无沮丧，反倒有一丝庆幸。他被迅速激怒。将新鞋扒下来，扬手向母亲掷去，嘴里恨恨说，我才不穿你这破鞋。

母亲惊讶地看着他：怎么是破鞋了！

就是破鞋就是破鞋。

这孩子……母亲不但不恼，反倒苦笑起来。

正是母亲的笑，让男孩再次读懂那“离开”的意图。他放声大哭，边哭边说，你假装对我好，其实是想把我从这个家里赶出去……

男孩的话让母亲大为惊异。把男孩过继给姑姑一事，她已和丈夫统一了口径，就说让他到姑姑那里去住一阵子吧，住上一阵子，说不定，赶他回来，他都不肯回来的。

谁和你说的？

他不说，只是哭。倒是姐姐，走过来拍了一下他的屁股：

还哭！那是好事，别人想去还去不成呢！

由此，那个关于“离开”的秘密，在这个家庭中豁然洞开。一家人围着饭桌吃饭，也不再遮遮掩掩，好像那是一道佐餐的好菜。父亲说那里虽是遥远，却无比富足。那可真是一个好地方呀！香油是用来炒菜的。那里有成片的土豆，成片的向日葵，都是用麻袋装的……土豆是什么？向日葵又是什么？在男孩的记忆里，他从未见过土豆和向日葵。他只见过玉米、高粱和小麦。父亲说土豆是一种好东西，广播里不是有句话么：土豆烧熟了，再加牛肉。那可是外国人吃的一种东西呀。至于向日葵，那年你姑姑回家，背回了半麻袋，炒熟了，真香啊，几乎让全村人都尝到了。只可惜那时你还没生出来……

父亲描绘出的图景几度让这男孩迷醉。他开始故意做出沉稳的样子。沉稳着吃饭，沉稳着玩耍。再看哥哥们，他竟有些可怜起他们来。毕竟，能到那幸福的地方去，只是他一个人的幸运。而他们，却要一直苦守在这里。

为此，男孩便开始了对那遥远之地的憧憬。他甚至盼着能早日从这个家里"离开"。他现在理解的"离开"，不是被抛弃，更无被挟持的恐惧，而是一种真正幸福的开端。

不知是你姑姑还是你姑父来接你……信从年后就发过来了，只说是忙忙眼下的活儿，他们就坐火车来接你走，时间不会太长的。

火车在哪儿?

在路上。

火车长什么样?

没见过。

火车会飞吗?

火车会不会驮着姑姑和姑父，飞到我们村里来?

他们不会一起回来的，家里要留人看家。但不管谁来，他们都会从那石桥上经过的。

…… ……

男孩整日呆在河岸边那道高岗之上，迎候来接走他的人。

村子很大。街很宽，也很长。从村东走到村西，便要花上很长时间。村东的人他熟悉。村西的人对男孩来说，则有些陌生。他蹑足走完那段长长的街道，额头往往会沁出细汗。古怪的大人恫吓一声，拦住他，严肃着一张脸问：你爹是谁？他愣愣站着，不知犯了什么错，脸涨得通红，细着嗓子说：王铁成。小名呢！铁头……

那些大人哈哈大笑。末了，用手指在他头上弹一个“响崩”，才肯放他过去。他还是会像猫一样蹑足前行，要闯过最后一道关卡。那里，有一个疯女人，头上缀了一朵红花，有时那红花又变成一根绿草，或是一根秫秸叶。她端坐着，冲他怪模怪样地笑，口中念念有词：要下雨啦，发洪水啦，狮子就要醒来啦……

男孩的心里充满了恐惧，撒开腿没命地奔跑，直跑到河岸边那道高岗之上，这才停下来喘口气。

石桥在初春的河流中歪歪扭扭，菖蒲在水面生发嫩芽。流水清澈，在某一处聚敛潋滟波光。春风将他的脸吹得越发皲裂，脏污小手也裂着小孩嘴一样的口子。母亲说，春风是最割肉的……有时母亲会吩咐他捡些麻雀粪便，那细长乳白的粪便，似是治愈皲裂的良药。用热水敷之，然后涂于手上，端着手，去火炉上反复炙烤。炭火针刺般炙着伤口，母亲护住他的手，呵斥说，忍着点，你看你这手，像不像老鸹爪子！这样咋去你姑家？给你姑丢人不！别人还不说是从哪儿捡来的小叫花子呀。他不躲，却疼得龇牙咧嘴。

河对岸的大路上鲜有人迹，有时连一只鸟雀的影子也无。路太短，拐个弯，便被河对岸的那道高岗遮掩。那道高岗像一块幕布，隐藏了大路后面的全部景象，男孩想不出高岗后面的那条路伸向何处。他想跨过石桥，去河对岸看看。

走上石桥，才发现桥面有一块石板塌掉了。流水在眼底形成一个眩晕的落差，让男孩脊背发麻。他不敢动，手摸着桥上的一尊狮子。他不知道石桥上是不是还有更多这样的洞，踩上去，会不会引起更多石板的塌落。

他终是退了回来，依旧坐在高岗上。看到从身后的村子里，慢悠悠驰来一辆马车，一匹白马疲沓行进，赶马车的人将红缨鞭子甩得老高。

走上石桥，白马抖擞了精神，它没有任何犹豫，马鬃摇摆，马头一下下点着地面。马蹄磕踏青石桥板，发出清脆蹄音，很快被辚辚滚动的车轮声淹没了。

男孩这才壮了胆子。走过那块塌落的桥洞时，跳了一下。一路小跑，踏上河对岸，直至跑上那面高岗，这才长出了一口气。

高岗上仍是一眼望不到边的黄土。村庄埋在很深的地方。路没有尽头，路旁生着一棵孤零零的树。

三

日子仍在按部就班地过下去。男孩的离去，或许对这家庭起不到任何作用，只不过少了一张吃饭的嘴而已。只不过，当别的孩子惹父母生气时，他们会念叨起他，他仅仅为他们铺设了一条怀念和发泄委屈的通道。

直到媒婆的到来，才让父母窥见那隐藏在日子背后的巨大惊喜。而男孩的将要离开，仅仅像个引子。

这是怎么了？父母在暗地里感慨这刚刚开始的一年。捆在身上的绳索似乎在一根根解开。男孩的即将离去，为他们解开第一道绳索，而女儿有人上门来提亲这件事，证明那绳索不仅解开了，很有可能，还要在他们衣服的破洞处，缀上一块御寒的补丁。

是李家庄李伯基家的大儿子，媒婆说。你闺女去公社参加基干民兵培训，被人家李伯基相中了。他是公社武装部的干部，想让你闺女成为他的儿媳妇。

母亲张大了嘴。她的脸迅速绯红起来。好像被媒婆提亲的对象，是她，而非她的女儿。

媒婆吧嗒着嘴抽烟，盘腿坐在炕沿上。她坐得有惊无险，半个屁股搭住炕沿，两只穿了尖尖鞋子的小脚，好像悬浮于空中。她用的是长烟杆，烟锅烟嘴都是黄铜的。像这种长烟锅，只有老头们才用。烟嘴上吊个小巧的烟布口袋，抽几口灭掉，去炕砖上磕掉烟灰，然后续上烟，继续吧嗒。媒婆两腮下陷，努着嘴，阴郁目光扫在母亲脸上。

人家是看得起我，亲事托到我这儿，其实我早就不想干这保媒拉牵的事了。儿子们都说我。可我对他们说，成就一桩姻缘，那是积德增寿的事呀。

母亲不敢擅做主张，说要等父亲回来拿个主意。她脸上的绯红渐渐消退。听她的口气，已经一百个同意。她说的像是客套话，又很没有底气：你说这样的高枝儿，我们能攀得上吗？

攀得上！媒婆肯定地说。她不苟言笑，却是这附近出了名的媒婆。她不靠花言巧语，却凭借保媒的成功率赢得了大家的信任。

这都是缘分，再说你家姑娘模样长得俊……不说是攀高枝吧，其实你家也算是攀了高枝。媒婆呵呵笑，将一口痰远远射到墙角。

父亲收工回来，他们凑在一起说话。在那急促的讲述中，以及对生活即将发生诸多变化的设想中，母亲显得尤为激动，她的脸再次变得绯红。那些设想其实是两个人你一言，我一语，共同搭建起的。一个人的设想总归有些单薄。比如母亲，作为一个目光短浅的妇人，她首先想到的是女儿找到了一个好婆家，以后吃穿不愁。而父亲则想得更为实际一些，以后，家里就算有个靠山了吧。远的不说，比如那些难以搞到的粮票布票，对他们来说，也就是盖个章的事嘛。还有煤票，一整个冬天，家里买不到一块煤炭。只能烧些柴草取暖。想弄到煤票，几乎是他们这样的人家从来不敢想的一件事……那么，以后像如此这般的诸多好处，会不会多起来呢……父母还想了很多，他们你一言我一语，将那设想搭建得更为牢靠，眼前的愁云一下散去……而毕竟是做男人的更沉着一些，天快黑了，他冲她瞪瞪眼睛：你做饭了吗？母亲捂着发烫的脸颊，低低叫了一声。

破天荒的，母亲又炒了几个鸡蛋。她给男孩搛了一块，又给姐姐搛了一块。如今，好像只有他们俩，才是她的至亲。他们身上掌握着解除她疾苦的秘笈，一旦破解，她就会被他们解救出去。

昏黄煤油灯下，姐姐看了看那块沉落在碗底的金黄蛋片，又错愕地看了眼母亲，然后把蛋片送到身边另一个弟弟的碗里。

四

这一天，男孩终于看见一个人出现在河对岸的高岗上。

他挑着担子。盛夏阳光好似一块明丽薄荷，将周围田地的禾苗揉搓出一层细软茸毛。他的出现，使男孩眼前一亮。

来人穿浅蓝色罩衣，劳动布裤子。那裤子洗得发白，缀了一块块补丁。一只手搭在扁担上，另一只手攥着一只拨浪鼓。他快步从高岗上走下来，身子前倾，像有人在后面推搡着他。直到走得近了，男孩这才看清他的模样：长脸，大眼，高鼻梁，宽嘴巴。

男孩友善地看着他。从他走下高岗那刻，男孩便知晓了他的身份，这显然是个货郎。虽然他不是那个要带他离开的人，但现在的男孩，已对每一个外乡人都充满了好感。

货郎摇动手中的拨浪鼓，算是和男孩打了一声招呼。他没有停顿，迈开步子，向男孩身后的村子走去。

这天上午，男孩还看到一个弹棉花的匠人走过来。这是个五十多岁的老人家，背微驼，头发花白，好似沾了寒霜。而他的身上，粘满丝缕棉絮，让人觉得高岗那边，是不是刚下过一场大雪？

后来便再没人走过来了，陪伴男孩的只有静默河流。远处浅滩上，绿草如一块锦缎，一匹白马呆在那儿。明艳天光里，马始终背对着少年，呆呆眺望远处某一个地方。

临近中午，挑担的货郎转了回来。他有些累，坐在石桥上歇息。

男孩正趴着桥洞丢石子，一松手，石子便落了下去。发出“嗵”的一声。

货郎在刚刚去过的村子里一无所获。以前他曾听人说起过这个地方，说这里人口稠密，交通闭塞，生意应该好做。但刚刚在村里的遭遇，不禁让他气馁。村里几乎见不到什么人，只有几个看孩子的老太太。她们好奇地围着货郎挑子转来转去，却不舍得掏出一个钱来。有个要买糖吃的男孩，甚至被他奶奶扇了个大嘴巴……后来货郎碰到了弹棉花的匠人，匠人告诉他，人们都下田去了。村子大，生意应该好做。这里的人买些针头线脑，往往要跑三十里外的供销社去呢。你过几天再来，说不定运气就会好起来的……货郎相信运气。他每到一地，都要在相邻的村子里长时间转悠。如果走马观花，或许真的会有所疏漏。以前他从没到这么远的地方来做过生意，但弟弟忽然间成年，家里急等用钱，他便把自己的地盘拱手让给了弟弟……

男孩乏味了抛石子的游戏，抬头见货郎正在端详桥上的一尊狮子。货郎恰在此时扭过头来，看着他。冲他招了招手。

后来，弹棉花的匠人也转了回来，他在那个村子里照旧一无所获。远远见货郎和男孩坐在一起，货郎神神秘秘说着什么，蹲在桥上的男孩，听得入神，一脸兴奋。

弹棉花的匠人便也就此停下。他摘下头上的草帽，朝脸上扇着风，对货郎说，又胡诌啥呢？诳人家孩子。

货郎笑笑，冲男孩神秘地眨眨眼睛。好像他们刚刚讲了一个秘密，却不想让这匠人知道。他对匠人俏皮一笑：你咋也这么快就回来了？

聊了一会儿，他们便相约去往下一个村子。

石桥上空寂下来。

而男孩并未回家。他呆呆站在桥上，开始认真打量起桥上的这尊狮子。

是尊石狮子。站在桥栏右侧，狮头朝向桥面。与它相对的，或曾还有过一尊狮子，只不知在什么岁月里流失掉了。男孩不知道。而在男孩眼里，这是头莫名其妙的狮子，它的一只耳朵被人敲掉了，那意义上的狮吼，只在一张嘴巴上体现出那么一点点意思。男孩觉得，它更像一只猫，或一条狗。难怪以前就没有注意到它呢。

傍晚时分，这寂寞等待中的男孩再一次来到石桥上，他偷偷把家里的印泥偷拿出来。那东西许多日子被闲置，只过年蒸年糕时，才在年糕的正中点一点红唇。他攀上石狮的底座，伸手向上，却够不到狮子的眼睛。他又向上，脚踩住石狮的两爪，脚下一滑，险些掉进河里。紧紧抱住狮子的半个身子，从狮子背后雕凿出的毛发凹凸处，让他有了下手之处。他呼吸急促，脸憋得通红，慢慢腾出一只手来，将印泥从裤兜掏出来。这样，两根圆圆的手指肚上，便沾了红红的印泥，像是无端开出的两瓣花朵。那两瓣鲜艳的花朵，便被男孩涂上了狮子的眼睛。

男孩张开两手，仰头得意地看着那狮子，笑了。

他这样做，与货郎对他讲的那个故事有关。

货郎的故事里面说，如果把狮子的眼睛染红，天就会阴沉下来，会下七天七夜的大雨……

这样，在男孩得意地想要回家去的时候，乌云已在西天厚厚地堆积。夕阳刚还如血似的喷溅，转瞬便成一滩凝血形状。男孩向村子里走去，觉得身后被狮子的眼睛照亮了，这种感觉无比奇特。只是男孩不知道，此时他的身后，狮子与河流，其实是被一道闪电照亮的。

男孩想：把狮子的眼睛染红，天果真会下七天七夜的大雨吗？我才不信呢……

五

第一日，阴历六月初四。天仍是晴朗，没有要下雨的意思。这是雨季开始的第一天，在此地，日子富足的人家，都会做一碗糯米饭，摆上供桌，算是献给雨神的贡品。

母亲自姐姐出门相亲那刻，便显得焦躁不安。她打扫院子，扫着扫着，丢下笤帚坐到屋里，拿起一件男孩们穿过的旧棉裤，拆了起来。拆到一半，她又丢下棉裤，神不守舍地回到院子里去择菜，而那时离晚饭时间尚早。

远远便见姐姐回来了。做母亲的暗自叫了一声，窥望着自己的女儿，觉得这梳洗一新的女儿真是漂亮。她身材高挑，杏核眼，肤色微黑，小小年纪，挣着和男人一样的工分，每天泥里水里，风吹日晒，如果让她猫在屋里，她原本该是很白净的。但正是这微黑肤色，更显出女儿的健康和质朴。是过日子的一把好手呢！

姐姐并无母亲想象中的欣喜。脸上甚至连一点羞涩感也没有。她很平静，眉宇间浮着一层戾气。看到母亲期盼的目光，她的脚下一顿，像是要躲开去。

母亲凑上前，小声问：咋样？

姐姐端起水瓢喝水。放下水瓢，还在呼呼喘气，她看着母亲，抹掉滴在唇边的一滴水渍，对母亲说，他是个跛子。

一整个黄昏便显得压抑起来。自此母亲再也无话。起初她还问了句：跛到什么程度？姐姐想了想，拿一个村里跛脚的人打了个比方，又补充一句：可能比他要好些吧。

父亲收工回来，见母亲坐在灶膛前一语不发。微红灶火映亮她眼睛里的忧愁。而那忧愁却是和往日有些不同，因她的心里曾燃起过希望，现在似要破灭。所以，那忧愁看上去更加令人绝望。

父亲凑上前，在她背上杵了一下：咋样？

母亲失神地捣着灶膛里的炉火，一字一句说：是个跛子。

父亲也有些失望。

在父母的失望面前，姐姐倒轻松起来。她换下相亲时穿的衣服，去井台上挑水。挑了一趟又一趟。

晚饭前媒婆再次来到家中。父亲谦让了一下，媒婆便毫不客气地上了炕，坐在饭桌边等着。本来灶火已熄，母亲不得不重起灶火，她要炒两个鸡蛋。当她拽出盛鸡蛋的篮子时，不禁暗自叹息一声。这段日子，鸡蛋莫名其妙地消失了，它就像一个赌注，押在两个孩子身上，而等来的结果呢，未免令人失望。

灯芯隐秘跳动着，油捻打了结，母亲用剪刀将它剔除，火苗再次腾跃。蹿起的黑烟将搭在晾衣绳上的毛巾都熏黑了。因媒婆的加入，这家人的晚饭便不能如常进行，孩子们无精打采地蜷在炕角，看父亲陪媒婆坐在饭桌边拉呱，而母亲和姐姐则垂手站在屋角的黑暗中。

父亲端着饭碗，将头凑过去：听说是个跛子？

媒婆"嗯"一声，父亲的问话让她加快了咀嚼。直到把那口鸡蛋咽下，才回答道：是个跛子……依我看，跛点也不碍事。零零碎碎的活儿都能做，能碍啥事呀！和咱家姑娘是稍微有点不般配。可人家命好呀，这就是命，谁让人家有个好爹呢！过几天就到粮站去当工人了。在那里过过秤，验验质啥的，每月都开工资……

媒婆的话再次燃起母亲的希望，她向饭桌边凑凑。因为接下来媒婆把说话的音量压得很低。

他们又在用话语搭建那他们曾经设想过的日子。因媒婆的加入，那设想便越发显得牢靠而真实，几乎触手可及。他们说到煤票、布票、粮票。而在媒婆心里，还有一个更为真实的想法不愿说出来：他的儿子去年想参军，没有去成。而今年，如果这桩亲事成了，应该不成问题……媒婆最后说，李伯基跟我打了包票，如果亲事成了，马上把你家姑娘弄粮站去。

父母张大了嘴，一起扭过头去，看着姐姐。以期用那夸张的表情去感染黑暗中端坐的姐姐。而姐姐隐在黑暗里，看不到她的脸。

是有点不般配，媒婆叹息着说。俗话说郎才女貌，可哪儿来的郎才女貌。我看是嫁汉嫁汉，穿衣吃饭。媒婆说完这句话，从笤帚上掰下一根笤帚苗，剔起牙来。

父亲和母亲再次扭头去看姐姐。他们目光热切，又有一丝担忧。父亲说，我看成，嫁过去，就不用泥里水里挣工分了，就能做个干鞋净袜的挣工资的人了。

缩在角落里的男孩们好像得到命令，迅速爬起，抄起碗筷，叮叮当当吃起来。

姐姐仍坐在黑暗里。看不到她的脸，她动了动，嘴里发出一声轻轻的叹息。

六

第二日，天仍是晴朗。空气也变得燥热，雨水的降临似乎成了一个谎言。

男孩随姐姐到烟田里去。由于干旱，烟苗的底叶都已枯黄。而那枯黄之势仍在蔓延，要一直烧到烟苗的尖梢。男孩不喜欢烟地。烟叶像一片片肥厚手掌，虽惹人怜爱，但若与之接触，绿色汁液会染绿你的手掌，洗也洗不掉。而后又慢慢变黄，像是染了一种怪病。燥热空气中蒸腾着一股辛辣气味，那是烟叶发出的气味。等到了秋天，烟叶用镰刀削下来，用麻绳一撮撮串好，晾晒在屋檐下，那种气味会把男孩从睡梦中呛醒。

姐姐在浇烟苗，黄土“滋”一声响，水流便被汲干，只留下一小片湿迹，像是青蛙撒下的一泡尿。

男孩坐在紧靠烟田的大路旁，百无聊赖。

他先是听到一记奇怪的声响，清脆而空濛，像是滚动的珠粒撞击了摇摆的皮鼓。只短促的两声，便被扼制住了。这声响并未引起男孩注意，他以为那是一声鸟叫。

年轻的货郎不知疲倦地在这块平原上游走。他已走过数十个村子。有的村子让他欣慰一些，有的村子不免令他失望。这或许是个令人迷失之地，他想。如果生意再这样平淡下去，他就该考虑去往下一个地域了。而在这举棋不定的游走中，货郎渐至生出一种迷路的幻觉。他开始辨不清那些道路、村庄，以及弯弯曲曲的河流、颓圮的石桥……现在，货郎看到这个坐在大路旁的男孩，他还记得他。走过他身边时，摇动一下手中的拨浪鼓，算是跟他打了声招呼。但货郎心里，未免有些沮丧。显然，这个男孩的存在，证明了他走在了一条重复的路上。难怪，生意就这么不好做呢。

货郎本是要继续赶路的。但姐姐听到那拨浪鼓声，不知出于什么原因，她担心地在烟田里喊了男孩一声。男孩从杂柳丛后站出来，回应了她。姐姐这才放下心来，继续给烟苗浇水。

货郎就此停下了脚步。他把担子放在大路边。用汗巾擦着额上的汗，笑眯眯问男孩：有水吗？真渴，想喝口水。

男孩喜欢听这货郎说话的声音，带着一股浓浓的外乡味儿。他伸手朝姐姐一指，说，有！

货郎随了男孩向烟田走去。烟叶磕碰着男孩的胳膊，他竖起手指，戳破那些烟叶。他经过的地方，那些肥厚烟叶无不留下奇怪的伤口。

货郎冲弯腰浇水的姐姐叫了一声：大嫂，喝口水……

姐姐转身。货郎愣住了，顿时羞红了脸。

姐姐不恼，当听到货郎想喝水时，便把桶里的半瓢水留住了。

可半瓢水怎么喝呢？货郎显然犯了难。水井离此不远，货郎笑笑说，你把水浇完吧，浇完我到井上去喝。

货郎担着空桶，男孩走在前面，走一步便回头看他，唯恐他走失一样。他看到货郎的身子在烟田里显得异常高大。透过货郎，男孩还看见姐姐，趁着这空闲，她顺便打起烟杈来。

货郎笨手笨脚。水桶第一次丢到井里，摇摆半天，只打上来一点点水。其实已足够他喝的。但这货郎却是个执拗的人，他偏要把一桶水打满方肯罢休。而最终，却要等姐姐过来帮忙，从他手里拿过绳子，将绳子缠在手腕上，轻轻一抖，水桶在井底扭摆，斜着身子吃进水里，而后井底平静，幽亮中看到一根微微晃动的麻绳，水渍从麻绳上滚落，落进井底，发出清脆幽深的回声。

一桶水放在井旁。货郎先自不好意思笑了。然后抻抻袖口，蹲下身，把遮阳帽檐拉到脑后。他的眼睛瞪得赛似铜铃，脸逼近水面，看不到他的胸腔起伏，男孩却心动了一下，他的眼前，仿佛忽然出现了梦境中那头喝水的狮子。

货郎要走了。

这时男孩从身后抱住了他的姐姐。他央求姐姐从货郎那里买些东西送给他。其实他知道，这也仅是说说而已，姐姐身上从来不会有钱可以支配。但他仍这样固执去做，好像用这样一种方式，能够与那即将离去的货郎有一些更多的接触。

而这种奇妙的感觉也在姐姐身上发生。要是往常，提出这样一个不合理要求，姐姐早就该训斥他了。但姐姐只是搪塞着，她不愿让年轻的货郎看到自己性格暴烈的一面。

他们的话都被那货郎听到了。

年轻的货郎停止了赶路，微笑着看着这正在纠缠中的姐弟。在男孩的恳求得不到答复时，他冲男孩招了招手。

货郎送给了男孩一只泥狮子。

那泥狮子憨头憨脑，身上涂描斑斓油彩。红的绿的相间，又间杂黑色斑纹，看上去无比喜兴。狮子中间用牛皮纸连缀。男孩握住狮头狮尾，用力一挤，咕咕，狮子发出奇怪的叫声。

男孩对这泥狮子爱不释手。姐姐抠着残留在手上的烟汁，小声说，这多不好意思……但她最后还是抬起头来，用一双亮亮的眼睛看住货郎说，要不，等改天到我们村上，我让我娘送你两个鸡蛋吧……

货郎意味深长地看着姐姐，轻声说，就送给他了吧。不收钱的。

最终货郎还是从烟田掰走了一些嫩黄的烟叶带走了。他知道未长成的烟叶抽起来味道不正，但或许是为了打消姐姐的顾虑，带走些烟叶权当一种交易吧。他抬头看天。莫名其妙说了一句：要下雨了。

其实这是他对男孩说的一句话。

但男孩并没有听到。他已完全被那只泥狮子迷住了。

货郎走后，周围又静了下来，只听见姐姐担水的声音。间或会响起泥狮子古怪的叫声：咕……咕……咕咕。远处村庄被一层浅浅雾岚遮住。在狮子的叫声中，天渐渐阴沉了下来。

雨在午后倒下了一些。却零零落落，没有什么势头，只把院地上的尘土砸出一些肤浅的坑凹。空气中漂浮着一股淡淡的尘土味。

男孩坐在门口摆弄那只泥狮子。姐姐还想去给烟苗浇水。父亲说，要下雨了，雨要下起来，你这不是白费工夫嘛……然后他又说，今儿后晌你啥也不用做，好好歇着吧。

姐姐疑惑地看着父亲。

母亲在一旁说，你忘啦！昨晚不是定好了吗？明早我们去镇上，去会一会李伯基，看看那男人到底咋个样儿。

姐姐说，不是你们要看吗？为啥还要我去？

父亲说，你看你说的，你是主角，你不去这戏能演成！

姐姐显得很不高兴，摔摔手走了。

天阴沉得厉害。黑白云团在天空游走，像疾驰出奔的马匹，又像相互撕咬的动物。它们疲惫的间隙，太阳露出来。阳光被乌云围拢，折射出的光线异常强烈。此时有大群乌鸦从上空掠过。它们"哇哇"聒噪，密集翅膀几乎遮蔽了天空。从翅膀缝隙间折射出的光线，让空中好似悬浮起一把把剪刀。被剪落下来的，除了光线，或许还有乌鸦的羽毛。

母亲惊恐地看着天空说，这是怎么了？不会要出啥事吧？

父亲也朝天空看着，那群乌鸦飞过之后，乌云取代了它们。他故作镇定，对母亲说，能有啥事！只不过是要下雨罢了。

母亲说，舍得下吗？

父亲说，应该下啦。肯定会的。

雨果真在夜半下将起来。像是有物体瞬间崩塌在大地上。听那势头，天也好像缺了一角。父亲母亲冒着大雨，跑去外面把一些柴草农具储备起来。母亲早回了一步。她用褂子胡乱擦着身子。闪电在窗外照亮，衬出她尚显饱满的乳房和臀部。她低着头，把两只脚踝擦得很仔细。从额上垂下的发梢往下滴淌着雨水。父亲随后也哆嗦着身子进来，他擦都没擦，便呻吟着钻进母亲的被子里。

男孩早就睡了，他并不知道这些。那只泥狮子卧在枕边，伴他而眠。姐姐睡在另一间厢房里，此时她还醒着。

父亲翻身时用胳膊压住了那只狮子。咕，它古怪地叫了一声。

母亲用臂肘捅了捅他：小心点，别把孩子弄醒了。

父亲侧头看了看男孩，继续动起来。

肆虐雨声像是狮群发出的吼叫。由远及近，又由近及远。男孩虽是睡了，但这奇怪的声音却涌进他的梦里，使那梦境与现实有了奇妙的关联……

就这样，在那一夜的梦中，伴着狮子的吼叫，男孩和那故事里的少年不期而遇。在那个故事里，砍柴少年好奇地涂红了石桥上狮子的眼睛，那其实是他犯下的一个不可饶恕的错误……

父亲母亲的身体在战栗中渐渐分开。黏在他们身上的已不再是雨水，而是温热黏稠的汗水。父亲躺下去不久便呼呼睡着了。母亲起床擦净身子，也准备睡去。但她听到从男孩梦中传出的惊叫。由于雨声的遮蔽，起初她并未辨出那是儿子的呼喊。她警觉地在黑暗中睁大眼睛，四处搜寻，看到男孩那张熟睡的脸……

而男孩模糊的面影睡意昏沉，泥狮子在他的枕边浮起一层亮色。她忽地想起儿子今后的生活，悲伤不禁再次像雨水一样将她淹没。

七

第三日，天却晴了。

母亲早早起来，去厢房催促姐姐梳洗打扮。若在平日，姐姐也早就起来了，但今天却赖在床上。显然她夜里没睡好，眼泡浮肿着。辫子也梳得松松垮垮。她把那件罩衣换上，母亲说，昨天就让你洗洗。你看你看！那件罩衣穿在姐姐身上，褶皱显得更多。

媒婆拄根拐杖，早早等在门口。母亲似是比姐姐还要重视这次出行。姐姐已准备停当，她还在对着一面镜子左照右照，最后沾了点清水，捋顺脑后一撮翘起来的头发。

男孩被一泡尿憋醒，光着屁股出门撒尿时，看到这将要出行的人们，不禁叫了一声。他们停在门口看他。他的一泡尿撒得仓促而又漫长。相亲的人本是不想带他去的，但听到他不依不饶的哭声，媒婆说，孩子想去，就带他去吧。

出村后他们搭上了一辆拉粮食的马车。车夫认得媒婆。虽然车上满载了货物，但还是热情地邀请他们上车。车夫将媒婆抱上车辕外手，又转回去，将自己屁股下的一块坐垫让给媒婆，说，垫上这个，不然把衣服弄脏了。媒婆骄傲地对母亲耳语：他的亲事就是我保的媒呢。当初那女的说不愿意，这不，都生两大胖小子了，日子过得美着呢！

男孩和母亲坐在车尾。去往朱仙镇的路程一下便显得轻松起来。听到车夫和那媒婆在大声说话，姐姐在车后一路紧随。

路愈加宽阔，路面铺了煤渣。说是镇子，其实小得可怜，街边一家饭铺，一家铁匠炉，一家车马店，一匹黑马缚在木柱中间，三两个人围住它，正搬弄着马蹄不知鼓捣什么。再过去是学校，学校过去是卫生院，然后是供销社，公社就在前面……一条街走完，一个镇也就走遍。

马车夫用鞭子指点着，他说他要到粮站去。顺鞭子所指方向，大家看见尖顶的白色粮仓，在溽气中显得神秘而又高大。

还没找见公社之前，媒婆便在街边发现了李伯基。

她指给母亲看。见一群人围着他，正热络地说话。但母亲对李伯基并不感兴趣，她是想看到她那未来的姑爷。她拽着媒婆的衣袖，刚想打听，却见李伯基冲这边招手，笑着，露出一嘴黑黄牙齿。迅速向他们走来。

我老早就在这儿等你们了！李伯基说。

要不是搭了辆马车，还早着呢。媒婆说。

李伯基一边和媒婆说话，一边瞄着姐姐。直到媒婆向他介绍母亲时，他便再次笑起来，声音洪亮而浑厚。扬扬手，似乎想握上去。母亲脸却红了，嘴唇蠕动着，不知该说什么好。李伯基一双大手无处放置，拂到男孩头上，大声说，这小家伙是谁？长得怪俊气。

身后闲聊的人纷纷散去。只剩下一个黑瘦男人站在原地。他穿浅蓝色的确良衬衣，浅灰色裤子。脸朝这边看，不知该进还是该退。直到李伯基冲他摆手，不满地说，你看你看，你婶子他们大老远赶过来，你也不知道过来打声招呼。

他这才咧嘴笑了。迈开步子，男孩惊讶地发现，他的右腿先是抖了抖，然后向前迈出一步，左腿随之灵巧地跟了上来。而右腿再次迈开，又抖了抖，左腿再次灵巧地跟了上来。男孩看见他脚上穿了一双黑色凉鞋。那双凉鞋倒不足为奇，奇怪的是，他的脚上还套了一双尼龙丝袜子。这在当时的乡下，几乎难以见到。他用一种奇怪的步态走到大家面前，面颊涨红，额上渗出密密细汗。先是冲媒婆点了点头，而后冲母亲叫一声：婶子。

午饭是在他们路过的那家饭馆吃的。一海碗猪头肉，脚板那么厚的肉饼。那肉饼可真香啊。咬一口，油脂从嘴角向外冒，把嘴唇都给麻酥了。男孩从没吃过这么好的饭食，他无暇旁顾，专心对付着它们。所有人都在说着该说的话，冷场的间歇，却不由被这男孩贪婪的吃相惊呆：那么大块的肉饼，男孩足足吃了四块。他的嘴巴快速蠕动，一边蠕动一边被烫得龇牙咧嘴，滚烫肉饼咬进他的嘴巴之后，似乎再奈何他不得。三下两下，嚼也不嚼，便顺着食道滑落下去。边吃边用眼睛瞄着众人的碗。吃完第二块，瞅冷子从母亲碗里搛过去一块。吃到第三块，又朝姐姐的饭碗里瞅，见姐姐碗里的肉饼只吃下半块，那咬掉的半边，红嫩肉馅整个露将出来。

媒婆惊讶地叫了一声：这孩子，今儿可是开了荤。活脱脱一个饿死鬼转世啊！

男孩打个饱嗝，拿眼继续朝桌面瞅。叫李伯基的人正在抽烟。男孩坐他对面。他笑一声便向男孩身边的姐姐看一眼。而李伯基身边的男人，则目光呆滞，始终不敢正眼看姐姐。忍不住看一眼时，却做贼似的，迅速躲开……媒婆的话，让姐姐感到了羞辱，拿脚在桌子底下踢他。母亲却浑然不觉。她的头有些胀大，李伯基每说一句话，她的头便会胀大一些。而李伯基洪亮的笑声和媒婆的恶语似乎并未给她带来丝毫压力。她的目光不时投到李伯基身边的男人身上。如今他坐着，黑红脸膛，眼睛、嘴巴极像他的父亲。他的手偶尔抬起来，手腕是白皙的。后来她惊讶地发现，他的腕上，戴了一块亮晶晶的手表。

没吃饱吧。男人终于说话了。这是他坐在那里说的第一句话。此时男孩已将第三块肉饼吃完。李伯基洪亮的笑声再度响起，冲外面喊：喂，再给我们上两块肉饼。今儿管够，不能让孩子饿肚子。

男孩向后闪着身子，肚子胀得他有些难受。短小上衣下端，缺了一粒纽扣，滚圆肚皮连同肚脐一同鼓突出来。

母亲说，够了够了。

但肉饼还是端了上来。男孩有些不好意思，偷眼看母亲。母亲却对他视而不见。男孩便又搛了块肉饼到自己碗里。这次他倒吃得斯文，其实他已经吃饱了。

姐姐显得很不高兴，忽然站起来说，村里的姐妹知道我来镇上，托我带些针线回去。我吃饱了，到供销社去转一转。

说完这话，姐姐便转身离去了。

媒婆惊讶地对男人说，你不跟她一块出去转转！李伯基也用问询的目光看着儿子。而此时母亲已从凳子上站起来，好像等一声指令，好出去喊住她的女儿。

男人脸紧了一下。摇头说，算了吧，让她自己去吧。我就不去了。

男孩吃完肉饼，也从饭馆溜达出来。其他的人还围在饭桌边，谈话的内容趋于热烈，谁也没在意他的离去。

男孩信马由缰在镇街上走。走过铁匠铺，走过车马店……每过一地，他都会停下，痴痴迷迷看上一看。铁匠熄了炉火，正在埋锅造饭。那个捎他们一程的车夫此刻蹲在车马店前，对着拴在柱子上的黑马发愁。男孩打个饱嗝，这促狭的声音惊扰了他。扭头看一眼男孩，厌恶地皱皱眉头，大声对车马店老板说，给我紧着点嘴啊，我还赶着到我姐家吃午饭呢。

女售货员在用一把木尺丈量布匹。她的手麻利地倒来倒去，量够尺寸，问一句：三尺半够不够？买布人说，够，够！售货员便用尺子将布边卡紧，两手用力，在布上撕开一道口子，而后胳膊一抖，布匹发出裂帛之声。一块布转眼间叠得齐齐整整。拿过算盘，抖一抖，算盘珠磕碰木框，发出清脆声响。小指微弯，拇指与食指上推下拨，算盘珠子上下纷飞，终是将一些珠子错落有致留在了算盘框内……男孩找不见他的姐姐。他几乎转遍整个供销社，也看不到姐姐的身影。卖暖瓶的摊前站了一个姑娘，看着眼熟，便跑过去，从后面拽了拽她。那姑娘扭过脸，瞪了男孩一眼。因为男孩拽的不是地方，他拽了人家的辫子。如果不是看他小，人家说不定就喊“臭流氓”了。男孩无比慌乱，兔子一样跑出去。

他本是想回到那间饭馆去的，抬头却见粮库那尖顶粮仓近在眼前。

街也骤然间窄了许多，脚下不再是煤渣铺就的路，而是满布了泥泞。暗自惶惑间，男孩忽然看见一堵高大山墙下面，姐姐站在那里。

姐姐背对着他，正在和一个男人说话。

男孩想喊她一声。嘴巴张开，却愣住了。

他认出，站在姐姐对面的那个男人，正是那年轻英俊的外乡货郎。

八

第四日，雨终是下了起来。缠缠绵绵，不急不缓。男孩一整天呆在屋子里，由于有了那只泥狮子的陪伴，他才不至感到寂寞。父亲出去找人唠嗑，姐姐也没在正屋出现。傍晚时分，男孩恍惚听到外面传来一记奇怪声响，像是滚动的珠粒振动了摇摆的皮鼓。只短促的两声，便被扼制住了。那声音在男孩的感觉里应是一连串发出来的，即便被淅沥雨声遮蔽，也不至这样令人不畅……他在炕上跪坐着，警觉地竖起耳朵。母亲在一旁做着针线，奇怪地看着他。咋了？她问。没有，什么也没有。男孩摇摇头。雨声遮蔽了一切，打在不同物体之上，幻化出不同音色……他跪爬着挪到窗前去，从敞开的窗洞里，看见外面天色被幽凉雨意裹紧。几只鸡呆在屋檐之下，羽毛淋湿，瑟缩在那里一动不动。

而火车行进的地方，却并未下雨。

此时，那个从远方赶来的男人已坐在了火车上。

这一路走来，男人坐马车，赶汽车，赶完汽车，再赶火车……倒来倒去的，把他给绕迷糊了。好在一番折腾之后，顺利踏上这将要带他到终点去的绿皮火车上。绿皮火车吞吐着白烟，不时发出猛兽般的嘶吼。它缓慢行进的速度恰丝一条蠕动的肉虫。而当夜幕降临之后，那行进的速度似乎显得更为缓慢。

男人一觉醒来，不知身在何处。朝窗外看，只见漆黑原野上点缀着星星点点的灯火，以及远天璀璨夺目的星星，随着火车运行的速度，它们在一方小小窗口缓慢旋转，消失，出现；再消失，再出现。

男人是出了名的能睡。在农场，有时下雨，他能从前一天中午一直睡到第二天中午，期间只闭着眼撒泡尿或抿上一口高粱烧。加上他不常出门，坐车就乏困。所以一直在瞌睡。这会儿醒来，却怎么也睡不着了。

醒了干什么呢？他瞅瞅四周，见旅客睡得东倒西歪。他咂咂嘴，用手撩开那些伸得很开的大腿，从行李架上拿下自己的包裹。女人并没给他带酒，怕他喝酒误事。但他翻动包裹时，看见捎给亲戚的那几瓶高粱烧，眼睛忽地亮了。他把从家里带的馒头拿出来，还有一点咸菜，还有一根黄瓜。拉上布兜拉链，想了想，又把拉链拉开，拽出一瓶高粱烧，那酒一共带了四瓶，喝掉一瓶，也不算少。想到这里，他竟不好意思地咧嘴笑了笑。

喝口酒，咬一口黄瓜，咯吱咯吱嚼一根咸菜。虽然挺好，还是觉得没啥滋味，便又站起来，拨开那些大腿，把黄色旅行包搬弄下来。从包里捧出一捧瓜子，捧着捧着，见有纸包露出。怎么是一个？他想了想，哗哗把瓜子翻了个遍，还是那一个。头就有些大了。把纸包打开，纸包里是葵花籽种……

包钱和粮票、布票的纸包哪儿去了？他跌坐在座椅里。脑子里开始打转，想这一路上的经历，想来想去也想不出个所以然。会不会是自己睡觉时，有人动过旅行包！可要是动过，咋就只拿了那一个包，而没把包葵花籽种的一块拿走，难道他知道底细……汗“刷”一下从男人脸上淌了下来。

直到天亮，行李桌上的馒头、黄瓜、咸菜、葵花籽一样也未见少。高粱烧瓶子也安然无恙，只是里面的酒不见了。男人双目痴呆，别人看他像是一夜未睡过。邻座旅客纷纷醒来，伸着腰，乱叫着：到哪儿了到哪儿了？一个七八岁的男孩揉揉眼睛，看见桌面上的葵花籽，伸手捏了一粒，刚想放进嘴里，却被他妈打掉了。

男人木着脸，对女人说，吃吧吃吧，也不是啥金贵东西。你打孩子干啥！

女人对他笑笑，这才抓了一把葵花籽放在男孩手里：快谢谢伯伯。记住没？以后不准随便拿人家东西。伯伯叫你吃，你才能吃。

男人摊开手，又对邻座的人说，吃吧吃吧，磕磕瓜子混时间。这东西有的是，我们那儿就出这个……男人说完这句话，心里一下豁然开朗。他想，丢了就丢了吧。丢了也没啥好办法。幸亏自己兜里还装着足够多的钱，够来回路费的。

他彻底想通，把酒瓶拿起来，晃一晃，用眼睛抵近瓶嘴瞄瞄。见一瓶酒见了底，又起身从包裹里拎出一瓶高粱烧，用牙启开盖，咬了一口黄瓜，痛痛快快喝起酒来。

雨是一瞬间打在车窗上的。刚刚窗外还阳光明丽，转瞬间火车便驶进了雨雾。从窗口看出去，见外面天色阴沉，布满铅灰色雨云，只在远外，看见有一道清晰的界限，晴与阴竟然划分出如此明晰的分野。

下了火车天就黑透了。由于喝多了酒，男人脚底踉跄。他把布兜和黄色旅行包拴在一起，搭在肩上。他没醉，只是有些兴奋。这里的人操一口拐了弯的口音说话，让男人听了心动。有时在农场，他会不经意冒出这么一句，只是周围全是陌生的发音，纠正着他，挤兑着他，使他不得不更正着那被人笑话的饶舌音腔。现在，他终于可以大大方方用那种腔调说话了，心里敞亮得不行，忽然就有了想和人说上几句的冲动。

出站进站的旅客行色匆匆，没人愿搭理他。他要找家客店暂时住下。拦下一个人，打听客店在什么位置。第一句话出口，仍是别别扭扭的东北音，到了第二句，就完全捋顺了舌头。那人却不搭腔，只是对他比划。他也只好和那人比划。比划来比划去，那人忽然开口，哑着嗓子说：你瞎比划个啥！我又不是哑巴。只是嗓子肿了，不想说话。

男人落得无趣，脚下更加磕绊。走出站口，不知是他摇晃的步态，还是对方走得急，竟和一个人迎面相撞。

被撞的是个姑娘。一把伞脱落在地，伞仰面躺在雨水里，看上去像个接雨的物件。姑娘蹲在雨地里，手捂着臂肘。

男人看那把伞时，忽然有了种别样的感觉。那伞柄上系了一条红色缎带，是个蝴蝶的形状。几年前，他家就曾有过这样一把伞。女人心细，系一根红缎带的目的，一是好看，二是自己的东西，她都要做个记号。

男人弯腰去搀扶那姑娘，嘴里说着：没事吧，没事吧？

姑娘不说话，低着头。雨水顷刻间淋湿她的肩膀。她怕冷似的，身子缩得更紧。抬头，额发贴在额上，一双眼睛又黑又亮。

一个年轻小伙返回来。推开男人，不客气地说，咋这么不长眼呢！

男人瞪他一眼：谁不长眼……你说谁不长眼？

见他很凶，年轻小伙便不敢说话了。姑娘呻吟一声，对他赔笑说，没撞疼你吧。

姑娘的语气如此温婉，让男人有些不好意思。瞪了那年轻小伙一眼，大咧咧说，没事，走吧，走吧。这是去赶车吧？再不走就来不及了。

姑娘还想说点什么，身边小伙拉了她一把。用伞护住姑娘，二人仓皇离去。雨伞将他们遮住，男人看见小伙身上背了大大小小不下三个包裹。

男人有些得意，他想不清是自己撞了那姑娘，还是姑娘撞了他。你凶啥凶啊！不知老子到家啦！他这样自语着，是说给那小伙听的。

找到客店，男人身上的衣服全部湿透。光着膀子，问那开店的人：这雨下几天了？

好几天啦。起初是下下停停，到现在，就不断了，跟号丧似的。

九

第五日，哗哗的雨声让男孩开始恐惧起来。

前夜的梦中没有狮子，他却与那年轻英俊的货郎迎面相遇……早晨起来，发现哥哥正在摆弄他的泥狮子，便杀猪般哭叫起来，和哥哥厮打在一起。争抢中，不慎将泥狮子摔碎。为此他伤心欲绝，哭得昏天黑地。母亲大声斥责着哥哥。而哥哥却在为自己辩解，说那狮子不是我摔碎的，是他不小心摔碎的。你干吗老是骂我！父亲在哥哥头上拍了一下，出手很重。哥哥脸色陡变，一声不吭冒着大雨跑了出去。

男孩不再放肆地哭啼，他只是抽噎着，偶尔朝窗台瞥上一眼。狮子碎片摆在那里，从窗缝渗进来的雨水，慢慢将它搅成一团稀烂的泥巴。

临近中午，男孩饿了。家里存储的粮食已在这两天的阴雨中吃了个精光。外面下着雨，即使缸里还有一些玉米，也没办法去碾坊碾碎。在男孩断续的抽噎声中，母亲对父亲说，你去外面借些面粉吧，借回来给咱小四烙饼吃。

父亲冒着大雨出门。以前母亲要他去借粮食，他从没这么顺从过。

男孩平静下来，但偶尔还会发出一两声抽噎。他偎在母亲怀里，两手不觉间掀开母亲衣襟下摆，手顺着母亲肚腹向上游走，摸住了那曾经属于他的有些干瘪的乳房。

母亲并未制止他，而是羞辱他说，你多大了？快八十了吧！这么没出息，看以后谁给你说媳妇。

男孩羞涩一笑，头扎在母亲怀里，手仍在母亲的乳头上揉捏。

母亲忽然抱紧他，说，小四，娘讲个瞎话（故事），你听不听？

男孩抬起一张泪脸，说，听！

于是男孩变得安静起来，这是他最初的心态……

听了一会儿，男孩开始兴奋。原来，母亲讲的这个故事，正是货郎在石桥上曾对他讲过的。说的是一个砍柴少年，每天吃不饱穿不暖，他有一个后娘不待见他。有一天，砍柴少年从石桥上走过，看见了一尊狮子……

而在接下来的讲述中，母亲的故事与那货郎所讲的故事，却背道而驰，走向上有了极大的分歧。在货郎的讲述中，是一个算命瞎子将砍柴少年引上了殉难的历程。而母亲所讲，则是一个挑担的货郎。这符合了男孩的亲历，便越发使他沉溺进去。

男孩不时插着嘴，他依照货郎的讲述，纠正着母亲讲述中的错误。男孩说，是这样……有一天，砍柴少年走在石桥上，碰到了一个算命瞎子。瞎子说，你信不信，你把石桥上狮子的眼睛染红了，天就会下雨。直下个七天七夜，离天半尺……

母亲说，不对，是这样……有一天，砍柴少年走在石桥上，碰到一个挑担的货郎，那货郎很年轻，个子高高。货郎说，你信不信，你把石桥上狮子的眼睛染红了，天就会下雨。直下个七天七夜，离天半尺……

男孩说，不，是瞎子！

母亲说，是货郎，怎么会是瞎子呢！

母亲这样说，其实她什么也未曾意识到。她之所以讲这个故事，只是为了哄哄这饥饿中哭泣的孩子。她边讲边向窗外张望，期盼她的丈夫早些回来。

这样就慢慢讲到了那个故事的结尾。

而母亲所讲的这个结尾，却是货郎未曾对男孩讲起过的。

男孩的手迅速从母亲的乳房上滑落下来，他脸色陡变，压低嗓音，问母亲：真的吗？真的是谁把狮子的眼睛染红，要想让洪水退去，谁就要去死吗！

母亲说，真的。

母亲说，不然的话，就设法让另一个人顶替他去死……要不狮子的魔法怎么解除呢。那个死去的人，是喂给狮子的食物啊，狮子吃饱了，才不会发怒。就像你饿了，要哭一样。

男孩的身体轻轻颤抖起来，他背对着母亲。此时母亲看见她的丈夫顶着雨具从外面回来，手上端一碗面，怀里抱一个布袋，显然里面盛装着她所需要的粮食。母亲舒心地笑了。她推开男孩，准备去做午饭。

男孩从后面拽住她的衣襟，可怜巴巴说，娘，我也把石桥上狮子的眼睛染红了。

男孩这样说，是唯恐母亲的怪罪，或是想寻求大人的一些帮助。但母亲却被儿子认真的样子逗笑了。她趿拉着鞋说，是吗？探头看窗外，加重着语气，夸张地说，怪不得呢！原来是你把狮子的眼睛染红了呀……那就糟啦，说不定真就要发洪水啦。

母亲出去之后，男孩仍在炕上失神跪坐着。等坐到桌前准备吃那些烙饼时，男孩仍是蔫蔫地打不起精神。忽然闷声对他的父亲说，我们快扎一只木筏吧……这样说时，嘴巴一咧，险些哭起来。

父亲不以为意，甚至没有理他。只是吩咐一个哥哥说，去喊你姐姐来吃饭。难道她还在睡吗？姑娘家的，真是不成体统！哥哥不一会便跑回来。说姐姐没有睡觉，她人没在厢房。母亲在灶上接话说，准是出去玩了。

两个哥哥贪婪地争抢着烙饼。父亲大声呵斥着他们。男孩对哥哥们的争抢无动于衷。而父亲最终忽略了男孩对他说过的那句话，他没有给儿子一点安慰，只是固执地认为：孩子和大人一样，等待得有些焦虑了。而走到极端的人，往往就要从嘴巴里说出些奇怪的话……

夜里的雷声惊心动魄。在睡梦中，男孩看到故事之外的一些内容。

父亲母亲消失在洪水之中，还有姐姐哥哥，以及远方的姑姑。虽然他从未见过她一面，但梦境中那个面容消瘦，似是在寻找着什么的女人，显然就是他的姑姑……

一只巨大的木筏腾空而起，高过屋顶和杨树。男孩爬上杨树，从树冠跳到木筏之上。四处是平静的洪水，黑压压的洪水，木筏越升越高，几乎升腾到一个伸手可触及星空的高度。狮子的吼叫声此起彼伏。男孩滑动木筏，开始去寻找那头狮子……

十

第六日，雨仍在下。甚至比前几日下得更猛，纷乱雨水在屋檐上形成瓢泼之势。男孩趴着窗户，焦灼地看着外面，此时他陷入到一个万分恐惧的黑洞中。院子里积起好大一片水洼，雨泡在上面明明灭灭。一些旱蛙不知躲在什么地方，阴森恐怖的鼓噪声烘托了雨天的孤寂。那孤寂使男孩确信外面确是一个洪水即来的世界。

男孩一整天都没有说话。雨声好像一个魔幻的开始，让他走入一个故事的迷宫。那故事里面说：雨是要下七天七夜的，说得很清楚的。大雨会引发洪水，而那洪水，则是被唤醒的狮子施了魔法。要想解除狮子身上的魔力，涂红狮子眼睛的人必须死去。他不去死，便让另一个人代替他去死。

父亲瞅着屋顶发愁。他没有想到会下这么大的雨，以为修缮过的屋顶能顺利捱过这个雨季。但事实上，如果雨再这样持续下去的话，一家人将会失去落脚的地方。屋角已有清晰的水痕渗透出来，爬虫一样，在墙面上慢慢蠕动，变得愈来愈加粗壮。他心烦意乱地在屋子里走动，并未在意男孩的慌张。

而接下来，父母就更不会在意这深陷恐惧中的男孩了。

他们发现自己的女儿不见了。她已两天没在这家里露过面。起初他们以为她只是出去找伙伴玩耍，但两个晚上过去，都不见她的影子。跑到她睡的厢房去看，见被褥叠得齐齐整整，甚至没有一丝躺过的印痕。她去了哪儿？他们不由慌乱起来。翻查屋子里的东西，只见少了一些她的衣物，还有一把系了红色缎带的雨伞。那伞是姑姑几年前回家探亲，见侄女喜欢，便当做礼物送了她的。现在它们都不见了。她会去哪儿？

不会去朱仙镇吧。即便去了，怎么也不打声招呼呢？

父母冒雨到村里去找。找遍所有女儿可能去的地方，都说未见。有人说前天晚上看到一个外地人，冒雨出现在村子里。那时天都黑了，他的手里攥着一只拨浪鼓，像个货郎。他怎么会在这样的雨天出现呢？

父母听后不以为意，货郎就货郎吧，怎么能和自己女儿扯上关系。说不定她就真的去了朱仙镇，又说不定，等雨停下来，她就该回家了。

十一

第七日的午后，雨终是停了。整个村子几乎被嘹亮蛙声淹没。但天空仍流走着厚重的乌云，黑黑白白，如疾驰出奔的马匹，又像相互撕咬的动物。昏睡中的男孩睁开眼睛，家里一片死寂，见不到一个人。雨水的间歇给了家人出外寻找的机会。

男孩对自己说，洪水就要来了，我要去看看那头狮子。

男孩走出屋子，一个人向河岸走去。

走过那条漫长街巷，他并未害怕。村子里的人都在忙着往屋顶上搬运麦草，他们要趁雨水间歇，修缮一下漏雨的屋顶。只待快走出村口时，男孩看见那个疯女人，湿淋淋坐在一块石头上，头戴一朵牵牛花。看着男孩，眼里是一种莫可名状的得意和阴森。嘴里絮絮叨叨。男孩忽然就听懂了她说的那些话，疯子在说：狮子醒了，醒了……

走近村口，男孩又遇到一个网鱼回来的老头。披着蓑衣，头戴一顶斗笠。老头经过男孩身边，用鹰隼一样的目光瞄住他，冷冷地说：快发洪水了，你还瞎跑个啥！

男孩一步步走向河岸，走进了他的故事。河水在他眼前像一匹暴躁的野马，浑浊水面奔涌着大团败草以及动物的死尸。不断响起的堤岸溃塌声，从很远的地方传过来。几大团蚂蚁在河水中央滚成一个黑色球状，努力朝岸边浮动。但一个漩涡过来，便将蚁群冲散。

男孩睁大眼睛，他真的看见了那头狮子。

这是一头愤怒的狮子，一头被解除了咒语的狮子。它从故事的深处奔踏而来，却又并不仅仅活在故事里，而是真实出现在这座石桥上，出现在男孩眼前：它鬃毛乍立，赤目圆睁。看见男孩，挥起爪子，噼噼啪啪击打水花。河草被它敛到身下，这样它就有了一种欲升腾而起的架势，就真的像一头被雨水唤醒了的狮子；是一头凌驾洪水而来的狮子；是某种意义上的，被男孩赋予了生命的狮子。

男孩彻底被这头狮子震慑住了。

他眼巴巴看着它，依稀看见那个年轻货郎的身影。他将石桥上狮子的眼睛涂红之后，魔鬼出现了。货郎就是那个魔鬼。他现在开始憎恨他。

他听见狮子在说，洪水就要来了，你的木筏扎好了吗？

他还听见狮子说，洪水到来之后，我就是一头无可阻挡的狮子了。

他又听见狮子说，到那时，想制服我，就要付出代价了。

这确乎就是故事里的那头狮子了。也就是那个砍柴少年噩梦的开始。

而此时天空暗沉，如一块厚重铅板。接近傍晚的暮色让河水和四处都变得混沌起来。在故事的结尾，巫师说，让那唤醒狮子的少年去死吧！

为了不拖累更多的人，砍柴少年便不得不去赴死了。他义无反顾地跳进洪水，而那一刻，太阳出来，洪水退却，人们重新找回了陆地。

男孩终于有了一种被狮子背弃的感觉。他就像那个打开瓶塞，放出魔鬼的人。而面对这头狮子，他真的毫无办法。

他的肚子咕咕叫着。他感觉不到饿，感觉到的，是天色正在慢慢变暗，以及像这黑暗一样奔袭而来的恐惧。

他听见狮子说，你等着去死吧。

天黑之前，他要回家。这才是恐惧中的男孩最真实的想法。而在洪水到来之际，唯有呆在家里，呆在亲人们身边，才是逃离灾难的最好的办法。

这时男孩听到一个人的喊话声：

喂……

是一个人的声音。举目四望，透过一层混沌亮色，男孩看到一个人站在河的对岸，冲他高声喊叫。

喂！

那人又喊。是一个过路的人。缩着肩膀，身子前面，搭着一个包裹。

男孩从惊恐中缓过神来，身子哆嗦了一下。过路人的忽然出现，让男孩疑似梦中，他愣愣朝对岸望着。

喂，小孩儿，问你话呢！前面，是杨村吧？

很久，男孩才扯开嗓子回答他：是。

过路人放下肩上的包裹，是两个包裹。他把两个包裹拴在一起，搭在肩上，走起路来很方便。他开始脱去身上的衣服，一边脱一边自语：我说呢，觉得没走错路呀！好多年不回来了，一切还都是老样子……他又呸呸吐了几下口水，说：这该死的老天，把我在城里困住了，还让我差点迷了路……

他说的这些话，男孩听不到。男孩只看见他又将包裹搭在了肩上，衣服塞在包裹里。顺手从路边折了根树枝，点了一下水，脚先探下去，湍急水流让他心生怯意，慌忙抽回脚来。扭头朝来路回望，而暮色似早有预谋，迅速将来时的道路合拢，暗沉里便什么也看不到了。

再次下水，男人又大着嗓门问了一句：能过得去吗？

男孩答：能过……

男孩的回答陡增了过路人渡河的勇气。水一点点漫上来，先是淹了他的脚踝，然后膝盖，大腿。到了大腿根部，过路人渡河的速度明显减缓，开始变得迟疑。好不容易挪到石桥上，脚底踩住了坚硬的石板，过路人一颗悬着的心这才放松。石桥上隐约露着几根栏杆，栏杆拦截了从上游冲下来的水草，水草在那里越聚越多，阻碍着水流的速度，便使那流水发出巨大声响。听着那水声，过路人再次向男孩证实：真能过得去吗？

对岸的男孩点了点头。

男人冲他笑笑，继续前行。流水漫过他的腰部，肩上包裹几乎抵近水面。河水的微凉让这男人喘不过气来。

就在此刻，男孩突然想起桥上那块塌掉的石板，心内不禁一阵狂跳。男孩用手卷成喇叭筒状，凑在嘴边，冲那渡河的男人高喊：你扶着桥的左面栏杆走，别离远喽！桥的右面有一块石板塌掉了……

男人抬起头，再次感激地冲他笑笑。慢慢偏离方向，从桥的右面慢慢挪移到桥的左面来。

喊完这句话，男孩忽觉得一双手捂住了自己的嘴巴，那是他自己的一双手。呼吸瞬间停顿。他大张着嘴，被自己刚才喊出的那句话吓住了。他清楚地记得，那块塌陷的石板，就在左面，而非右面。他更清楚地记得，在喊这句话之前，其实他是要故意这样喊的。他想让这过路的陌生人，代替他，去安抚那被激怒的狮子。但是……

当男孩眼睁睁看着过路人在水流中慢慢浮渡，心里恐惧得要死。等那人渡到桥的左面栏杆附近，再见他脚下一个趔趄，身子虚晃着险些跌倒在水里，男孩失声惊叫起来，开始为自己说出的谎言后悔。他冲过路人呼喊：小心，小心！……那块塌掉的石板在左面，你还是拐到桥的右面去吧……

过路人停下来，狐疑地向对岸张望。接近傍晚的暮色淹没了少年略显夸张的脸。他忽然觉得这孩子是在故意捉弄他，这平坦的桥面上，或许根本就没有一块塌落的石板。他没有改变方向，继续向前迈开步子。

男孩开始尖叫，尖叫声似这傍晚河岸发出的一声深深感叹。快拐回去，拐到右面去……

过路人笑着骂了一声。他不愿受一个孩子的支配。流水虽是湍急，但脚下的石板却令他感觉踏实，他的脚步迈得越发稳妥。当他渡到桥中段附近，河水已慢慢淹过他的胸，上衣及肩上的包裹，全部被河水浸湿了。

你快拐过去，不然会被淹死的！男孩仍在喊叫，此时他的喊叫显得聒噪而又混乱。在男孩的幻觉中，似乎听到狮子一声紧似一声的怒吼。

男人有些气恼，冲对岸的男孩挥了挥手。似是让他闭嘴。与此同时，他的被流水冲得倾斜着的身体，向桥的右面挪移了几步。不料这时一股水流将他手中探路的树枝冲走了。他骂了一句娘，很快矫正自己的方向，最终选择退回原地。此时他的脚成了探路的先锋，他谨慎地出脚，可是等他再次迈开步子，迈过三两步之后，脚下忽地一虚，流水的绵软填补不了石桥上的空洞。男人想有所补救，想收回脚来，但流水却从侧面推搡了他一下，男人出手想抓住些什么，却什么也抓不住。一切都来不及了。一眨眼工夫，这个从远方赶来的过路人，便从河面上消失了踪影。只见他抬起的手臂，枯树一样在水面上晃动了一下。

一切都复归了沉寂。流水似也收敛了喧嚣。昏暗里只看见两只包裹在水面浮荡，一个迅速下沉，它们拴在一起，沉下去的那个便坠着飘在上面的那个。旅行包打着转，不长时间，便被流水推到远处去了。

男孩再次发出一声尖叫。在男孩的尖叫声里，天色迅速暗沉下来。河面上仿佛罩了一块巨大的生铁，令这孩子倍觉压抑。

男孩看了一眼那头狮子。

发现它变成了一头疲惫的狮子，一头不再掌控魔法的狮子。

男孩发出一声呜咽，撒腿朝村子里跑去。

十二

姑姑是在夏天快要结束时才来到这里的。

在姑姑到来之前，家里收到一封信。信中说，我抽不开身，就让姑父去接小四吧，估计七天后到。你们有时间，就赶辆马车去接他，没时间就算了。这次回去，我给你们带了些葵花籽种，你们不是想要吗？葵花籽种要春分下种，翻一畦地，用水泡透，葵花籽要倒着插在土里，上面撒一层牛粪。再盖上一层麦草。过不几日，秧苗便会拱出来。等长到十厘米左右，移栽到地脚沟边……过年时给孩子们解解馋，大人嗑着也有意思……

这是一封迟到的信。从信的落款看，耽搁了大概有一个月之久。男孩和家人陷入了更加焦急的等待。母亲的头发一夜间白了许多，父亲背也驮了。不长的一段时间里，这苦寒的家庭竟然遭遇了这么多的变故，虽说奇怪，但村里人背后议论起来，却心知肚明。他们的女儿，在雨季刚刚到来时莫名失踪，她或许是死了，或许是不满意那门亲事，偷偷跑掉了。可她怎么就这样走了，你不愿意那门亲事你吱声啊，你不吱声，就这么走了，身上一分钱都没带，你吃什么，你到哪里去住……你会跑到哪儿去呢？从没出过门，可别被坏人骗了……说到这儿，母亲便说不下去，数次痛哭。她真的是连想都不敢往下想了。而来接男孩的姑父呢，他又走到哪里去了？他怎么还不出现呀！

在河水退却后的那段日子，河洼里有许多搁浅的鱼类。它们暂时让男孩把什么都忘却了。倒是父亲沉不住气，提早发了一封电报。接到电报，望眼欲穿的姑姑便赶了过来。

姑姑这次回来，并没带走男孩。一家人像疯了一样，开始没有目的地寻找。

直等到第二年春天，姑姑才将男孩接走。

他们坐上绿皮火车。这是男孩的第一次远行，他显得拘谨。每当火车经过一处河流时，那空洞的尖啸声便会使他的脸再度苍白起来。他偷看着迅速苍老的姑姑，她在昏睡。

男孩闭上眼睛，就又看见了那头狮子。

天赐的夏天

天赐是朱莉姨妈带大的。

天赐上面有两个姐姐，大姐姐大他四岁，二姐姐大他两岁。他是第三胎孩子。至今没落上户口。因为他的出生，家里被计划生育小分队罚走了两万块钱。当时只凑够了一万块，实在没办法，便把家里的耕牛卖掉，把家里的余粮也卖掉了。在缴罚款这件事上，天赐的爸妈表现得深明大义，与把天赐揣在肚里时的表现判若两人。那时计划生育小分队每有风吹草动，他们便如临大敌，躲避灾祸一样躲避着他们。有一次，他们被堵在一个院子里。妈妈挺着怀胎十月的大肚子，两米高的围墙，“嗖”一下便蹿了过去。动作之敏捷，简直像一只兔子。所以说天赐在胎儿时便饱受了流离之苦。等到他降生，爸妈一颗心落了地，再见计划生育小分队的人时，他们非但不跑，反倒把干部们迎进家里，又是沏茶又是递烟，为给他们工作上造成的麻烦深表歉意。说到罚款，天赐的爸爸大手一挥，说，不就是钱吗？青山已然在，何愁没柴烧。

那可是两万块钱啊。

按照大姐的说法，那两万块钱码起来，该有多高啊！天赐刚出生，只有五斤八两重。按猪肉的价格计算，当时的猪肉仅五元钱一斤。相当于多少头猪啊！你这瘪犊子合多少钱一斤肉啊。已上小学五年级的大姐掰着手指，算完不由惊诧地大叫：你合三千多块钱一斤肉啦。你是什么肉啊这么贵！难道会是神仙肉？

为了还债，爸妈没日没夜地在田里劳作，没有时间照顾天赐，便把天赐寄放在外婆家。那时朱莉姨妈早早辍学，天赐的吃喝拉撒睡，都由朱莉姨妈来照顾。天赐是在朱莉姨妈的背上长大的。所以说天赐对朱莉姨妈，比亲生母亲还要亲。十天半月见不到亲妈不想，三两天见不到朱莉姨妈，便想得厉害。

但这种感情随着天赐的渐渐长大，非但没有加强，反倒被一丝丝削弱了。

究其原因，便是朱莉姨妈有了对象。对象是朱仙镇上一个名叫朱一鹤的男人。男人的名字有点怪，况且朱仙镇有一个鼻子有毛病的人，就是人们所说的“囔囔鼻子”。他和朱一鹤是同班同学，又是邻居，每天来找朱一鹤结伴上学，站在他家的院子外，高喊朱一鹤的名字。喊来喊去，“朱一鹤”便在他嘴里成了“猪一个”。也不知这绰号怎么传到天赐嘴里。当朱一鹤来外婆家，天赐远远瞅见，便伏在朱莉姨妈耳边说，“猪一个”来了。或是，来了“一个猪”。朱莉姨妈羞红了脸，拍拍天赐的头说，别乱叫，那是你姨夫。

朱一鹤一来，朱莉姨妈的魂便被勾走了。别看她低着头，羞红着脸，目光却始终围着朱一鹤在打转。朱一鹤想吸烟，去裤兜里掏摸，朱莉姨妈便适时奉上打火机。朱一鹤和外公说话说累，舔一舔厚厚的嘴唇，朱莉姨妈便知道他口渴难当，给他端来茶水。吃饭时，大家把朱一鹤让到炕首，平常那个位置可是天赐坐的。外公外婆也热络得很，一劲劝朱一鹤吃菜。所有人似乎都无视天赐的存在。趁外公外婆不备，朱莉姨妈竟然将一块香软的肥肉夹到了朱一鹤的碗里……天赐感到万分委屈，平常的这些优惠可都是属于他的。如今这“猪一个”，抢走了天赐太多的宠爱。他当即丢了碗筷，做闷闷不乐状，大家也没有表现出足够的关心。倒是那朱一鹤，冲天赐不怀好意地笑了一下。

吃完饭，为了给朱莉姨妈与朱一鹤留出单独空间，外婆说要带天赐出去串门。被天赐断然拒绝。

他说他要让朱莉姨妈带他去玩。他望着朱莉姨妈，眼神里满含热切。但朱莉姨妈却很冷淡，很不耐烦，她看都没看天赐一眼，说，让你外婆带你去玩好了。朱一鹤翘着二郎腿，坐在椅子上，笑得有些不怀好意。天赐再也忍不住，仰天大哭。以前他撒泼耍赖，都会这样仰天大哭。闭着眼睛，嘴巴张得很大，从嘴巴里发出的哭声，像一列火车从屋子里穿行而过。他额上青筋暴突，眼泪如六月阵雨，起初势头不小，到后来只是扯着嗓子干嚎。有时哭着哭着，竟会打一个哈欠。如没人理他，便收起哈欠，继续哭……但这一次天赐似乎悲伤到了极致，眼泪像大雨一样倾盆而下。打湿鬓角边柔软的头发。他的哭声令朱莉姨妈烦躁，令外公外婆摸不着头脑。又是那个朱一鹤说，好了好了，不如带他出去玩吧，我们一起去。

天赐牵着朱莉姨妈的手，一刻也不肯放开。但总感觉那手时时准备着要摆脱他的纠缠。朱一鹤马匹一样并排和他们走在一起。在摇摇摆摆的走动中，高大的身躯不时与朱莉姨妈的肩膀相撞。那不怀好意的碰撞令天赐感觉到某种潜在的危险。朱一鹤在讲笑话，逗得朱莉姨妈发出一串娇滴滴的笑声。此时黄昏中的朱莉姨妈也是含混不清的。她身体散发出的气息一度令天赐感到迷惑。在天赐的感觉中，朱莉姨妈不是在躲避朱一鹤撞过来的身体，反倒是在迎合着它，或是在期待着发生相撞一样。

天赐松开朱莉姨妈的左手，将身体穿插在朱莉姨妈与朱一鹤中间，又牵住朱莉姨妈的右手。此时他们正走在回家的路上。不知不觉中，天赐发现朱一鹤从他身边消失了，朱一鹤绕过了他，又到朱莉姨妈的身边去了。这个小孩，太鬼精了。朱一鹤伏在朱莉姨妈的耳边悄声说。朱莉姨妈笑笑，此时她的手被朱一鹤牵着，手指在朱一鹤的掌心里捏了一下，说，平常被宠坏了。

路过一片树林。朱一鹤捉了一只蝉。他把蝉的翅膀从中间掐断，将蝉仰面放在掌心。蝉嘶叫得厉害。扑腾着翅膀想反转身体。天赐伸出手，想拿到那只蝉，朱一鹤手一挥，将蝉放走。折断了翅膀的蝉飞不多远，借助朱一鹤抛掷的力量，滑翔到远处一片草丛中去。天赐惊叫一声，撒开腿向蝉跑走的方向追去。

好不容易才将那只蝉找到。

他捧它在掌心。拽它的翅膀，或是将它的身体反转。但那只蝉大概是被迫害的有了赴死的决心，再也不叫了。那一刻林中寂静。夕阳在林地边缘塌陷，将最初的黑暗涂抹在树丛与树丛之间。没有了朱莉姨妈和朱一鹤的说话声。四处观望，更是不见他们的影子，只有愈来愈深的暮色如马匹一样奔踏而来。他跺了一下脚，此刻才意识到那只蝉完全是朱一鹤的一个阴谋：他将天赐用蝉引开，掳走了朱莉姨妈。或者想害死朱莉姨妈。说不定，朱莉姨妈此刻正在不远的某个地方哭泣。她鬓发散乱，呼唤着天赐的名字。等着他去解救。

天赐撒开腿，一边跑一边喊朱莉姨妈。他喊：姨妈姨妈，不见回应，他再喊：朱莉朱莉，依旧没有回应。他跑到最初和朱莉姨妈分手的地方，然后又向来时路跑了一段，又向通往村子的方向跑了一段。很短的距离在天赐的感觉里如经历了万水千山般漫长。恐惧紧紧慑住了他。朱莉姨妈不见了，他再也见不到他的朱莉姨妈了。到后来他彻底绝望，胸脯激烈起伏。他未曾像往常那样仰天哭泣，而是极度悲伤地小声抽噎，嘴里念叨着朱莉姨妈的名字。

一双手在他头上抚了一下。是朱一鹤。他在天赐的身后出现。他的脸上依旧漾着不怀好意的笑，那笑里面还掺杂了一丝满足后的自得。他对天赐说，小子，你哭什么！天赐回头看看，见朱莉姨妈也从一棵树后闪身出现。她双颊酡红，衣衫不整。似喝醉了酒般轻飘飘走过来，边走边抻拽着上衣。天赐把哭声放大。他觉得朱莉姨妈欺骗了他。他们刚才去了哪里？他们从林中消失，又在林中出现。他们没有翅膀，怎么也不可能飞到树林顶端的天空中去。那唯一的可能，便是他们躲在树后，背着天赐，做了一些见不得人的事……想到这儿，天赐觉得自己真是可怜。这世上似乎再没有一个人疼他了。爸爸妈妈、外公外婆虽疼他，但他们不被天赐放在心上，疼又有个屁用。这个唯一被他深爱着的朱莉姨妈，看来已经是决意要背叛他，弃他而去了。

天赐一度想用自己的行动挽留住朱莉姨妈。

当某天朱莉姨妈做着事，忽然间愣怔，脸颊绯红，天赐知道，她一定又是想那个朱一鹤了。那朱一鹤带朱莉姨妈去过县城两次。回来后朱莉姨妈焕然一新，穿了新衣服，新皮鞋，都是朱一鹤送给她的。朱莉姨妈的挎包里还有两张电影票，他带她去看电影了！她老是不舍得将那票扔掉。

朱莉姨妈问天赐：你姨夫好不好看？

天赐撇一下嘴。轻蔑地说，好看个屁。他是猪一个，像猪那样难看。

天赐想对朱莉姨妈好些。但他又有什么能力对朱莉姨妈好呢。那想象中的好，只不过是他迫使自己更听话一些。他想用自己忽然的转变，打败那个朱一鹤。

朱一鹤再来外婆家，天赐略施些手段。比如朱一鹤吸烟，要频繁地使用打火机，天赐在暗中将打火机控制火焰的开关调整到最大。但那个朱一鹤比较会来事，外公吸烟，他抢先去给外公点烟。打火机的火焰燎着了外公的胡子，虽给朱一鹤带来些难堪，但受伤害的毕竟是外公。比如朱一鹤骑自行车而来，那辆自行车放在院子里的核桃树下。天赐趁人不备，拔掉气门芯，将自行车的气泄掉，将气门芯丢在一个连他也找不见的地方。这件事更是弄巧成拙。朱一鹤不能回家了，只好将坏掉的自行车寄放在外婆家，他要朱莉姨妈骑上家里的自行车送他一程。朱莉姨妈坐在后车架上，手揽住朱一鹤的腰，兴奋得满脸通红。而朱一鹤呢，更是洋洋得意，用腿叉住车子，不怀好意地冲天赐坏笑，并且挥了挥手。这件事对天赐来说百害而无一利。其一，不但未疏离朱莉姨妈同朱一鹤的关系，反而给他们创造了亲近的机会。朱一鹤借还自行车之名，第二天又来外婆家了。其二，如果将所有自行车的气门芯拔掉，朱一鹤找到不能回家的理由，他极有可能会住在外婆家，会在朱莉姨妈身边常驻下去。思来想去，拔气门芯这种事，天赐再也不能做了。

但有些小伎俩还是叫天赐很是得意了一阵子。比如吃饭，朱一鹤脱鞋上炕，天赐瞅个机会，将他的鞋子灌满水。朱一鹤吃完饭穿鞋下炕，脚踩进鞋窝里，身子忽然僵住不动了。咧着嘴，有苦难言。再比如天赐忽然间变得很懂事，怕客人口渴，竟然端了一杯茶送给他未来的姨夫。朱一鹤狐疑地看他一眼，喝下一口，感觉那茶味道怪怪的，吧咂了一下嘴。皱皱眉头。但盛情难却，最终还是把茶一口喝掉。最终还要对天赐微笑一下，表示感激。天赐歪头站在一旁，观看了朱一鹤喝茶的全过程。他望着他笑，那茶被他掺了一点刷锅的泔水，本来他是想撒一点尿到里面去的，但想了又想，未感实施。他现在有点得意，又有点失意。很遗憾没让朱一鹤尝尝自己童子尿的厉害。

少年天赐与朱一鹤之间的争斗还未分出胜负，春节前的某一天，朱莉姨妈便披红挂彩地出嫁了。

那年的春节对天赐来说暗淡无光。起初是媒人来过一次。与外公外婆在堂屋里高谈阔论，商讨朱莉姨妈出嫁的细节。而后朱一鹤郑重其事地赶来。到他离去时，天赐看见堂屋里的八仙桌上，摆放着一个用红线系着的猪头。猪头旁边，是一堆白雪般柔软的棉花。猪头是献给外婆的，名曰离娘肉。棉花是让外婆家絮被子的。白雪猪头，在朱仙镇一带是下嫁娶亲的最好聘礼，实惠不说，且寓意深刻，预示着即将到来的美满婚姻。而在这两样东西的旁边，还有一沓用红纸包裹的钱币，那是朱一鹤给朱莉姨妈下的彩礼。

所有亲戚都赶了过来，外婆家狭小的院落一时间热闹非凡。院地上丢满了鲜艳的糖纸。炖肉炒菜的蒸汽像云朵一样在院子上空飘荡。笑声、喧哗声不断，偶尔还会响起一两声鞭炮的脆响。这样热闹的环境里竟然找不见天赐的影子了。大人们忙得团团转。而姐姐们受天赐的压迫日久，巴不得他不在呢。天赐独自一人来到村外的池塘边。某天早晨，外公曾带他来过一次。池塘里结了厚厚的冰。隔不多远，便有被人凿开的洞眼。鱼在冰层下缺氧，会很快浮到洞眼上来。隔着昨夜冻成的一层薄冰，天赐发现了一条金色鲤鱼。那条鱼像是死去了一样，呆在冰层下动也不动。而当天赐趴伏在冰面上，将脸凑近它时，发现它又动了一下。临近正午的阳光泼辣而又温暖，使那冰层下的鲤鱼像被画笔描画出的一样。它动了动身子，张了张鱼鳍，仿佛在对天赐诉说着什么，又好似在祈求着什么……郁闷的天赐忽然那么想捉到它，把它金黄的鳞片剥下来，用线串成珠子，把它的鱼鳔摘下来，用针尖刺破，看它还能不能游在水里……如果外公在就好了，外公手里拎一根鱼叉，戳开薄冰，一叉下去，便能将鱼捉到……天赐用小手去拍洞眼表层的薄冰。鱼仍旧不动。它金色鳞片被剔透的冰层掩映，给了天赐无尽的诱惑。冰面的坚实渐渐让天赐消除了疑虑。他爬起来，先是探出一只脚，在冰层上跺。接着他便双脚踏上冰层，先是小心翼翼走两步，见冰层泰然处之。胆子不由大起来。他在冰层上跺脚，以增加身体的重量。想法是不错的，实际上却再愚蠢不过。当冰层破开，天赐也就没有任何机会跳出来了，脚下咔嚓一响，身体陷了下去。刺骨的寒冷先是侵袭了手脚。然后棉衣棉裤也被浸透。天赐接连呛了几口水。他手脚乱动，不住扑腾。而脚却始终蜷曲着，不敢伸直去试探水的深度，实际上所有溺水者都会和天赐抱有同样的心态：一旦落水，他们便不肯把双脚轻易交付出去。那些溺水而亡的人，最先交付出去的，往往是他们的身体。

直到天赐在水里扑腾得精疲力竭，才不得不伸直双腿。奇怪的是，他站住了，不但能呼吸。头也露在水面上。水的深度刚好淹到天赐脖子那儿。借助水的浮力，他用两条胳膊攀住冰层。想爬出来，冰层却玻璃样光滑。折腾了几次，便再没力气动了。

天赐被人救起，送到外婆家。朱莉姨妈已被来自朱仙镇上的一台拖拉机拉走。大家围着天赐唏嘘感叹。天赐不哭。倒是外婆和妈妈哭得厉害。妈妈是心疼和后怕。外婆心疼是心疼，但哭着哭着，悲伤却有所转移，她是在哭她最小的女儿嫁走了，这个家会越发冷清起来。

天赐大病了一场。发高烧，说胡话。几天几夜不肯睁眼。他在昏睡中又看到了那条金色鲤鱼。他总是感觉到冷。直到有一双手抚到他滚烫的额头，一个声音在耳边呼唤他的名字时，他才睁开了眼睛，是朱莉姨妈。短短几天不见，近在眼前的朱莉姨妈变了，再不是从前那个朱莉姨妈了。

朱莉姨妈的一张脸以前在天赐的意识里有些模糊，说不出好看，也说不出不好看。而现在的朱莉姨妈，脸的轮廓虽清晰得很，脸部的一些细节却极为夸张。她文了细眉，涂了口红。脸上红是红，白是白，好似一朵鲜花开到了尽头。朱莉姨妈以前梳一根拖到腰际的大辫子，而现在却剪了辫子，烫了个朱仙镇一带很流行的鸡窝头，这种头型在当年风靡一时，是所有结了婚的女人美发的首选。如今看来却烂俗得很。朱莉姨妈穿着出嫁时的大红棉袄，一朵牡丹正好开在她的胸部。所以那胸部便是醒目而夸张的。最主要的是，在天赐的感觉里，朱莉姨妈是从内里改变了。天赐嗅到了朱莉姨妈身上一些陌生的气息。除一些脂粉气外，还有一丝淡淡的烟味，男人身上的汗味，以及一些莫名其妙的味道。

朱莉姨妈的手抚在天赐额上。手是温热的，掺杂了一丝金属的凉。朱莉姨妈的手上戴了一枚戒指。她和天赐的妈妈唏嘘着天赐命大，要是落进深水里可怎么办！阳光从窗棂照进来。天赐闭了闭眼，伸手捏住朱莉姨妈的手指，将它拉到自己胸前位置。然后将头扭到背光的地方去。

朱莉姨妈在和妈妈说她婆家的事。她说公公勤快，婆婆嘴碎，小叔子敦厚，小姑子刁钻。她还说朱仙镇上的人闹起洞房来没轻没重……天赐身上渐渐热起来。他要起床。妈妈问他起床做什么，是撒尿，还是要喝水？天赐不说话。他撑起身子，向后蹭了蹭，将身体整个倚靠在朱莉姨妈身上。朱莉姨妈用胳膊环住他。继续和妈妈说话，从嘴里吐出的气息喷在天赐后脑勺上，热乎乎的。天赐搭着眼皮，看什么都打不起精神。他的目光是老气横秋的。从那时起，天赐便成了一个老气横秋的孩子。

由于朱莉姨妈的出嫁，天赐不愿意去外婆家住了。况且他已到了上学年龄，要去米镇的中心小学读书。所以便搬回来与父母同住。虽是住在自己家，却有一种疏离之感。爸妈每天忙着大棚里的活计。照顾不到他，只好吩咐两个姐姐来照看他。两个姐姐年纪小，正在浑噩懵懂之时。她们对天赐有一种天生的敌意，哪里还谈得上照顾。

日子过得紧巴巴。父母从来不舍得为两个女孩花钱。有时去县城批发蔬菜，买回些好吃的，看都不想让两个女儿看见。即便买的多，也只拿出三分之一分给两个女儿，剩下的则全部留给天赐。家里母鸡生了蛋，两个姐姐见都别想见，而天赐呢，每天还没睁眼，妈妈便将一个热鸡蛋滚进他的被窝。更过分的是，零食放进壁橱，妈妈在外面上了锁。钥匙挂在天赐脖子上。他像个管家似的，什么时候嘴馋了，便搬一条板凳站上去取。由于个子小，不踩板凳够不到锁。他开锁的动作慢条斯理，拿一样东西抓在手上。然后用老气横秋的目光瞄一眼两个姐姐。又慢条斯理把壁橱关好，上锁，取下钥匙，重新挂回脖子上。两个姐姐气愤的就是他这种谨慎的样子。小小年纪，竟然记性这么好，从来不忘把壁橱门锁上。还有他吃东西的样子，躲在一个角落，零食放进嘴里，嚼都不嚼，直接吞咽进肚里。这哪是人啊，简直就是猪的吃相啊。

别的女孩有漂亮的裙子、发卡、布娃娃玩具，为什么我们没有？父母不舍得为我们花钱，那是因为我们太穷了。家里的债到现在还没有还完。上小学六年级的大姐姐期末考试成绩不好，妈妈便大发雷霆，骂她是赔钱货，并威胁说不让她上了，回家给我做饭、洗碗，或去大棚里帮忙干活……虽是女孩，但别人家的女孩却被父母视作掌上明珠。我们家穷，是因为总有那还不完的债……这一切的一切，都是这个败家天赐造成的。关于天赐的肉是神仙肉的说法，便是那个时候大姐姐得出的结论。

爸妈不在，天赐无形中被两个姐姐孤立。孤立他无非采用如下几种方法：他和她们说话，她们装作听不见。但她们耳朵并不聋。天赐说的话她们听不见，可她们两人之间的话却听得非常清楚，并且说得隐秘而热烈。她们玩游戏，天赐也想参加，她们并不拒绝他的参加，比如跳绳游戏，轮到天赐来跳，绳子总被她们悠得忽高忽低，让天赐一次也跳不成。比如玩“翻花绳”游戏，绳子套在一个人的手上，另一个接过来，扯出不同的图案。等天赐去翻时，姐姐们扯绳子的手忽然松了，图案变得一团糟。

天赐渐渐看破她们的把戏。起初他有恃无恐。因为妈妈每次出门，总要吩咐两个姐姐好好哄他。但她们非但没有好好哄自己，还变着法子欺负自己。天赐威胁说，我要找妈妈告状。两个姐姐不以为然，说告去吧。父母回家，天赐将两个姐姐的恶行向爸妈陈述，还免不了添油加醋一番。两个姐姐自会统一口径，说天赐如何不听话，看这样一个孩子，简直能把人累死。她们模仿着大人的口气。说完还不忘叹一口长长的幽怨的气。

无论双方怎样辩解，妈妈最终都会把姐姐们训斥一番。理由是天赐再不听话，他毕竟是个孩子。孩子犯下的任何错误都是可以原谅的。

受了埋怨的两个姐姐这时会互相偷偷看一眼。她们已达成了默契：妈妈越是给她们气受，妈妈不在，她们便越是变本加厉地惩罚天赐。如此这样，孩子们中间便形成了一种恶性循环。天赐越来越受孤立，状子告得愈加频密。后来爸妈开始怀疑起天赐来，难道总是女孩们的不对！由此他们不得不审视对天赐的娇惯，这样下去，会不会宠坏这个家中唯一的男孩，变成日后一个无可救药的二流子！

天赐得不到爸妈有效的保护。他只能妥协。他每每告状，爸爸会说，好了好了，姐姐怎么会欺负你呢！两个姐姐变得无比圆滑，父母在，她们对天赐万般呵护，父母不在，立刻就变了嘴脸。天赐再不敢大摇大摆去开壁橱上的锁了，他把挂在脖子上的钥匙摘下来，藏在一个不为人知的地方。他若吃零食，两个姐姐会公然伸手向他讨要，特别是嘴馋的二姐姐，稍有迟疑，文明的索要就会变成公然的哄抢。壁橱里的零食越来越紧张，妈妈开始责怪他：少吃点零食，零食吃多了是不会长身体的。天赐开始忍着，有计划、有步骤地吃零食了。比如他吃饼干，再不敢囫囵吞枣，而是把两块饼干放进裤兜，想吃的时候，用手掰上那么一小块，迅雷不及掩耳送入口中，牙齿舌头不动，就那么含在嘴里，让膨化的食物慢慢被唾液融化……他深知，如果没有了零食，他的处境会更艰险。零食成了他同两个姐姐讨价还价的筹码。他会对她们说，带我一起玩吧。我有大白兔奶糖，玩完我一人分两颗给你们。

他们玩“羊骨拐”游戏。天赐输多赢少。不是姐姐们排挤他，实在是他技不如人。脑门被弹得快要肿起来。到最后，天赐恳求姐姐手下留情，他要用大白兔奶糖赦免自己。

游戏结束。两个姐姐兴冲冲地等着天赐献上大白兔奶糖。但左等右等，不见他的影子。天赐呆在院子里，屁股朝天，正在鸡窝里掏摸。

二姐姐走上去，踢了踢天赐的屁股，说还磨蹭什么。鸡窝里哪有大白兔奶糖，鸡窝里全是鸡屎。

天赐瓮声瓮气说，他把钥匙藏在鸡窝里了。但现在那把钥匙找不到了。钥匙找不到，就打不开壁橱上的锁，打不开壁橱上的锁，大白兔奶糖就只能呆在壁橱里。

两个姐姐同天赐一道，将鸡窝翻了个变。也不见那把钥匙。钥匙被谁拿走了，难道是鸡？他们看遍家里的鸡，公鸡母鸡脖子上都不见那把银光闪闪的钥匙。鸡们不喜欢戴项链，它们要一把钥匙有什么用。鸡们只知道咯咯咯咯咯咯地叫，却不能将实情讲出来。

二姐伸出鸡爪一样的手，啄住了天赐粉嫩的脸蛋，这样还不算，她还拧了一个 180° 的旋转。天赐的脸顿时火辣辣疼起来。

他在撒谎。他在骗我们。二姐说。

我平时最讨厌撒谎的人了。大姐端着架子，像个老师一样严肃。

二姐弯腰将天赐的裤子褪下来。以前她们便这样惩罚过天赐——将天赐的裤子裸至脚踝，然后不轻不重地在天赐的屁股上打两下。

但这次二姐并未实施这样的惩罚。她从屋里取来妈妈织毛衣剩下的毛线，一截红色的毛线。弯腰用毛线系住天赐的小鸡鸡。当她完成这个动作，不禁回头冲大姐笑了一下。

他怎么会那么娇贵，还不都是因为他长了这么个小鸡鸡！

大姐起初还在迟疑。但二姐的话仿佛激起她内心的千般仇怨。她斩钉截铁说，对，就是因为他比我们多了这么个东西，这东西有什么了不起的！

她们牵着天赐的小鸡鸡在院子里游街示众。天赐光着屁股，一步步走得缓慢。裸至脚踝的裤子像是给他戴了沉重的镣铐。从什么时候开始呢？天赐不再仰天大哭了。那种撒泼卖乖的哭号在姐姐们面前丝毫不起作用。他只是默默抽泣，泪水淌在脸上，痒得实在难受，才抬手去擦拭一下。

父母那天又去县城卖蔬菜了，要很晚回来。惩罚结束之后，天赐扯掉那根拴住自己的丝线，忽然尿急得厉害。他在院子的角落撒了一泡长长的尿。提上裤子，忽然撒脚跑出家门。

他在烈日炎炎的村街上奔跑，一群浮土里消暑的鸡被他惊飞，四散躲避，有几只竟跑昏了头，陪着天赐向前跑了好长一段。它们一边跑一边咯咯叫，好像要告诉他关于那把钥匙的秘密。

跑出村子，天赐放慢脚步。回头看，确认姐姐们没有追上来。天赐打定了要从家里消失的主意。如果他从家里失踪，父母会很着急，会责怪两个姐姐，更会惩罚她们。

他漫无目的，沿着一条大路向前。正是万物峥嵘的八月，大路两旁是一望无际的庄稼——玉米、大豆、棉花。玉米正在抽穗，棉花正在盛花。植物花粉的香气忽而浓烈，呛得他像患了感冒，开始打起喷嚏。路过玉米地，喷嚏越发厉害，一个连着一个。他的鼻子、眼睛、耳朵、上颚，奇痒难耐。眼泪鼻涕不断流出来。路过棉花地，银白棉朵的气味稍稍清淡些。但一阵风吹过，又将各种花粉的气味混淆在一起，让他更加难受。天赐捂着鼻子，不由加快脚步，又开始了奔跑。

时间已至正午，大路上行人罕至。天赐碰到一个卖冰糕的姑娘，骑着自行车，正在赶往下一个村子；又碰到一个放羊的老人，他将一群吃得肚子滚圆的羊赶回家中……他们都用一种奇怪的目光打量着他。在他们眼里，这是一个正在奔跑中哭泣的孩子，他受了什么委屈？在这阒寂无人的正午乡野边跑边哭？

直到跑到赤兔河边，河水的气息将花粉浓烈的气味冲淡，天赐这才呼吸顺畅起来。

好受是好受了些，但天赐忽然晕头转向。忘记了时间，忘记了方向。站在高高的河坡上，见来时路已被庄稼和绿草吞没，不见自己村庄影子。八月大地被茂盛的植物占据，那植物喑哑无声，绿深似海，仿若一个巨大迷宫。天赐顺河边的堤坝向前摸索，发现方向感彻底消失。越走越怕。恐慌使他脚步加快。看见一个手拿镰刀的中年男人迎面过来。天赐将他拦住，向他打听家的方向。天赐问路的方式颇为奇怪，他不是问米镇在什么地方，而是问他来时的大路在什么地方。所有乡村的道路都未被命名，它们只为村庄的指向而生。所以天赐的问话颇令对方费解。由于紧张，天赐不得不将自己离家出走的过程描述出来，他闪烁其词地提到姐姐、出走、米镇，整个讲述过程混乱无比……而那个中年男人回答问题的方式更为有趣。他微笑着听完天赐的讲述，先是用镰刀胡乱指了一通，而后嘴里唔哩哇啦喊叫起来。他喊一通天赐听不懂的话，便停下，用手向左一指，然后又向右一指。他把前后左右都指了个遍，见天赐还未明白他的意思，便住了口。面带微笑地看着天赐，指指自己的耳朵，又指指自己嘴巴。

天赐自始至终都没明白，他是在向一个哑巴问路。

与哑巴的遭遇令天赐惊恐万分。没等哑巴表达完自己的意思，便面色苍白跑开了。

他跨上一座通往河对岸的木桥。看到一个正在过桥的老女人。那老女人快要走下桥去，被桥下打渔的男人喊住了。

那男人一边慢慢收网，一边高喊：花婆，看你心急火燎的样子，要去给哪家的媳妇接生吧？

老女人收了脚步，将瘦弱身子伏在桥栏之上，眯着眼朝桥下观望，笑嘻嘻说，原来是你啊。我去朱仙镇，有一个叫“猪一个”的，他媳妇要生了。是头生呢。头晌便传过话来，我在李家庄刚接生了个小子，这不忙得连饭都顾不得吃，就赶过来了……你家那孩子过了满月了吧？大人小孩可好？

打渔男人不住抖着网缰，他网住了一条大鱼。鱼在收紧的网眼里左冲右撞，将网线冲撞得像风铃一样摇摆。男人吸溜着嘴，兴奋得无暇他顾，嘴里回着老女人的话：托您的福，都好啊！

老女人嬉笑一声：好大一条鱼呀。说完便转身离去。

渔网提离水面，发出“轰隆”一记声响。男人喊住欲走的老女人：花婆，你等下，带上这条金鲤。

老女人摆手说，不了不了。我要快点赶到朱仙镇。要不那媳妇羊水该破了。

打渔男人扯了一根柔韧柳枝，穿住那金色鲤鱼的鱼腮。蹬蹬跑上岸来，从他身上淋下的水渍清晰地在路面印出一行印痕，将鱼塞至老女人手中。老女人挥挥手，说，好大一条金鲤。说完自顾拎了那金鲤朝前赶路。打渔男人看一眼跟在后面的天赐问：花婆，这是你孙子？

那老女人的步伐之快，简直令天赐难以跟上。只见她拎在手中的金鲤胡乱摆尾，正午阳光打不到金色鲤鱼身上，便如鳞片般纷纷脱落，溅到走过的路上。那金鲤瞪着眼睛，开合着鱼鳍，似在和跟上来的天赐嘟哝着秘密咒语。一片金黄透明的尾巴不住摇摆，仿若一叶刀片，在玄黄里刺破着什么。

等到这金鲤不再摆尾时，朱仙镇也就到了。

不断有人和那老女人打着招呼。看到天赐，又猜测说这是不是花婆的孙子。那老女人只顾赶路。身影很快消失在街巷拐角处。天赐小跑几步，拐过巷口，看见一个上些年岁的男人正站在街上左顾右盼，见了花婆和紧随其后的天赐，迈开步子，迎了上来。大声说，花婆花婆，你终于到啦。

花婆脚步不停，边走边问：现在怎样了？

那男人说，快了快了，羊水都下来啦。

花婆随手将拎在手中的金鲤交到男人手里，边走边挽着袖子，吩咐说，快叫你家儿子去商店多买些卫生纸和肥皂吧。

那男人亦步亦趋说，都备下了。

花婆气喘吁吁说，肯定是不够，你让他快去就是。

男人自语说，我家儿子出门还没回呢……

花婆接话：你是死的，你不会去。

那男人暗自笑了，拍拍脑门，扯住天赐，将手中金鲤交付他手，和善地笑一下，大步走去。

短短街巷里又零零星星赶来几个迎候花婆的女人。脸上俱是惊慌和释然的神色。然后聚在一起，众星拱月般将花婆拥进一处院子。天赐的脚刚踏过柴门，便听到朱莉姨妈悠长的尖叫声，那定是朱莉姨妈的叫声。令天赐后背一凛，眼睛里汪出泪来。女人们院里屋外跑进跑出，有人端一盆清水进去，又有人端一盆血水出来。“哗啦”一声泼在院墙角落。紧赶几步，去一口冒着烟气的大锅里舀热水，再兑些凉水，从晾衣服的线条上扯一条毛巾，疾步返回屋子。那血水在一丛芭蕉树下红得耀眼，泛着明明灭灭气泡。没有人注意手拎一条鱼的天赐。匆忙中看他一眼，见这孩子脸颊赤红，口鼻和眼睛似要滴出血来，以为天气炎热，又赶了远路，担心地想这孩子别是中了暑吧。

等到天赐冲进屋子，大人们想拦住他，却又碍于情面。只觉得这个花婆，怎么能带自己的孙子出来接生，半大不小了，也不知道害臊……天赐从几个手脚忙乱的女人中间伸头出去，刚想喊一声“姨妈”，身子却像被雷电击中，说不出话来。

他看不到朱莉姨妈的脸，甚至看不到朱莉姨妈攥紧拳头在空气中胡乱挥舞的手臂，连朱莉姨妈痛苦的尖叫声似乎也听不见了。眼前是朱莉姨妈赤裸的下身，翘起的大腿奋力张开，抬高，撑起一个坚固坡度。而那生命之门的开启处，正有红的白的液体像河水一样汩汩涌出。天赐恍惚中生出幻觉，看见一条金色鲤鱼，正在那血泊里扑腾。鱼的每一丝蠕动，都会牵扯朱莉姨妈身体的痉挛。花婆说使劲儿使劲儿。朱莉姨妈用头脚做支点，将身体几乎撑成一座拱桥。那尖叫已变为嘶吼。天赐眼前一片模糊。看到一团湿滑的物体从朱莉姨妈的胯下倾泻而出。耳朵里响起花婆高门大嗓的声音，和着几个女人的喧哗声：下来了下来了！

花婆倒提起那血肉污浊的婴儿，顺势在背上拍了几下。

一记嘹亮的婴儿啼哭瞬间在屋子里响彻。

朱莉姨妈的尖叫声戛然而止。

由于紧张的骤然释放，她尖叫声音的尾部，拖了一声长长的婉转叹息。而疲惫一时让她无法挣起身子，只是闭着眼睛问：是男孩？还是女孩？

女孩。花婆说。此时花婆已经叫人点起支烟，叼在嘴上，撒开血乎乎的手，正休息着呢。

朱莉姨妈一声叹息。让我看看，她说。撑起身子，仰着一张被汗水湿透的脸，额发被水淋过似的，箍在额上。她坐起。张着手臂，像是欲抱住别人递过来的婴儿，却愣愣地，张大嘴巴，吃惊地看着呆立在眼前的天赐，说：

天赐，你怎么在这儿？

天赐嘴角撇了撇。忽然失声痛哭。声音之响亮，远远盖过了那新生的女婴。

地理指南

在米镇，还是有些人要叫陈汉文做老师的。那都是些四十岁左右，在镇子里混得比较安分的一些人。因为二十年前陈汉文确确实实教过他们的课。这些在任何场合都不容易得到别人尊敬的人，仁贤礼让这些教条他们就很容易记住。所以说每当陈汉文走在街上，无论他准备去做什么，总会有人温了脸同他打招呼：陈老师，早啊！或者，陈老师，吃饭了吗？此时的陈汉文也只能温了脸回应。然后凑近前与昔日的学生拉几句家常。捎带着说几句勉励的话，以体现他那为人师表的风范。一般人看陈汉文，就觉得这人蛮古怪，蛮做作；有一些装腔作势，有一些“酸”在骨子里头。

陈汉文大多数时候是被人瞧不起的。

之所以被人瞧不起，主要是陈汉文的老婆是个疯婆子。

疯婆子是那年陈汉文从学校下来时疯掉的。陈汉文教地理，体育老师家里活儿紧，他只好代教一下体育课。随着大专院校毕业生增多，陈汉文自然会被刷下来。陈汉文做教师时疯婆子人前人后风光，陈汉文一回家，脸子马上就挂不住了。某天早晨，她起了床，只对了陈汉文嗤嗤地笑。陈汉文想：你笑什么？陈汉文心里还自宽慰了一下。以为她想通了。当下里自言自语说，我说过的嘛，日子怎么过都是一个过。我回来与你一起种田，你织布来我浇园，也省得你像以前那么累嘛！老婆还是嗤嗤地笑，眼神倒是从未对陈汉文如此地火辣过。陈汗文说，你再躺一会吧，我去灶间做饭，老婆仍是嗤嗤地笑。陈汉文这才觉到自己女人的异样了。他的心沉了一下，老婆做姑娘时曾发作过臆症，所以婚后陈汉文要时时处处迁就她。但现在她却栽在了这上面。也就是说，因了这样一个小小的打击，陈汉文的后半生都陷在泥潭里了。

应该说陈汉文的生活还算是蛮丰富的。人家毕竟是做过教师的人！陈汉文喜欢聊天。特别是和那些走南闯北的人聊上一聊。人家一说去过哪里，他马上会把话迎上去，把那个地方的风土人情，自然地貌，名胜古迹，特产小吃，如数家珍般说上一遍。起先人们很是惊讶，说陈汉文你也到那个地方去过？陈汉文的脸就会从脖根处一点一点红起，磕了眼睑说，我怎么没去过？一般不知道陈汉文底细的人，自然会认为陈汉文见多识广了。你到他家里去，会发现黝黑的墙上挂了两张地图。东面墙上是一张中华人民共和国地图，西面墙上是一张世界地图。颜色很鲜艳，一尘不染的样子。其实这些地图是每年常新的。春节来临时，别人家里会买些年画贴在墙上。灶王爷啊，鲤鱼跳龙门啊，最起码也要弄些美女喜庆一下子吧。但陈汉文却会抱两张地图回来。这是他每年都要做的，就像一个礼节。他把陈年的地图除下，贴地图的墙壁要比别处干净许多，四四方方，像一枚印鉴。陈汉文舒缓着动作，严谨地把新地图贴上去，贴上去之后还要退后几步，端详良久。看看挂得正不正啊。如果正了，就掸一掸手，呻吟般叹息一声。如果不正，就一直要挂到端正为止。

但地图在镇上人眼里，却是一文不名的垃圾。只是到了近些年，米镇和外界接触多了，比如南方的一个大企业，就在米镇投资了一个大钢铁厂。而米镇上的一些年轻人呢，自然也要走出去，到外面闯荡。临行前他们会来陈汉文家里，在地图前比比划划，找出将要去的地方。内心忐忑地向陈汉文请教一些问题。此时的陈汉文脸还是会从脖根处一点点红起，首先是从那里的气候谈起，给他们提供一些临行前的参考，然后地理人文，风土人情，名胜古迹，又如数家珍般讲述一遍。让来人对那将去的地方萌生了无限的憧憬。好像那样子不是去下力赚钱的，倒像是净手净脚旅游观光的。去了一年半载回来，碰到陈汉文了，听过他地理课的人自然会报以热情的招呼，因为气候啊人情啊什么的都被人家陈老师说中了。至于名胜啊古迹啊什么的，钱没赚得多少回来，苦倒是吃了很多，哪里有资本去古迹里瞻仰啊，所以那招呼便是浅淡的，有一些颓唐的。陈汉文却不顾及人家的这种心情，不管不顾地把话题朝那上面扯。说了没去的，陈汉文就会叹息一声，说：少小出门，不去就可惜了。说了去过的，他就会抓住人家的手，面色苍白地说，有幸啊！然后还会提出一些他在书本上参悟不透的问题，比如一尊佛像的手是不是六指，或者一座古墓里的莲花与佛教到底有没关联，因为学者们有这样说的，也有那样说的……被抓住手的人兀自在心里说：这个陈汉文，他是不是疯了！

陈汉文没疯。他只是被苦焦的生活折磨得有些无奈了。儿子需要拉扯着才能成长，老婆需要无休无止地看护。一年三百六十五天，这个疯婆子变换着花样来发作。邻家的狗叫得凶了她发作，打雷了、下雨了、出大太阳了，地里的谷子绿了黄了……都会影响到她的情绪。陈汉文怎么就不能苦中作乐一下子呢！

疯婆子离家出走以后，陈汉文顾了家里顾不了家外。当然了，家外是一家三口的主要生计来源，舍了家外，就意味着大家都要挨饿。对待疯婆子走失这个问题，陈汉文表现得就不是多么焦虑和彷徨了。他从田里回来，发现疯婆子不在，问一问邻居，问一问从学校回来自己做了饭吃的儿子。大家都那么忙，谁有闲工夫给你去看那么一个不值钱的疯婆子。陈汉文就兀自洗了头脸，把已经咕咕叫的肚子填饱，临出门时想一想还有什么急需料理的事情，然后骑了自行车，去找他的疯婆子去了。

骑在车子上的陈汉文是要穿一件比往日干净些许的衣衫的，跨在车子上，风会把他的衣衫鼓起来，陈汉文的心里就会难得地那么舒爽一下。他左顾右盼，虽然他骑行的地方都与米镇不相上下，村落啊庄稼啊，蓬头垢面从田里钻出来的农人啊……疯婆子走来走去，都是不会可能走出米镇多远。但陈汉文还是会比较留意所经历处的每一丝变化。寻找疯婆子的过程，倒给了陈汉文无比的愉悦。

疯婆子被找到的时候，不是蜷在某个草垛里睡觉，就是被一群人围住，撒泼卖疯地被人家戏弄。仅有的一次，穿着还算干净的疯婆子上衣被人解开了，露了大半个乳房，陈汉文就想，那一定是尝不到荤腥的光棍汉干的。即使这样，陈汉文也没有多么悲愤，看到疯婆子受罪，他的心里会掠过一丝痛楚，他会蹲下身去帮疯婆子整理好衣衫，嘴里喃喃自语说，在家里呆着有多么好，你为什么要喜欢这样风餐露宿地跑在外面呢……回家的时候，他把疯婆子驮在自行车后座上。疯婆子由于害怕，紧紧地抓了陈汉文的后腰，偶尔把脸贴在他背上。这样的情景会让陈汉文眼睑一热，倏忽想起他们曾经度过的好时光。他们骑一辆车子回疯婆子的娘家，或去集市，过一道沟坎，疯婆子就会做作地嘘叫一声，顺势抓了陈汉文身体的某个隐秘部位，放出一串浪笑……那样的时光真的是一去不复返。疯婆子虽然还是抓得那样紧，但一路上都听不到她的半声呢喃，只有陈汉文迷醉般的自语声。经过一个池塘，陈汉文停下来，拉了疯婆子的手，借着微弱的星光，给疯婆子洗干净头脸，做着回到镇子上的一切体面的事情。

很多时候，找回了疯婆子，儿子已经在黑夜里独自睡去了。陈汉文给他掖掖被子，疯婆子大概是跑得累了，寻个角落就想睡。陈汉文呢，也不想照顾她，兀自拉开灯盏，倾身凑到墙上的地图边去。这个时候，他是要到西面墙上去的。补充一点，陈汉文做教师的时候，教的是中国地理。经过这么些年的积累，自己身在的这个国家的地理知识已经耳熟能详了。即使做梦，他陈汉文都能梦呓出任何一个角落里的秘密。倒是世界的，那更广阔一些版图上的，是要他陈汉文去潜心研究的，或像海绵一样，去吸纳一点一滴的知识的。陈汉文的嘴里在喃喃自语，他的一根手指划在圆形的版图上，眼睛瞪得很大，干硬的喉结一耸一耸，他说，你是去了哪里呢？他的手指还在划动，他在思考，他在想象疯婆子跑过的那个地方和这版图上的哪一个地方有一些近似，即使没有，他也要竭力找出，哪怕是一点点的蛛丝马迹。比如疯婆子去了一个相对繁华的地方，陈汉文想通了，嘴里就会发出“喔”的一声，轻松地说，你去了巴黎了。比如疯婆子去了一个那个时期超生比较厉害的地方，陈汉文就会“喔”一声：你是去了那个叫埃塞厄比亚的地方了。去的地方沙地多一些，陈汉文又会“喔”一声，说：你是去了撒哈拉大沙漠了……说着这些的时候，疯婆子如果没睡，她就会稀奇古怪地笑出声来，有时还会说些很正常的话：什么？埃塞厄比亚？撒哈拉？陈汉文点一支烟，疲惫地坐到她的面前，说：是啊，撒哈拉，埃塞厄比亚，你不是去疯跑啦！你是去周游世界啦！这样说着，陈汉文脱掉鞋子，当即就昏沉沉睡去了。

这样的游戏做得久了，陈汉文发现疯婆子好像在故意考验他的地理知识一样。有一段时间，疯婆子几乎所有去过的地方都不去。她专挑陌生的地方去跑。使陈汉文颇费周折。找到她以后，她还会把一张脏脸贴住陈汉文的背，她会说出一些让陈汉文哭笑不得的话。疯婆子说，你猜猜，这次我到什么地方去了。陈汉文想了又想，说：你到了罗马尼亚！或者，你到了乌拉圭！这个时候，陈汉文甚至可以说出某个国家的一个很小的地方，那个地方是陈汉文从电视上看到的。名字叫做：波而多。它是属于一个叫做法国的国家。那里盛产醇美的葡萄酒。陈汉文知道，葡萄酒是那里的人民用来享受生活的最佳附属品。

这很像一个高雅的游戏。这个游戏陈汉文对很多人都提起过。但谁又理解陈汉文从这游戏里得到的快乐呢。谁又会正视与他做这个游戏的对手，一个疯婆子呢！在别人看来只有可笑。但陈汉文确实从这苦涩里找到了些别样的滋味。他慢慢地苍老。他的那个喜欢惹事生非的儿子陈浩，也就慢慢长大。喜欢跑的疯婆子，跑的频率也收敛了许多。她似乎厌倦了这个游戏，就像一个拙劣的孩童，在陈汉文丰富的地理知识面前，她找不到任何兴趣了，也就是说，她终归逃不出陈汉文的手掌心了。这样的变化，说开来其实和陈汉文一个正常人那无足挂齿的一点小计谋有关。

有一次，疯婆子又跑了。陈汉文找了她两天也未找到，找得陈汉文垂头丧气的。竟然有了一点小小的挫败感。他躺在床上诅咒般地想：你这毁了我青春的疯婆子，叫你跑吧！从今后再也找不到你那才叫世界和平呢。这样恨恨地想着，陈汉文竟然为自己今后的生活做起了一点小小的打算。陈汉文想自己也算一个鳏居的男人了吧，镇子上那些热心的人，也该为自己张罗一下婚事了吧！比如重新续弦的问题，是要赶紧提到议事日程上来的。镇子东头的曾寡妇，姿色就有些不错，况且她有一个和陈浩年龄相当的女儿，两家合在一起，到时亲上加亲，也不枉人间的一桩美事呀！想到这里，伤痕累累的陈汉文，竟然有了些蠢蠢欲动的感觉。这些年下来，真是苦了年富力强的陈汉文。他与疯婆子的床事做也不能说是未做过，但每做完一次陈汉文都有一种负罪感。现在想着还有些姿色的曾寡妇，陈汉文的心里倒是舒服了一些。但好景总是不长。在陈汉文将睡未睡之际，他听到了头顶阁楼传来的一阵阵响声。说是老鼠吧，比老鼠闹腾的要沉重，也肆无忌惮许多。陈汉文睁大眼睛，看见楼板上落了一个人的影子，晃晃悠悠走下来，原来是疯婆子！陈汉文屏住呼吸。此时的疯婆子倒有些气咻咻的样子，那意思是说：我就在家里，你怎么就找不到我呢！躺在床上的陈汉文后来憋不住，仰面大笑起来。疯婆子倒有些得意了，说，你猜猜，这次我又去哪儿了？

陈汉文从床上跳起来，脆快地给了疯子一个嘴巴。这是陈汉文第一次收拾疯子。或许疼痛对于失常的人来说是一种新鲜的感觉吧，疯婆子倒笑了。她继续说，你猜不出来吧！陈汉文说，你换着花样跑吧。下次我是不会再去找你了，你最好从这个家里消失，自当放过我们爷儿俩。

这样说着，陈汉文竟自嚎哭，鼻涕眼泪流了满脸。陈汉文一哭，疯婆子就有些怕。乖乖缩在墙角，手里抓了一块饼子吃起来。哭了一会，陈汉文从床上爬起来，给疯子舀了碗水，以免她吃得紧，噎了。他又像对孩子那般自言自语：你不要跑好不好啊？即使你跑走了，去了巴拿马也好，去了阿富汗也好，临行前留下个条子，也好让我去找你啊，也好让我这苦命的人儿，随你到世界各地去周游一遭啊……这样说着，眼泪珠子照样从陈汉文的眼睛里滚落。伺候完疯婆子吃饱，陈汉文耐心地说，我说的话你记住了吗？不管听懂没听懂，疯婆子倒是支吾着应了声。陈汉文恶了脸说，如果记不住，下次绝不再找你，就让你在世界的周游里去死！

再次躺倒，陈汉文想来想去兀自暗笑了。他看看疯婆子睡去的脸，有一块灰尘还清晰地抹在她的额上。你去了哪里呢？陈汉文这样自语着。他想来想去，最后说，你是到了世界屋脊去了？到了喜马拉雅山上去了？你去了世界上最高的地方，你说叫我到哪里去找你……

自此以后，每次疯婆子出走，竟然会给陈汉文留一张歪歪扭扭的字条。疯婆子是会写一些字的。条子上写：我去非洲了，那里的花生快熟了。或者：我去菲律宾了。陈汉文就知道，她是到一些有果园的地方去了。陈汉文再去找的时候，就会轻而易举地将她找到。这样陈汉文的生活便轻松了不少。他不鼓励疯婆子的这种行为，但他会将儿子用过的铅笔头啊废本子啊，故意放置在疯子能找到的地方。有时候他看了疯婆子留的条子，竟然会暗自笑起来。这样看来，这个陈汉文就有了一些纵容自己的疯老婆给自己找麻烦的意思了。

对于疯婆子，陈汉文想来想去也没有那么讨厌。这或许是年深月久，习以为常了。这有点像一个拄拐杖的人，医生告诉他可以扔掉拐杖了，但他却荒疏了自己的双脚。总之陈汉文并没有觉得疯子在这个家庭里有多么碍眼。直到儿子陈浩长到二十多岁，有一天他负气地对陈汉文摔了饭碗，厌恶地说，你怎么给我找了这么个娘！

这句话让陈汉文一口饭卡在喉咙里。他仰头看着转身回房的陈浩，老半天也没醒过神来。此时疯婆子正坐在门框上有病似的吟唱，这也是她发病前的一个征兆，她的一只手从衣服下面伸进去，放在瘦干的胸上挠痒痒。陈汉文想了想，重又把一口饭咽下，然后恬不知耻地去盆里挖了第二碗饭，边吃边自言自语地给自己打气：我怎么知道会给你找了这样一个娘！谁又告诉我是谁给我找了这样一个老婆……话说到一半，陈汉文兀自将后半句话连同饭一起咽到肚子里去了。因为他想起给自己找这么个老婆的人，正是自己的老娘。那时候陈汉文家里穷，疯婆子家里日子过得殷实一些。陈汉文的老娘向来都是以攀高枝为荣的，所以便促成了这门婚事。但陈汉文自己并没有任何怨言，人家当初可是黄花闺女嫁过来的。不是残货，也不是次品。所以说做人总归要讲点良心！老娘死得早，他陈汉文可不敢有半点埋怨老娘的意思。至于陈浩说的这句话，让别人听来就完全是一句丧天良的话了。

儿子陈浩的厌烦总该有些原因。

陈浩现在是钢铁厂的工人，每月都有一把票子发到手上。第一个月工资下来，陈浩还不忘在他这个当爹的面前晃一晃，说，发工资了，给你吧！陈汉文的脸又一次从脖根那儿一点点红起，咽了泡口水说，还是你装着吧。大了，该添衣服添衣服，也该学会抽烟了吧！但记住：该花的当花，不该花的不花。

陈浩歪身把钱塞进自己的裤兜。撇一撇嘴说，我才不会抽烟呢！除了臭嘴巴还是臭嘴巴！正是将要吃饭的时候，陈浩对陈汉文说，等等，我去给你买瓶酒。陈汉文记得陈浩给他买了一瓶酒的同时，还给他的母亲买了几跟香肠回来。

那天陈汉文特意做了个豆腐菜。又去粮囤里捧了把花生出来。他坐到饭桌边，那瓶酒已经被陈浩打开。酒香四溢。陈汉文不由把瓶口凑近鼻子，嗅了嗅酒的香味。然后给自己倒下半碗酒。舒服地叹息了一声。正想喝的时候，不料陈浩把碗也伸了过来。陈汉文笑了说，你也来点？陈浩严肃着脸说，我会喝了。我们做夜班的时候，常喝。陈浩的表现颇让陈汉文欣慰。他往陈浩的碗里浅斟了一些。不料陈浩扯过瓶颈，又往自己的碗里添去。

父子俩浅斟慢饮时，疯子已经将那香肠吃的一根不剩。吃过了还意犹未尽，把肠衣也塞进嘴里，吧咂出绵长的响声。陈汉文将陈浩的厌恶看在眼里。他的脸又慢慢从脖颈处红起。陈汉文说，陈浩，我知道你娘惹人讨厌。但这个疯子在我们的生活里也不是活了一天两天了，讨厌她又能怎样，我们又不能把她弄死。

陈浩被陈汉文的一席话弄得有些尴尬，他有些恼怒地说，谁讨厌她了！说着，扯过瓶颈，给自己的碗里添了一些酒。

陈汉文说，你挺能喝啊！也给自己倒了一些，看看瓶子里所剩无几，便把余下的酒匀在父子两人的碗里。陈汉文起身又去粮囤里抓了些花生。说，索性咱父子就喝个痛快！

陈浩渐渐把眼睛都喝红了。而陈汉文的脸越喝越苍白。陈浩说，实话对你说吧，我有对象了。

陈汉文说，好啊！

是谁？

陈浩说，是曾寡妇的女儿。

听到这里陈汉文不禁想笑。不由想起多年前自己的那个憧憬来。有一半倒是实现了。而另一半，却早随了曾寡妇的改嫁化为了泡影。

陈浩说，你笑什么？

陈汉文说，我笑了吗？

陈浩说，你笑了。你笑她是个破货是不是？

陈汉文脸色愈加苍白。他摇摇头，说，我没笑。

陈浩说，就是个破货又怎样！人家也不会轻易嫁我。人家说就你那破家，你家里那个疯婆子，让我怎么嫁你。其实她早让我睡了。

曾寡妇女儿的故事陈汉文听过一些。那姑娘长得极像曾寡妇，随她继父的姓，叫聂小倩。最初聂小倩和一个做钢铁生意的老板的儿子定亲了，听说都快结婚了，不想米镇引进外资建起一个大型钢铁厂，这个钢厂因此改变了这女孩的命运。钢铁厂副厂长的女儿想嫁给老板的儿子。他们之间有业务关系。做了亲家，就等于钞票都赚到自家人腰包里去了。

本来聂小倩该以一个遭人遗弃的形象被湮没的。谁也想不到她会在老板儿子的婚礼上异军突起。那天老板家的婚礼体面又排场，据说县里都派了领导下来。婚宴即将开始时，半路杀出了聂小倩。死活闹着要坐到新娘席上去。这聂小倩，描了眉打了眼，穿了一身红衣服。眼拙的人分不清哪个是真新娘哪个是假新娘。老板一家好话说尽，这聂小倩依旧不依不饶，话说的还分外有理。聂小倩说，我要他李家一个名分，我要他们说清楚，从我肚子里堕掉了几个姓李的孩子。有人劝说给补偿费，聂小倩“哗”一下把崭新的钞票扬了一地。有人偷偷把警察给请了过来，聂小倩“嗖”一下从怀里拽了把剪刀出来，架在脖子上，说，你们谁敢动我，我就死给谁看！倒是老板识趣。他拍着大腿说，祖爷爷们，甭给我添乱啦！老板凑到聂小倩面前，弯了腰说，闺女，你有啥要求，说出来，大叔都满足你。聂小倩嫣然一笑，说，我也没啥过分的要求，大叔。今天是我聂小倩双脚走进你李家大门的，不是说新娘“金日”脚不能沾地吗？你想叫我走，除非你大叔亲自把我背出李家大门。

老板想了想，无奈地说，好！

陈汉文听过聂小倩的故事后，虽然在心里赞叹：好一个刚烈的女子！但现在知道聂小倩要成为陈浩的老婆，不由得在内心里窘迫起来。

他想，那样一个女子，怎么会不嫌弃这个家以及这个疯婆子呢！若不嫌弃，那才是怪事！

陈汉文脸色苍白地颔了首说，陈浩，如果你能把曾寡妇的女儿娶到家，那就是你一辈子的福分了。

陈浩仰首将碗内的酒倒进嘴里，吸着气说，我会的！

上午把地里的草锄完，陈汉文庄重地坐在家里，他该仔细地思考一些事情了。日光从昏暗的窗棂内照进来。陈汉文端详着四面漆黑的墙壁。夏天的屋子里有一股浓重的霉味，还掺杂了一些尿臊气，那一定是疯子晚上小解时，把尿水都撒到了砖地上。陈汉文用笤帚刚刚把砖地扫过，他又站起来，用脸盆端了半盆清水，一撩一撩把砖地清扫了一遍。出来时来到陈浩睡的西屋里。自从和聂小倩好上以后，陈浩的个人卫生好多了。由于急着上班，这个孩子从来未把被子叠好过。最近陈汉文越来越像个做父亲的样子，本来他这个人苦熬了半生，对陈浩自小就是又当爹又当娘的。但事无巨细，况且陈汉文也确实顾不了许多，到陈浩长大了些，像叠被子这样的小事，陈汉文就没再管过。

陈汉文这样细心地照顾陈浩，其实是与那天给陈浩叠被子时发现了一些秘密有关。陈浩的枕边散乱地丢了几页纸。陈汉文无意间拣起来看，发现一张纸上写满了聂小倩的名字。陈汉文知道，聂小倩的名字是和《聊斋》上一个狐狸精的名字是一样的。那狐狸精后来嫁了个穷书生。想到这里陈汉文叹了口气。他又见另一张纸上陈浩写下了这样的话：聂小倩，我知道你为什么让我买给你戒指，我也知道你是为什么要跟我好的。你是想把自己胡乱地嫁掉……但我会满足你的，我虽然没有钱，但我会很隆重地把你娶过来的……

看了这些话，陈汉文无比心酸起来。他能真切体察到儿子的苦衷。当中午陈浩下班回来吃饭，陈汉文不声不响地把自己积攒下的一千多块钱摆在陈浩的面前。陈浩看了看，诧异地说，你这是做什么？陈汉文说，拿上，想给自己买些东西也成，想给聂小倩买些东西也成，随你！陈浩莫名其妙地笑了。说，你这是干什么啊！陈汉文用两手夹住膝盖，脚板竖着，抖动着两腿说，先办眼前的事吧。等你结婚了再想办法，走一步算一步吧。陈浩听得不高兴，本来他是想再多吃一碗饭的，但听完陈汉文的话，便阴沉着脸把碗推开。他说，你还是留着吧，我的事不用你操心。

陈浩的被窝很凉，有一些潮湿。枕巾是刚刚被陈汉文换过的，但已经被头油弄得很脏了。陈汉文把陈浩的被子拿到外面的晾绳上去晒，他这才想起来，陈浩已经两天没回家了。

陈汉文后来呆呆地回到屋里去。疯子最近安稳多了，她不出去跑了。每天安静地坐在院门那儿。从窗子里陈汉文就能看到她。不如我带她去周游世界吧！陈汉文异想天开地这样自语说。他的嘴角牵动，甚至笑了一下。她怎么就不跑了呢？陈汉文这样想，如果疯子再跑的话，陈汉文就不准备去找她了，看她能不能够走失在外面。最近陈汉文特别留意电视或报纸上的寻人启事，如果是一位痴呆的走失者，陈汉文就会浮想联翩。他想象着来自走失者身后的家庭背景。他们真的像寻人启事中发出的呼声那样，迫切地想把她（他）找回去吗？如果疯婆子真的跑掉，陈汉文是没有那样一笔钱来替她登广告的……这样的思绪被中午的到来打断。他早早做好了饭。陈浩还没有回来。

苍蝇的轰鸣声在正午的时光里显得异常刺耳。无奈的陈汉文两手相交抱着膝盖，微笑着对疯子说，等陈浩结了婚，我带你去外面住吧。

疯子瞪他一眼，走到外面去了。陈汉文想：只能带疯子去外面住。他想能去哪里住呢？去租个房子？但那是需要租金的。即使陈浩结婚了，他还是要照顾他的。有了几个钱，还要留给孙子啊孙女啊！想到这里陈汉文咧开嘴幸福地笑了一下。那就最好去镇子外面搭个窝棚住，砌个火炕，再怎么简陋，也是冻不死人的……但一想到不能和陈浩同住，陈汉文还是有些不甘。陈汉文一想到还要和疯子苦熬余生就有些齿寒。

他的脸又一阵苍白。忽然石破天惊地想：那就杀了她！有了这个念头，陈汉文就听见自己体内发出纷乱的呐喊声。好像有许多人在唱着他的反调。但念头却是不管不顾地竟自走了下去。杀人是不能用刀子的！杀人偿命是再简单不过的道理。陈汉文不想把自己的余生都搭在疯子身上。那就用毒药毒死她！拌在饭里，出于良心，最好给疯子做一顿红烧肉吃，砍头有送行酒，毒命有断肠肉。叫疯子吃得满嘴流油，然后七窍出血，痉挛而亡……或者，把疯子带到一个她找不到家的地方，最好是一条河，淹死她；或者一辆车，撞死她！

陈汉文打了个寒战。想得满身虚汗。忽然被外面传来的一阵说话声吓住了。好像他正在实施他想象里的事情时，被人逮了个正着。

陈汉文站起身，看见聂小倩站在院子里。

这才发现疯子正用一把脏污的笤帚打扫挂在凉绳上的陈浩的被子。她或许是出于好意。但本来就不算干净的被面却被她弄得面目全非。聂小倩在阻止疯子。她的脸上露出厌恶的表情。等陈汉文走出来时，笑容却又挂在了聂小倩的脸上。她甚至殷勤地择掉了挂在疯子头上的一根草屑。她对陈汉文笑了一下，直来直去地说，我来找陈浩。

陈汉文抹掉额上的汗水。他拉了疯子一把，说，陈浩没在家啊。

聂小倩的脸色忽地冷峻起来。不待陈汉文发话，聂小倩压低嗓音说，你赶紧去找他吧！

陈汉文一惊，问：怎么了？

聂小倩说，我找了他一个上午了，也找不到他的影子。

出什么事了？

聂小倩说，前天晚上我们厂子里发生了一起盗窃案，被抓住的人交代说有陈浩，但谁也找不到他！

陈浩失踪了。

陈汉文忽然就想到了很多年前自己便已熟识的一个词——“失踪”。

但实际上他这一生好像是始终在和这样一个生僻的词打着交道的。“失踪”像一根绳子，紧紧地把陈汉文捆了个结实。只不过米镇上的人都不这样说。当年年轻的陈汉文急惶惶地骑着自行车走出镇子，熟悉他的人就会同他打招呼说：陈汉文，你去做啥？陈汉文衣服的后摆被风掀起来，看上去他像一只勤奋的鸟。陈汉文说，我那个疯婆子又跑了，我去找她……或者别人问：陈汉文，你那疯婆子又跑了吗？那时的陈汉文刚刚吃了饭，由于吃得急，他的胃就有一些难受，他憋着一口气说，是的……

在寻找陈浩的日子里，陈汉文仔细分析了“跑”与“失踪”这两个词的含义。他发现“跑”只是在米镇应用广泛的一个词。更多的时候，好像只属于他陈汉文一个人的专利。而“失踪”，才是更准确，更权威，也是更深不可测的一个广义的词语。

现在镇子上的人们在同时用这两个不同含义的词来形容陈汉文一家混乱的生活。人们说，陈浩这孩子自从睡了聂小倩，整个人就变坏了。为了给聂小倩花钱，去偷厂里的钢锭。案发了，就“跑”了。陈汉文的那个疯婆子，也唯恐天下不乱，她也跑了。

白天在陈汉文的生活里并不是显得多么漫长，而夜晚在他的睡眠里也不是显得多么仓促。陈汉文呆呆地看着东西两面墙上那两块略显怪异的斑点，它们与大块漆黑的墙皮比较起来，显得怪诞而又陌生。方方正正的，像两枚印鉴，戳在陈汉文内心的痛处。当晴日的阳光在那两个地方走上一遭，两张地图的版块竟有了一些绽放的痕迹，晃得陈汉文两眼流出泪来。当夜晚来临，陈汉文光着两只脚跳下地，义无返顾地将那两张地图撕扯了下来，不发出一点声响，阴郁着，拽了个粉碎。质地精良的纸片弄疼了陈汉文的指甲。他觉得有很多的东西砸在了他的脚趾上，那么丰富：沙砾、矿石、植物的叶片、纷繁的海水、隐在山脉里的金子，以及鲜艳的玫瑰、某个古老遗迹中的砖瓦……只是陈汉文没有能力分辨出它们来自何方，是属于哪一个遥远国度里的，还未曾被人开掘的秘密。

这个夜晚只属于陈汉文一个人。

当又一个黑夜即将到来，昏聩的陈汉文被人拉到镇子北面一个巨大的池塘边。在那里他看到无数穿黑衣的人。他们在嘤嘤嗡嗡说着一件事。一条锦色的鲤鱼从水面上腾越而起。陈汉文拨开众人，看见衣着鲜艳的疯婆子坐在河边。她的半个身子都浸在水里。陈汉文很快就被漂浮在水面上的一具尸体夺去了视线，那正是失踪多日的陈浩的尸体。陈汉文的耳廓此时无比的灵敏，他听到站在他身后的一个人说，这是盗窃案发的当夜发生的一件事。罪犯被铸钢厂的保安追赶，他慌不择路，跳进了池塘，但他竟然忘了，自己是个旱鸭子。

后来的一个日子，疯婆子对陈汉文说，那天，是我找到陈浩的。可他怎么又走了?

陈汉文沉默不语。

疯婆子说，你猜猜，你能猜出陈浩去了什么地方吗?

陈汉文想了想，闭了眼睛说，大概是去了夏威夷吧！那里阳光最好，海水也好，那里是天堂！

双 生

一

花店的前身是发廊。

周自明以前常到发廊转悠。这次跑路两个月，回来后故人不在。周自明问开发廊的东北妹哪儿去了？花店老板摇头，并对周自明说 :“先生，今天是情人节，不买支玫瑰送你女朋友？”周自明皱眉暗想 : 妈的，我哪来的女朋友？本来和那发廊妹刚有点意思，眨眼间却人去楼空。周自明看那老板，见她长相可人。不由自主掏钱买了一束。

周自明手上举着玫瑰出来，被开肉店的顾大嫂看到，说 :“周自明，你买花送谁呀？”

周自明想了想说 :“自己喜欢！”

顾大嫂笑说 :“不如送我好了，我女儿正要让我买朵花送她呢。”

周自明说 :“你女儿如果年龄大点才好。你又年龄太老，算了，还是送你算了。”

周自明无业，嗜赌。据说欠下赌局几万块，被人追债到东北躲了好几个月。这些天又开始在这条街上转悠，不知用什么法子逃过了债主的纠缠。新开的花店惹眼，不但是花惹眼，店老板也惹眼。自是成了周自明消遣的首选之地。这天见老板眼皮上掂了片白纸，打趣说："左眼跳财，右眼跳灾，你跳的左眼还是右眼？"老板恹恹地不想理他，说："起先是左眼跳，然后又右眼跳，跳来跳去不知是财还是祸。"周自明说："万家乐超市门口新来个算命的，算得挺准，你不如到那里去看看。"老板说："是吗？"周自明说："是啊，我算过一次，他说我最近有财可发。果然，昨晚我手气就好得不行……"说到这里，周自明摸摸腰包，"晚上我请你吃烧烤怎么样？"老板好半天无话。周自明自觉无趣，悻悻出门。割了两斤肉准备回家，却被顾大嫂叫住。

顾大嫂指了手上的一张报纸说："你看看，这人咋这么面熟？"

报纸是一个买肉的顾客丢在肉案上的。顾大嫂识几个字，最喜欢看情杀与抢劫的花边新闻。周自明将头凑过去，看来看去一脸懵懂。又有客人来，顾大嫂嘴里喃喃自语："这张脸老在眼前晃来晃去，就是想不起是谁……"

一句话倒提醒了周自明，说："我看和花店老板挺像。"

顾大嫂顿悟，喊起来："苏浅，苏浅，你过来……"

苏浅不知发生了何事，慌忙出来。顾大嫂用眼瞄着秤杆说："对，就像苏浅。我说呢，老在眼前晃来晃去，就是想不起是谁……"

苏浅将头凑过去，只看了一眼，脑袋便"嗡"一声。想再多看几眼，报纸已被割肉的人夺去，垫进摩托车筐里，笑嘻嘻说："一群文盲，看什么看！"

出两站地，有一家书刊亭。苏浅从一摞报纸堆里，找出那张前天的报纸，边走边看。报纸上刊载的内容整整用去一个版面。那个长相酷似苏浅的女人，借助着媒体的力量，正热切散布着她寻找失散多年的孪生妹妹的消息。

公交车驶来驶去，眼前如鬼魅般繁杂。苏浅愣愣坐在一处店铺的台阶下，掏出手机，想按报纸上的地址将电话打去。但手机键摁到中途又停了下来。左顾右盼，找到一间离此不远的电话亭。接电话的是一个值班编辑。她对苏浅的提问抱以某种虚妄的热情，她问苏浅："您知道那个妹妹的消息吗？"苏浅冷静地说："我不知道。我只是个热心读者。就是比较关心那位苏女士的情况。医院那么大，难道这位苏女士就找不到她所需的骨髓类型？"

"情况是这样的，"值班编辑耐心解释说，"她已经到各医院的捐赠资料库做过登记了。像她这种白血病人，由于血型特殊，配型成功的希望非常渺茫。一般情况下，即便有血缘关系，也难免会配型失败……她现在唯一的希望只能寄托在她失散多年的妹妹身上……"

"喂，这位女士，你在听吗？喂，怎么回事？"

那天早上，周自明接到苏浅打来的电话，让他过去一趟。苏浅的住处，周自明一次也未去过。不是他不想去，而是得不到机会。他连苏浅住什么地方都不知道。苏浅告诉他：她租住在西郊的一间平房里。坐302公交车，五站地就到了。

敲开门。周自明被眼前的苏浅迷惑住了：她卸去平日里的装扮，穿在身上的是一件碎花的旧褂子，下身一条浅颜色裤子。一身衣服虽大小合身，裹在身上却显得有些瘦。

周自明捂着嘴，吃吃笑，抬起手指说："你看上去就像个小保姆。"

苏浅的表情很别扭，她在旅行箱里找衣服，不知怎么就把这身衣服翻了出来，又不知怎么就穿在了身上……她紧了脸说："我以前就是做小保姆的。"

周自明在苏浅屋里转了一遭，屋子虽简陋，却干净得令他拘谨。最后乖乖坐在一把木质椅子上。见苏浅脚边有一旅行袋，斜躺着，随时准备跟她出行的样子。

苏浅拿了张报纸给周自明看。指了报纸上一张照片说："这是我姐姐。"

周自明看了，说："噢，你亲姐姐？"

苏浅说："我双生的姐姐。她得了白血病。现在只有我能救她。"

周自明把头埋在报纸上，说："噢……"

苏浅说："我求你件事。"

周自明问："什么事？"

苏浅说："你陪我回去一趟。"

周自明说："我还有好多生意要做呢。"

苏浅说："我会给你报酬。"

结果是这样商定的：周自明陪苏浅回乡期间，按日计酬。当说到报酬的细节时，周自明装出一副无所谓的样子，"要什么报酬。我就做你的保镖，护花使者吧！"话虽这样说，但周自明的底细苏浅却清楚得很。他平日里哪有什么生意可做，有的话也不过是赌博的"生意"。和这样的人共事，还是明敲细算的好。

周自明问："何时动身？"

苏浅说："马上走。你回去换身衣服，回来就走。"

周自明换衣服回来，又被眼前的苏浅迷惑住了：这是另外一个苏浅。一个无比惊艳的苏浅，美得让周自明喘不过气来。但漂亮归漂亮，周自明却从苏浅的身上读出了另外一种感觉。她的眼睛，以及鲜红的嘴唇，让周自明惊诧不已：她多像出没在灯红酒绿里一个身份可疑的女人。

这是一个明媚的上午。窗帘半遮半掩，阳光从淡黄色的帘布上打下来，将布匹上花朵的图案投影于地，也罩住了苏浅的身子，使苏浅在周自明眼里有了一种恍然站上舞台的错觉。苏浅瞄着周自明穿在身上的那件夹克，摇摇头说："你没件西装什么的？"周自明支吾道："有倒是有，只是脏了还没来得及洗。"

他们下楼，去一家服装店。苏浅亲自为周自明选了一身西装，一条领带。苏浅说："你买身西装吧。"周自明只是莫名地笑，却不见动静。昨晚他几乎输光了一个月的生活费。苏浅手托着那身西装，僵在那里。苏浅说："去付钱。"周自明摸摸裤兜说："钱包忘家里了，带的钱不够。"苏浅低了眼睛，无奈说："要不我先替你垫上，回头从你工钱里扣，怎么样？"周自明平日的赖皮相又露出来，说："穿现在这身也凑合，我不喜欢西装。"

钱最终还是苏浅付的。周自明生得气宇轩昂的样子，西装上身，马上陡增几分人气。和苏浅站一起，般配得活像一对过得很滋润的小夫妻。苏浅端详了一番，表示满意。周自明也咧开嘴笑了。

二

在她们那个地方，都把孪生叫做双生。

双生是怎么回事？苏浅曾细细琢磨过这个问题。双生就是由一个受精卵发育而成的两个胚胎。像一棵树，生出的两个枝桠。

那一年，一个偏远小镇上，生了一对双生姐妹。姐姐叫苏浓，妹妹叫苏浅。不知没多少文化的父亲，何以能为女儿取出这样两个有味道的名字。

但这名字似乎就是他一生成就。女儿们三岁时，做装卸工的父亲便被一垛盛米的麻包压死了。那天他歪在麻包下瞌睡，临睡前还在同工友们嘀咕，"他妈的这么多大米，够我们吃一辈子的了。"他的嘀咕又像抱怨。工友们打趣说："真够你吃一辈子，不单是你，连你老婆你那两个千金，也够了。"父亲嘿嘿笑。蜷着身子缩进麻包阴影里去。他太累了。当麻包露出坍塌的狰狞，被一个工友看到。那工友发出一声惊呼。但父亲听不到。父亲被人从麻包里拖出来时，舌头都被挤压到了外面，鲜红的舌尖上粘着一撮纯白的大米。

父亲何以为她们取出这么雅致的名字呢？苏浓、苏浅，怎么不像别的父亲那样，为自己女儿取一个类似苏小红、苏小梅或苏美丽、苏美娜什么的呢？面对这样的问题，苏家母亲总是找不出答案，她不断回忆她们出生时的情景：老大是兴高采烈哭着来到这世界上的。老二坠地，不哭也不闹，皱巴巴小脸仿佛满含了对尘世的哀怨。苏家母亲不无担心说："不会是哑巴吧？"医生倒拎了婴儿的小脚，啪啪拍背，手重得让人心疼。半晌，才哭出来，声音微弱，仿如病猫。

镇子的头脚有一条河，唤作西津渡。一年四季水都是至清至爽的。水的源头是北山上的雪在春天融化，于山顶处积起众多个大小坑凹，然后细水长流，经年累月漫淌。即使雨季，暴雨的势头再猛，也不可能裹挟了太多的泥沙，周遭山上如盖的植被成了最好的过滤器。所以说那河大多数时候都做出一副温顺样子，像一条手臂环住古老的镇，心甘情愿将自己做了镇子的陪衬。

苏浓、苏浅两姐妹是不大可能被镇上人分辨出来的。包括苏家母亲。每当有什么事需要她吩咐，都要喊出她们的名字："苏浓！"如果其中的一个应了声，母亲就会清楚这是苏浓。再记住她们当天的穿着，便清楚哪个是苏浓，哪个是苏浅了。如果两个孩子同时不高兴，或者恶作剧，母亲喊她们，她们商量过了似的不吭声，也不举手。那就要颇费母亲眼力。晚上睡觉脱光身子，做母亲的更恨自己眼拙。姐妹俩如一种颜色，搅和在一起，叫你分不清哪个颜色浓一些，哪个颜色浅一些。做母亲的有天说："我把你们的头发分个样子吧！苏浅的长一些，苏浓的短一些。咱家没有儿子，就把你们其中的一个当儿子来养。""不嘛！"姐妹俩同时发出抗议。或许是母亲的提醒，以后两个女孩剪头发，偏要理一种样式的，头发长一寸短一寸都不行。母亲买来的衣服，也分不清谁是谁的。你穿两天，她也要穿两天。好像故意要混淆别人的视觉。在别人善意的模糊判断里，她们已找到一种潜在乐趣。

有天，姐妹俩玩耍，无意间打碎摆在桌上的一只花瓶。花瓶是亲戚送的。母亲喜欢饰物，从院子里掐一束花，插在花瓶里，一整个屋子都被映亮，母亲黯然的心也会被映亮。花瓶碎裂的声音惊得母亲后背一耸。待她回身看时，便看到两张同样惊慌失措的脸。母亲抖着气息问："谁干的？"两张脸互相瞅瞅，同时张了张嘴。母亲说："是谁？"其中的一张嘴张了张，刚想说点什么，另一张嘴却抢先开了口，并伸出指头说："是她！"挨揍是避免不了的。受惩罚的女孩边哭边委屈地诉说："不是我，真的不是我，是苏浓，是她想摸那只花瓶，不小心，打碎了。"事情过去很长一段时间，有天母亲心情不错，问两姐妹："说实话，花瓶到底是谁打破的。谁承认了妈奖她一块糖吃。"苏浓这才笑嘻嘻道："是我。真不打我？真要奖块糖吃？"糖要奖励，但手背还是要打的。母亲只是象征性地拍了一下那手背，便被苏浓机灵地躲过去了。糖在她嘴里啧啧有声。母亲看了看一旁的苏浅，她有些委屈，眼神黯然，母亲不忍心，悄悄在她手里多塞了两块糖。

事情一旦有了初衷，往往便形成了惯例。每当姐妹俩惹了祸，被指认的往往会是妹妹苏浅。但母亲慢慢也就有了自己的章法：苏浓越是狡辩，她就越认为所有坏事都是苏浓干的。但清官家务事难断，更何况对待两个少不更事的孩子。母亲对事端的评断，大体综合起来也是错多正少……到此时，两姐妹才在母亲的眼里渐渐露出了自己的底细，就像两种颜色：苏浓浓一些，活泼一些，机灵一些；苏浅浅一些，安静一些，木讷一些。

到了上学年纪，姐妹俩在外人眼里，更是难辨真伪。苏浓贪玩，成绩差；苏浅用心，成绩好。要强的苏家母亲对待姐妹俩的学习，向来是奖惩分明。有一次苏浓对苏浅说："考试的时候，你在卷首写上我的名字怎么样？要不这次妈妈绝不会放过我了。"苏浅眨着眼睛说："妈妈罚我了怎么办？"苏浓说："你成绩总那么好，差一次无所谓。"苏浅不语。苏浓说："用糖纸和你交换。我把攒下来的糖纸全给你。"那一次，苏浓逃过了责骂，妈妈看了看低眉顺眼的苏浅，叹口气，没说什么。由此姐妹俩的学习成绩也成了一桩奇怪的事。其中的一个是一忽儿好得不行，一忽儿又坏得不行。苏浅的成绩好，苏浓的成绩必然差。反之亦然。这很让母亲头疼。她认为自己的命不好。一个好孩子的福分，就这样被老天爷活生生分成了两份。

有天姐妹俩结伴放学。走到校门口，苏浅去上厕所。一个叫韩小桥的男孩从斜刺里闪出来。他红着脸看了一眼对面的女孩，把一张纸条塞到她手里。韩小桥跑走的样子有点滑稽。苏浓在他的身后喊："韩小桥，你跑什么？"韩小桥站住，冲她挥手，示意她看手中的纸条，然后书包拍着屁股很快跑得不见了踪影。苏浓想把那张纸条展开，有同学鱼贯经过，喊着她："苏浓，快点，梁燕她们要和我们比赛'跳房子'，去晚了就没你的份了。"苏浓应一声，慌忙加入她们的队伍。

回家时，苏浓想起了那张纸条。她借着微弱天光，把纸片展开，边走边看。那是韩小桥写给她的一封"情书"。"情书"这种事，在学校里已不算什么稀奇。大家公认的：李名已经和韩素梅好上了，梁燕在追求周可冉，刘文广与王翠玲有那么点意思……韩小桥算不上好学生，但长得人高马大。苏浓当即便有了些甜蜜的冲动。像她们这种年纪，并未彻底了解"恋爱"滋味，那公认的一对，只在私下里比较要好一些，互相借支笔，互相传个本子。那口口相传的"好"，仿佛只成了一种炫耀的资本：在女孩子中间，有男生喜欢着、保护着，是一件多体面的事……走进家门之前，苏浓难舍难分地又看了一眼那张纸片，但这一看，却叫她面色煞白。她发现韩小桥的信首写的竟是"苏浅"：苏浅，我喜欢你。你可能不知道。班里那么多女生我只喜欢你。你学习认真，克（刻）苦，是我的榜样。希望以后你能在学习上帮助我。我时刻都在注意你，大盖（概），这就是爱情吧！你喜欢我吗？如喜欢我，就告诉我。我给你一天考虑的时间。如果你愿意，明天放学后我在西门马（码）头等你。

毫无疑问，韩小桥将苏浓当作了苏浅。

苏浓无精打采迈进家门，看见苏浅正伏在饭桌上写作业。妈妈口里责怪着苏浓，怪她整天疯跑，一点不知道学习，饭都可惜了给她吃。苏浓将书包扔在炕上，满怀敌意地看了苏浅一眼。苏浅从书本上抬起头，对姐姐的敌视大为不解。苏浓便更为嚣张地盯了苏浅看。苏浓的嚣张是有着资本的嚣张。如果苏浅胆敢迎面与她对峙，她便毫不犹豫将韩小桥递错的纸片交给妈妈。还要免不了添油加醋一番：你看你的乖女儿，整天一副规规矩矩的样子，那全是装的！你看你看！人家小小年纪已经学会谈恋爱了。每天在学校里和男同学打得火热呢！情书满天飞，都飞错到我这里来了。

苏浅看了姐姐一眼，头垂得更低。

一整天苏浓都在关注着韩小桥与苏浅之间的微妙变化。她坐在苏浅与韩小桥靠后的位置。韩小桥在她前面隔了两张课桌，苏浅隔了四张课桌。苏浓观察起他们来方便得很。以前苏浓与苏浅姐妹俩同坐一张课桌。但老师分辨起来闹出很多笑话，情急之下便把姐妹俩调了位。韩小桥一整天都显得焦虑，他的心思完全没在书本上。课间他故意到苏浅那里借了支铅笔，苏浅一副为难样子。韩小桥也显得很别扭。苏浓看见韩小桥的鼻尖在冒汗。但苏浅最后还是很平静地借给了他。在另一个课间，韩小桥借还铅笔之机，又厚颜无耻地向苏浅借一块橡皮，苏浅皱了皱眉头。听到苏浓在后面语气尖利地喊：“苏浅，把我那块橡皮还我，我等着用。”

在接下来的课间，苏浓与苏浅形影不离，她要挫败韩小桥的信心。傍晚放学，苏浓看到既失望又满怀期望的韩小桥，伫足在校门口。向她们张望。

有同学喊苏浓继续玩“跳房子”游戏，被苏浓回绝。她督促着苏浅快快回家。那天妈妈去了外婆家。外婆病了。

苏浅写作业时，苏浓已经将妈妈留下的冷饭热好。她把饭菜端给苏浅，叫苏浅吃完饭再写作业。苏浓把好一点的菜全搛到苏浅碗里。像一个小母亲。吃完饭，又嘱咐苏浅别忘把鸭棚关好。然后说：“顺便把我的作业也写了。”苏浅问：“你去做什么？”苏浓说：“韩素梅家里出了点事，要我去帮忙。”苏浅说：“那你什么时候回来？”苏浓说：“很快就回来。”苏浅嘴里嘀咕道：“老是叫我替你写作业，我看考试时你怎么办。”苏浓说：“你别不知好歹，叫你替我写一遍作业，不是更能提高你的学习成绩嘛！”

走到门口苏浓又折回，对苏浅说：“把你那身衣服脱下来。”那衣服是质地好一点的衣服，按惯例，应该是苏浓明天才穿上身的。苏浅向来对苏浓的尖刻不斤斤计较，当下便顺从地脱了衣服，对出了门的苏浓说：“你早点回家啊，天黑了我怕得很。”

米镇的傍晚向来阒寂，昏蒙使那长长的巷子显得愈发幽深。苏浓走在那巷子里，她的手懒散地插进上衣口袋。心里忽然很别扭地涌上诸多思绪。她想若苏浅走这样一条巷子，必定是庸懒而慌乱的。但苏浓已经做好了应付一切的准备，她便一点也不慌乱，反倒走得无比轻松和随意。巷口有拿了蒲扇的老头老太太在乘凉。戴斗笠的渔夫肩一双撸，鱼鹰在撸的两端一边呆了一个。与苏浓错身而过时，鱼鹰站立不稳，抖了抖翅膀，水珠溅在苏浓脸上。苏浓“啐”一口。她怀着一种恶作剧的心态，想那个韩小桥会不会将自己识破？若识破，她便要狠狠教训他一番，警告他以后不要骚扰自己的妹妹，若识不破呢？苏浓又笑了一下，心里陡然升起一丝紧张。

韩小桥百无聊赖地呆在西门码头的石埠上。他已经向西津渡的水面打了不下五十个水漂。他书包里的瓦片所剩无几。那些水漂就像他此时的心情：起初威风凛凛在水面上滑翔着，像一条撒欢鱼类，却最后逃不脱葬身水底的命运……他对黄昏中出现的女孩心理上准备不足，身体斜着僵硬在那里。“你来了？”韩小桥手握着瓦片说，“我以为你不来了呢。”韩小桥把肩上的书包正了正。黑暗模糊了女孩的脸，她亦步亦趋从石埠的顶端走下来，走得雍容而沉着，仿佛完成着某种圣洁的仪式。

“苏浅……”韩小桥又这样仓促地叫了一声，便没了下文。两个少年男女一上一下分坐在石阶上，默默看着黄昏中西津渡的流水。那最后一点天光在河流的中部破碎了一下，天便完全黑了下去。

不知从何时，苏浓觉得她与苏浅成了浑然一个整体。这种感受大概缘自与韩小桥黄昏中的第一次约会。那种感觉既掺杂了一份美妙，又夹杂了一丝痛楚。韩小桥无意中恍惚了一对双生姐妹的内心。他把白天的那份感觉附着在苏浅身上，而在傍晚，却又与苏浓完成着一次次隐秘约会。他们的身影遍布米镇的东西门码头、简陋的职工俱乐部、杂草丛生的城门古墙。韩小桥从那迷离的气息中已嗅出一丝异样，但他无力分辨。因为他们拉过手，并且练习了成人间的接吻之后，女孩忽然很严厉地告诫他："在学校里我们要装出互不来往的样子。不然的话，我再不理你。"

冬天，天气异常寒冷。这天上课铃声响过之后，几个男生将捅火炉的铁通条插进炉火，将它烧热，然后摆在炉灶上，仓促跑回座位。教语文的赵连成老师进来，对学生班长喊出的"起立"声不太感兴趣，只是从患了感冒的鼻腔里挤出一句："坐下。"便走到炉灶边。

他家里穷，整个冬天都会对那大块的煤炭情有独钟，进教室抄铁通条"哐哐"捅炉火，将煤炉捅得上气不接下气，已成他的习惯。学生们稀里哗啦坐定后，他又走到炉火边。

教室里陡然响起一声惨叫，是赵连成老师发出的惨叫。有嗅觉灵敏的学生恍惚间闻到一股只有过年才可闻到的燎猪皮的香味。赵老师护着右手，一双眼睛通红，声嘶力竭地叫："谁干的？谁！他妈的给我站出来。"

那个上午从学校操场经过的米镇人看到一个奇怪的情形：一帮男生面对面站成两队。一队男生整齐划一地伸出左手，挥动胳膊将巴掌掴在对面男生脸上。接下来，另一队男生又整齐划一地伸出右手，像是报复，又像是得到指令，统一将巴掌掴在对面男生脸上。米镇人看到这里好奇地笑起来。想这帮学生在做什么稀奇古怪的广播操？动作蛮归整，蛮有条理的。便很有耐心地多看了几眼。但接下来那些男生互抽耳光的动作就不太优雅了：一个抽得比较重，另一个就更加重地还过去。一个男生脸上流了鼻血，几个男生当场哭起来。米镇人摇头想：大人花了钱是叫他们来读书的，却怎么练起掴耳光来了？

学校里混乱得很。年终评选三好学生的活动又开始了。赵连成老师开始找个别女生到他宿舍谈话，自从有了铁通条事件，看来今年的“三好学生”是没了男同学的份儿了。这一天，苏浓被赵连成老师叫到宿舍去谈话。她回到教室时脸出奇地红，偷偷看了韩小桥一眼，心里有了别样的想法。

下午的最后一节课，苏浅因一件小事和同桌的刘文广吵起来，起因是苏浅的胳膊无意间越界，刘文广用笔尖扎了她。赵连成老师毫不客气地将刘文广踢出教室。刘文广离开课桌时满不在乎的样子，对趴在课桌上轻声哭泣的苏浅做着鬼脸。赵连成老师说：“别哭了，跟我到宿舍去一趟。”

苏浓坐在位子上，她把脸看向窗外。见赵老师宿舍的门紧闭着，心当下悬空起来。她仿佛看见一双男人的手搭上苏浅肩膀，仿佛劝慰似的，又似是抚爱。那手在肩头停一会，又转变方向，朝苏浅的前胸探去……当那双手摸到苏浅已经发育起来的胸部时，苏浓的身体忽然颤抖了一下。她想起自己当时的表现：没有尖叫，没有抽泣，只是不解地抬眼看了看那张丑陋的脸。她的脸迅速红了，怪异地笑了一下……说不定苏浅会惊叫起来的！苏浓这样担心着。这样想着的时候，果然看见宿舍的门被撞开，苏浅小小的身体从门内弹出来。她在轻声哭泣，她跑过荒芜的操场，也未止住那哭泣。她坐在位子上，仍在哭泣。脸伏在课桌上，瘦小肩膀一耸一耸，不知是因为惊恐，还是委屈。苏浓的心也就跟着难受起来。

也就是在第二天下午，赵连成老师布置作业，又点到苏浅的名字。苏浅身体一抖，从位子上不情愿地站起来，声音细细地说：“我不去。”赵连成老师表情复杂，疑惑不解地问：“你为什么不去？老师做你的思想工作，你为什么不去！”赵连成老师的神情里充满了严厉，又摆明对某种事情不太放心的焦虑。“你自己有错误你都不知道，老师帮助你你都不知道！”

“我不去！”

苏浅摇着头，眼里布满惊恐。

所有学生都有点紧张。赵连成老师很快将苏浅拽出教室，他们听到苏浅声嘶力竭的叫骂声。苏浅骂了赵老师！她不但骂了赵老师的妈妈，而且还骂赵老师是“流氓！”大家想不到平日里老实安静的一个苏浅，竟然会有这么大的胆子。后果是相当严重的。赵老师的拳头捣在苏浅身上。苏浅像一片树叶飘了出去。

殴打起到相反作用。赵连成老师希望借助暴力来浇灭苏浅的谩骂。但暴力却像汽油泼在一堆慢慢沤燃的野火之上。苏浅失去她平日里的端庄，她面庞扭曲，口角纷飞。叫骂声愈发令赵老师收不了手：如果他不责罚她，他就太没面子。刚刚下过一场细雪。细雪铺在校园里，铺在用砖头垒起的乒乓球台上、铺在简易的篮球架上、铺在两棵树中间拴起的木秋千上……苏浅倒下，又爬起来；爬起来，又倒下。雪地被她弄脏，印出一串凌乱、挣扎的痕迹……所有同学都屏住呼吸。他们听到苏浓在教室里失声痛哭。一个瘦长男孩的身影忽然弹起来。他以风一般的速度拉短操场与教室的距离，子弹一样射到赵老师身上。

是韩小桥。

韩小桥的加入使场面有了一些乱战的意味。本来赵老师的拳头已没了分量，捣在苏浅身上只是成了维护他尊严的一种象征。但韩小桥的加入出乎他的意料。他扑到赵老师身上，手脚并用。像是一条粘住他身体的蛇。赵老师气急败坏，使出重拳，一掌将韩小桥捣翻。韩小桥扑倒的姿势极为丑陋，像一块遭人遗弃的破抹布。却又迅速积攒力量，演变回子弹。这次他出了狠招，动用了牙齿。赵老师连声惨叫，甩着胳膊，一肘正捣韩小桥面门。

苏浓张大了嘴。看见鲜血从韩小桥的鼻腔里喷溅而出，模糊了他的脸。然后又滴淌在雪地上，如残败的梅花。苏浓想：那血，是奉献给苏浅的，也是奉献给她苏浓的。

苏浅在一旁睁大了眼睛。她惊讶地看着血流满面的韩小桥。

苏浓、苏浅两姐妹，在韩小桥眼里变得越发模糊。那天下午，他尾随着两姐妹的身影，看见其中一个在向另一个解释着什么。而另一个闷头走路，不发一言。她们重叠的身影很快划过幽深的街巷，消失在巷子尽头。韩小桥一拳捣在老房子的砖墙上。又迅速弹回手，疼痛使他面孔扭曲。他嘴角的伤口有一块青紫，涂了红汞。眼眶也是乌青的。那一晚他溜达到西门码头，转到天黑，也未见码头上有一个人影晃过来。韩小桥的心里是矛盾的，又是轻松的……韩小桥以前并不是一个特差劲的学生。但那件事发生以后，一直到转学，韩小桥都变得一蹶不振……偶尔看到前排桌那个女生的后背，他就会陷入迷离状态。老师叫他听不到。等老师的粉笔丢过来，弹在额上，他才有所惊觉。所有同学都在哄笑。那个女生也扭过头，表情复杂地看他一眼。韩小桥仰着印了白斑的额头，愣愣地将那目光迎住。

三

远远的，苏浅便看到米镇参差的灯火。他们坐了一夜火车，第二天上午十点多又坐上通往米镇的长途汽车。火车上周自明极尽照顾之能事，执意要去八号车厢补两张卧铺票。见苏浅一脸冷淡，周自明说："没关系，花我的钱……你觉得不妥，呵呵，从我工钱里扣也行。"苏浅是不大可能和周自明同去睡卧铺的。她经不住疲惫，夜半睡去，醒来发现头枕在周自明怀里。而熟睡中的周自明就像长了眼睛，专门寻了苏浅躲开的肩头做依靠。苏浅推了他几次，无奈，只好任由他婴儿一般睡在自己肩上。班车上，周自明还在瞌睡。苏浅心思烦乱，唯恐遇到镇子上熟悉的人，却又巴望着能碰到一个。但一车人她一个也不认识。所有人都在操一口米镇方言讲话。苏浅想：以前那么小的一个镇子，怎么冷丁冒出这么多不认识的人来？

周自明有点沮丧。从下了火车他便迫切想找一家旅店补觉，倒并不是对苏浅揣了怎样的心思。他是真困。临出门赌了将近一夜，两个晚上下来也没好好睡过，怎能扛得住？接近桃花坞，苏浅摇醒了再一次瞌睡过去的周自明，操了米镇方言让那车子停下。从桃花坞下车，走将近一里路，便会搭到通往西门码头的驳船。以前米镇人出门或是回乡都是如此赶路。苏浅与周自明在岸边等了近一个小时，也不见一条船过来。更为奇怪的是，一个等船的人也不见。无奈中苏浅朝四处张望，见离此不远的一段河岸上有老者在垂钓，走过去向他问询。老者说："船七八年前就不通了。西津渡上架了桥，省工又省力，跑船的艄公都做货车司机去了。"

这样当他们走进米镇时天就完全黑了下来。苏浅趔着步子走路，觉得是把那生活过将近二十年的镇子走错。道路是有些发虚的宽，两边铺子被所有高楼填充，一簇的灯红酒绿。和她生活的城市没多大区分。只从那斜刺里响起的卖豆腐的梆子声是熟悉的。梆子是将小腿粗细的树干镂空，木槌击打在空壳上，声音难得地脆亮，是米镇特有的音色。踏三轮的车夫轮番来问他们要不要搭车。苏浅木着一张脸，摇头。周自明抽着烟，一脸狐疑跟在她身后走。越发觉得这女人不可思议。一直穿越大半个镇子，记忆中的街巷才闪现出来。看到老街巷苏浅暗自松一口气，脚下步子加快，险些走丢了身后疲沓的周自明。街巷沧桑成旧式相机底片的模样，拆得千疮百孔：一溜顺延的砖墙，石级，凉台，冷不丁就会出现一个缺口，一幢贴了马赛克瓷砖的楼房鬼头鬼脑探出头来。拐进自家巷口，苏浅恍然觉到自己的荒唐：如果是专为苏浓的病情而来，何不打一个电话？到市里的某家医院去见苏浓便是。从报上得知，苏浓此时正在市里的一家医院，靠药物来打发苟延残喘的生命……苏浅吞咽了下口水。她饿，并且累得不行。一抬头，见自家窗口亮着灯，神情为之一震。对周自明说："你在外面等我。"

推开院门，上台阶，屋门是虚掩的，苏浅掀开门帘，见一个三十岁上下的男子正在屋子里赤膊喝酒。方桌摆在屋地的当中。他喝得满头大汗。桌上有一只酒杯，一碟豆酱，几头白蒜。炕上，一位和他年龄相仿的女子，正裸了胸奶孩子。双方都有些惊诧。先是那男子抹了一把汗说：“找谁呀？”苏浅也愣住。嘴里低喃着：“你们……”男子从方桌边站起来，他看苏浅，觉得这女子衣着光鲜，像有身份的人。便柔和了口气问：“你有事？”苏浅说：“这是我家呀。我回家……”炕上的女人发话了，她似是对所有穿着光鲜的女人都有成见。她把熟睡的孩子放枕头上，说：“你家？你别是走迷了路吧！”

好半天苏浅才弄明白这男女的来历，原来是来米镇做小生意的山里人。租住这幢房子已近三年多时间。从未见过房东的面，每月只是把房租交到隔壁曹大爷手里。

苏浅坐在门前的石阶上。她蜷起身子，把小腿搭在旅行袋上。她的小腿微微有些浮肿。每次旅程，稍有劳顿，她的腿就会这样微微浮肿起来。她用手揉着困顿的脚踝，身子忽地塌软在撑起的双腿上，不觉间泪流满面。周自明站在她身后，焦躁地吸烟。

就像很多年前的那个晚上一样，隔壁的曹向海斜披着衣服，匆匆赶来。只不过在这样的匆匆奔走间，他恍然老去太多。他是被租房的男子喊过来的。时光一瞬间仿佛在倒流，他分不清蹲在石阶上的这个女子是苏家的哪一个丫头，他记得多年前他于夜色中赶来，苏家的门前也是坐了这样一个女子，他还问了一句：“是老二还是老大？”但现在他紧走几步，躬身蹲在女子面前，急切地问：“真的是苏浅吗？”

苏浅愣愣地看着他。拭去嘴角的泪水，轻轻点了点头。

曹向海呻吟般叹息一声，说：“你可回来了，这么多年你去了哪里？”

苏浅依旧是愣愣看他。曹向海的话像蛊语，令她恍惑。她想自己去过哪里？好像哪里也未去过。就像多年前的夏天，她坐在门口等晚归的母亲回来；而许多年之后，她仍然这样坐着，等着。

曹向海说：“你知不知道你姐姐苏浓在四处找你。”

“不知道。”苏浅脱口而出。她被自己的话迷惑了。

曹向海有些失望地说："我以为你看到报纸了呢，才赶回来的。"曹向海说："你姐姐出了大事了，她得了快死的病了，等着你去救呢。"

苏浅问："她怎么了？"

曹向海说："得了败血症呗！快要了命了！……还坐这里干什么？快跟我回家，我这就给你姐夫打电话，告诉他你回来了。"说到这里曹向海抬起头，这才发现站在一旁的周自明，问："这，这是？"

苏浅看了周自明一眼，说："我丈夫。"

四

多年前曹向海也是这样匆匆走在夜色里。他匆匆走在夜色里只是想把一则相亲的消息转达给苏家姐妹。作为苏家多年的旧友，许多年来曹向海从未中断过对苏家的帮助，在米镇的街谈巷议中，赢得了不错的口碑。

那几年苏家麻烦不断。先是苏家寡母晕倒在巷口，患上败病。所谓病来如山倒，说得一点也不错。你比如说一个家庭谁染了重疾，生活也就随之像山一样塌下来了。苏浓、苏浅两姐妹毕业在家，都没啥大出息。有街坊来看患病的苏家母亲，病中的老女人免不了唉声叹气，说："这两个丫头可愁煞我。"街坊说："两个姑娘两朵花，你愁什么愁。"苏家母亲便直接把话引入正题："看看镇上有没有合适的人家，赶紧替我张罗张罗。"街坊说："你要沉住气，依你家姑娘的模样、品行，只怕要多准备几付门槛才行。"苏家母亲撇嘴："家家有本难念的经……我这一病，还烦你们替她俩张罗呀，如能寻上对象，我死也就瞑目了……"街坊赶紧将话头打住，说："壮实着呢，将来还要抱外孙呢。"苏家母亲眼里汪了泪，抓了街坊的手说："你别老是打哈哈，看看有差不多的，先替我家二丫头张罗张罗……"

苏家母亲之所以对苏浅比较上心，街坊四邻心知肚明。

俩姐妹同样的漂亮，但站在一起，成色却自不待说。苏浓出脱得越发娇艳，人前一站，说是说，笑是笑，活脱脱一个苏家母亲年轻转世，透着一股机灵与练达。而苏浅则不同，有点蔫，出家门贴了墙根走。脸上整日霜打过一样，寡淡得很。街坊议论说："这丫头脾性是不是随了她那死亲老子？""是有一点点像，却又不全像。小时候也是蛮机灵、蛮活泼一个小姑娘呀，自从学校里出了那件事，小姑娘就像换了一个脾气。""出了哪件事？""你是真不知道还是假不知道啊？就是乳房被人摸那件事嘛！受刺激了。""喔，想起来了……女孩子家，务必要看严看牢。那些东西就像一个蜜罐子，嫁了人方能启开。早不得晚不得，早了晚了都会变味道。"

苏家母亲的身体像是一株夏季植物，随着冬天的到来，慢慢耗干水分。水米不进已经有几天了。医生说想吃点啥就给弄点啥吧。人活得没意思，平日里都是在跟嘴巴较劲，快死了，不但松了那股劲，反倒谄媚起嘴巴来了。苏家姐妹倾尽家中所有，给母亲买来自认为最好的东西——鱼呵肉呵，并杀了家里养的一只母鸡。苏家母亲看到端上来的佳肴不禁抚床痛哭，说："我这次真的是要死了，这么好的东西都下不去口。"苏浓、苏浅跟着在一旁痛哭。苏浓说："妈，你想吃点什么，我去给你弄。"苏家母亲说："我想吃一根夏天的冰棍。"正是冬天，夏天的冰棍虽没得卖，但冻一块冰还算容易。苏浅便拿开水兑了些白糖，放在外面，一夜冻成冰块。苏家母亲啧着嘴吃了几口，却摇头说："没有夏天冰棍的味道。"苏浅问："妈你还想吃点什么？"苏家母亲想了想说："我想吃酸梨。"自母亲病倒，家里财政多是由苏浓掌管。苏浓去街上转悠半天，回来对母亲说："商店里酸梨都卖完了，要等下午货才能到。妈你忍着点，晚上就能吃到酸梨了。"到了下午，母亲似乎是把酸梨的事给忘了。倒是苏浅记得，一劲催姐姐去买酸梨。苏浓嘴上应着，屋里屋外乱转。曹向海的老婆来苏家看病人，把俩姐妹叫到僻静处说："看你妈这样子，后事该置备就置备吧。"苏家姐妹听了这话又是哭。倒是苏浓坚强一些，说："我们年纪小，置备什么也不清楚。"曹向海的老婆说："等下你曹叔出差回来，明后天我叫他带你们去买。"曹向海老婆走后，苏浓把家里盛钱的包裹拿出来，唤来苏浅说："家里一分钱也没了。"逢到这种事，苏浅只知垂泪。苏浓看得心烦，便说："好了好了，等曹叔回来再说吧。不行的话我去借一些。"

晚上苏浓出去，夜半归来。披了一身寒气。酸梨是用外罩兜回家的。黄橙橙的皮，坠了类似姑娘脸上雀斑样的暗点，看了就招人口水。母亲半夜醒来，苏浅给母亲洗了一个。苏家母亲懵懂着问："哪来的酸梨？"苏浅说："我姐给你买回来的。"苏家母亲又问："你姐呢。"苏浅拿眼看了看炕脚，说："我姐睡了。"

酸梨好像缓解了苏家母亲的病情。精神了一上午。当吃到第五个酸梨时，苏家母亲忽然灵动了眼对陪护一旁的苏浅说："去，叫你姐给我买几个柿子去。要冻的，冻成冰疙瘩那样的，含在嘴里瓦凉瓦凉的。"苏浅跑到外面找苏浓说："姐，妈说想吃冻柿子，你去给她买。"苏浓进屋，笑着对母亲说："又想吃柿子了啊？"苏家母亲恶了眼说："是呵，你还舍不得买给我吃啊！"苏浓被母亲的话逗得眉眼里全是笑，说："妈，除非你想吃天上的星星，你闺女做不到。不就柿子吗？保准让你吃到嘴……"苏家母亲说："那你就快去给我买。"苏浓看了苏浅一眼，说："现在水果紧张，商店里一般都是下午到货。妈，你只能等到晚上吃了。"苏浓下午又出门，很晚还未回来。母亲馋得心焦，恶了脸骂："死丫头，你妈快死了还有心思在外面疯……"苏浅在一旁劝："妈你别急，我姐姐准是等着给你买柿子呢。"

苏浓回来把浅睡中的苏浅给弄醒。她用肩膀拱开门。先是探进一个头，苏浅方知道外面下雪了。苏浓头上身上坠了雪。一张脸冻得通红。柿子又是用外罩兜回来。小碗口大，红彤彤，屁股上带着枝梗，枝梗上还结着干黄的叶片。果然冻得冰块一样结实，摆在床板上"咣咣"硬。苏浅当即拿了水瓮去外面打了冰水。把柿子放进去。冰水浸润着柿子，不一会果实的外皮便护了一层冰。拿手摁摁，越发坚硬。等敷到火候，把母亲叫起来，从水里拿出一只冰柿子，在床沿上磕磕，冰壳蛋皮似脱落。那柿子托在掌上，又绵又软。

苏浓天不亮就出了门。随同曹向海去寿衣店给母亲置备装裹。米镇人好像有一种风俗，置备寿衣要在天光早一点的时辰，具体的道理又没人说得清。苏浓与曹向海办完事，踏雪而归。一进巷口，却见围了很多人，吵吵闹闹。见苏浓回家，苏浅惊恐地叫一声："姐。"便低了头，没有话说。

"曙光"商店与苏家隔两条巷子。店主名黄胖子。黄胖子嗜睡，顾客每去店里，大都照不见他面，遇到了也是一个睡眼惺忪的黄胖子，打着连连的哈欠，松松垮垮给大家从货架上拿东西。店一般由黄胖子的老婆打理。这一大早夫妻俩不看店，倒气势汹汹跑来苏家闹事。只听黄胖子的老婆骂黄胖子："整天就知道睡，好像瞌睡鬼托生。白天睡了晚上还要睡，睡到贼把店子搬走都不知道。"黄胖子在一旁委屈地说："前天早晨我看见店里的窗纸破了，以为是猫闹夜抓破的，也没往心里去……"黄胖子不善表达，几句话说得脸面赤红，他老婆接过话头说："今早黄胖子起来，见院子里有一行脚印，黄胖子去跟我打听，说晚上有没有人到咱家里来。我就骂黄胖子，有没人来你还不知道，老娘就睡在你身边，这要是你晚上不在，老娘还要背一个偷汉子的骂名不成？黄胖子到店里，见白天糊过的窗纸又被捅破，地上还有带雪的脚印。黄胖子拉开钱柜，我的妈呀——昨天卖货的钱全都不见了。""还有好几斤柿子不见了，我刚进的货。"黄胖子又接过话说。他们两口子像是在表演双簧："多亏下了这场大雪，若没有这场大雪，就是神探也休想把这案子给破了。我叫上我老婆，觅着脚印，就找到这里来了……"黄胖子说的眼睛一亮一亮。"事情清楚得很，没有贼半夜三更会走错他苏家门……"黄胖子的老婆说到这里把目光投到苏浓、苏浅俩姐妹身上，"说，你们两个人谁是贼！"

大家跟着黄胖子的老婆一并把目光转过来。

苏浓脸上是一副高傲的、平静而不可侵犯的表情，她扬起下巴，似乎想辩解点什么。而此时的苏浅目光却一路委顿下去，她瘦弱的身子也跟着怕冷似的，轻轻颤抖起来。苏浓的话还未出口，黄胖子的老婆便扑上来，是冲着苏浅扑上来的。她一把薅住苏浅的头发，嘴里骂着："骚×！做贼你也不选个地方，竟偷到我家店里。你看我们挣个钱容易？起早贪黑的，我们开这个店欠了一屁股债，我儿子有病，这全镇子的人都知道，我们挣的那是救命钱……"黄胖子的老婆一边骂一边将耳光扇在苏浅脸上，她越说越激动，竟嘤嘤哭起来，好像受了莫大委屈。

苏浅倾歪着身子。不叫喊，不挣扎。黄胖子的老婆撕扯她的头发，她便伸出两臂护住头发；黄胖子老婆抽她耳光，她便伸出两臂护住脸。血从苏浅的鼻腔里流下来。她的脸色苍白，凸显被巴掌抽过的指印红。

母亲死后，苏浅越发委顿。有天曹向海来苏家，见只有苏浅一人在家，便笑咪咪地对苏浅说："你是苏浅吧？"那个时候街坊邻居大多识得苏家两姐妹了，不单是性情上能分得开一些，就连体貌特征也发生了一些变化：苏浅是长发，而苏浓则剪了时髦帅气的短发。曹向海这样问，就好像是有什么好事要告诉她，故意卖关子。苏浅说："是我。"曹向海笑咪咪打量了一番苏浅，说："好，难怪有人就忘不掉这么俊气的丫头。"曹向海话说得突兀，让苏浅很奇怪，不禁用诧异的眼神看他。曹向海哈哈大笑，说："苏浅呀，有人托我来说媒，你猜猜是谁啊？"

过去了很多年。韩小桥就像从天上掉下来一样，就像来解救生活中困顿无望的苏浅一样。自他转学走后，他们再未见过面。从曹向海口中，一个活生生的韩小桥又辗转而来：韩小桥在外地一个亲戚家读完中学，又顺利考上一所师范学院。现在韩小桥在一个乡镇工作。依照曹向海的话讲：这个韩小桥可是有着无量的前程。他舅舅在县城里面做事。"别看现在在乡下，那可是镀金呢。"曹向海这样神秘地说。"如果这门亲事成了，我脸上有光。你九泉之下的父母，说不定也会感谢我呢！"

临走时曹向海这样说。

相亲定在了九月九号，也就是三天后的一个下午。相亲地点选在民政局院内一幢简易的筒子楼里。之所以选在这样一个地方，据说是韩小桥借回县里办公事之便，顺便看一下。“相什么亲哦，我们是老同学，又不是外人，叙叙旧吧。”这是韩小桥说的话。他以前有点沉默寡言，现在却变得话锋机健。他送走说完两句话便借故走开的曹向海，又对欲转身出门，陪苏浅来相亲的姐姐苏浓这样说。

他有了很大变化。不但个子长高，也壮实了。举手投足间透着一种练达。苏浅抬眼看他，见他下巴铁青，这么年轻就刮了胡子，并且是络腮胡子。和姐姐苏浓说着话的韩小桥，此时正巧把目光投过来，与苏浅的目光相遇，韩小桥笑一下。苏浅一阵慌乱，慌忙低下眼睛。

阳光热烈，照在窗台上，照在一盆君子兰上，将那深蓝色的叶片衬得越发浓郁。而临了阳光的那一面，则透着一种浅颜色的黄。整幢楼里没有一点声息，偶尔能听到从楼道里传过来的说话声与踢踏脚步声，是鞋钉打着水泥地面的声音，脆亮、高昂。苏浅拘谨端坐，手不时搅着围在脖子上的一条红纱巾。她之所以觉得别扭，是因她坐的位置。作为主角，她理应坐在这么一个位置上。苏浅坐了靠写字桌的一把椅子，而苏浓则坐在右手的一张单人床上。韩小桥呢，就站着，身子斜斜地倚靠着写字台的一个边角说话。是隔了苏浅，在与姐姐苏浓说话。苏浅坐在这么一个尴尬位置上，感觉到他们的话语像是拖了尾巴在她的面前飞来飞去，她一句也抓不住，一点也插不上话……阳光是会走动的，不多时便爬到写字桌面摆放的两只白色水杯上，前端的杯沿颤动了一下，仿佛发出一声细微的轻响，瓷胚在阳光里变得越发薄，有了一种晶莹剔透的效果…… 一只手忽然抓住那杯子，杯的下缘顷刻间黯淡下去，那手像是弄痛了它。“……刘文广，刘文广你还记得吗？”是在问苏浅。他们好像谈得很开心，苏浅抬起头，看着韩小桥那张灿烂又有些陌生的脸。韩小桥想倒水给姐妹俩喝。见苏浅郁郁寡欢，便引了话题过来。苏浅嗫嚅着，她抓不住话头，只好把迷惑的目光投向苏浓。刚想说点什么，门在此时却被推开。

进来的是一对青年男女。男的拄双拐，脸上洋溢着幸福的喜色。女的搀扶着他，脸上密布着准备为某件事献身的愁云与决绝。男的问韩小桥："取结婚证是在这儿吗？"韩小桥笑容满面地看着他们，问："取结婚证啊？"男的点头，示意身边的女的从包里往外掏各种证件。不想韩小桥却说："在楼上，你们走错了。"男的"哦"一声，很艰难地转过身，由女的搀扶着走了出去。

接下来的话题便被这两个走错门的男女所取代。他们猜测着他们婚姻的由来及走向，不时会发出笑声。有了这件事情作为衬托，韩小桥与苏浓的交谈更趋于热烈。作为苏浓，本着陪妹妹来相亲的目的，为了气氛不至于太过沉闷，努力迎合着韩小桥的话题，满面绯红地抿嘴笑着。

多年前的那个夜晚，曹向海急匆匆走在夜色里。他急于将相亲的结果告诉给苏家姐妹。拐进巷口，见一个女孩坐在夜色中的石阶上，便咳嗽一声，问："你是老大还是老二？"那女孩站起来，说："是曹叔啊！我是苏浓。"曹向海便抖了抖滑落肩头的上衣，将那相亲的结果告诉了她。

消息经由苏浓的嘴，转达给苏浅。苏浓对苏浅说："韩小桥没看中你。他说这么多年没接触了，每个人身上都发生了很大的变化。他觉得，跟你在一起有点不合适。"

苏浅听着，夜色里看不清她的脸。

过了好半晌，苏浓又说："他喜欢上我了。"

苏浅仍是听着，夜色里看不到她脸上的表情。

苏浓说："没办法，我们必须尽快把自己嫁出去，不然这个家就快撑不住了。"

苏浅叹口气，好半天才说："我们是姐妹。他不喜欢我，你就这样甘心嫁给他？你让我以后怎么见人，你让我还有什么脸面……”

苏浓也跟着叹了口气，幽怨地说：“机不可失，失不再来。我不嫁给韩小桥，总会有人要嫁给韩小桥的。我不嫁给韩小桥，就会丢掉一个改变我们命运的机会。”

五

接到曹向海打来的电话，韩小桥匆匆赶来。

韩小桥胖了，头发也谢了顶。脸上的气色看上去不太好，但不太好也掩不住他那养尊处优的身份。他同周自明握握手，又顺便同曹向海简单聊了几句，便对苏浅说：“我们走吧。”

在车上，司机问韩小桥：“韩局长，我们去哪儿？”韩小桥说了一个宾馆的名字。然后转头说：“天太晚了，咱今天不去市里，暂且在这儿住一晚。明早过去。”苏浅与周自明拥坐在昏暗的车后厢。周自明无意间握住了苏浅的手。虽然在来时的火车上一切都交代得很清楚，但苏浅方才的介绍，还是让周自明很受用。周自明是下意识握住苏浅手的。但想不到的是，苏浅反倒很乖顺，把头靠在他肩上。她确实有些累。从坐上火车，苏浅便细声对周自明讲述了自己同姐姐间发生的故事。起先她似乎有些难以启口，但禁不住周自明的盘问。这就像一个游戏的开始，你不把游戏的规则与禁忌透露给参与游戏的人，游戏又怎么进行下去？苏浅最后正告周自明：“我叫你来，主要是怕被姐姐瞧不起。你要注意自己的身份。”周自明连连称是。却有些不平地说：“你姐姐够可以的，竟然这样对待自己的亲妹妹……”苏浅说：“我们姐妹间的事，你还是少说话为好。”周自明说：“要是我，才不会去救她！”说到这里，周自明忽然想起了什么，问：“你姐姐现在过得怎样？”苏浅摇头，说：“从离开家就没联系了。”周自明吐了串烟圈，“如果你姐姐过得落魄，回去正好可以气气她，咱们毕竟是成功人士嘛！呵呵……如果她有钱，你就跟她要一笔钱，当作补给你的损失费！”周自明说得暗自得意。不想苏浅白他一眼，将脸扭向窗外，再不理他。

轿车内很安静。为了不使气氛太过沉闷，韩小桥说："我昨天还在医院陪你姐姐，今天恰巧有个会，就回了县城……”借着车窗外的灯光，韩小桥看到后面两人亲昵的样子。韩小桥忽然想起什么，问："你们还没吃饭吧？”周自明马上端正了身子说："没有，他妈两天都没吃过一顿正经饭了。”韩小桥“咳”一声，说："看我！一忙把什么都给忘了……那咱先去吃饭。”

酒店的名字没怎么留意，苏浅倒记住了那雅间的名字，叫做“浓淡相宜”。韩小桥边脱外衣边问服务员，“他们那一桌喝完了吗？”服务员说："还没有。”韩小桥对司机说："小李，你先过去，替我招呼一声。”转头对周自明略含歉意解释道："县里的几个局长，酒刚喝了一半……”苏浅接话说："你太忙就不用陪我们……”韩小桥笑着，边给周自明斟酒边说："这什么话……”酒是好酒。周自明平生都未喝过。他搓着手，露出一副小家子气，把苏浅为他设计好的小公司经理身份忘了个精光。他连干三杯。韩小桥不胜酒力的样子，却架不住周自明豪饮的热情，斟满了第四杯。酒杯在手，韩小桥面对苏浅，感慨道："苏浅，出去这么长时间，也不和家里人联系。”

苏浅正低头吃饭。听了韩小桥的话，略微一愣，认真打量了韩小桥一眼，也不回话。周自明接话说："我老婆忙啊，公司有一半事情都要她管，我有时出差，整个公司的事情都要靠她！她平常也老念叨你们，说有时间要我陪她回来看看姐姐姐夫……”韩小桥听罢笑了，说："是呵，是呵？那就好，那就好。”周自明说："俗话说骨肉至亲嘛！她怎么能忘得了姐姐、姐夫……”说到这里周自明擎着酒杯，说："韩哥……姐，姐夫，来，我代表苏浅，敬你一杯，表达一下我们夫妻俩对你的敬意！”韩小桥也站起，随声附和："好！”

“我姐现在怎么样了？”苏浅终于说话。

她的话立即让桌上的气氛凝重。韩小桥坐回椅子上，叹口气道：“化疗，维持。联系过几例骨髓捐献者，都配不上型。苏浅，你再不回来，你姐姐命就保不住了。”苏浅说：“那我的骨髓就肯定能和她配上？”韩小桥说：“能！我跟医生打听过，孪生姐妹，肯定能……”韩小桥点支烟，“你姐姐一提起你就哭个不停，我说登报找你，她不太积极……我是瞒了她找的记者。”苏浅问：“她知道我回来吗？”韩小桥说：“我还没告诉她，怕她情绪激动……”

手机响了。

韩小桥边说边对苏浅与周自明做了个手势，退身走出去。周自明还在独饮。他情绪亢奋，悄声对苏浅说：“你这姐夫是个局长！听人说，现在县里面一个小局长可牛逼着呢！你看进酒店，就跟进自己家一样……”此话恰巧被身旁的服务生听到，服务生笑着说：“酒店就是我们苏老板的，可不就是他自己家的。”周自明瞪大眼睛，问：“是吗？”服务生拾掇着桌上的蟹壳，说：“是啊，这是城西的一家，城东还有一家宾馆呢。”周自明意味深长地看苏浅一眼。等那服务生出去，周自明压低嗓音说：“苏浅，我看你算盘打错了。”苏浅表情淡然，不解地问：“怎么错了？”周自明说：“你雇佣我是对的。但我们应换个身份……”周自明说到这里掀了掀西装的下摆，那身西装经过两个昼夜的搓弄，已没了一点挺括的意思。周自明暗笑一声说，“嘿嘿，你应该把你那身小保姆的衣服穿回来，我呢，应该跟踏三轮的师傅借身衣服。我们应该说，我俩都没工作，你做钟点工，我踏三轮跑出租……”苏浅瞪了他一眼，问：“你什么意思？”周自明说：“这肯定要比什么公司的小经理效果要好。你看不出来，你这个姐夫很有钱……”苏浅说：“你闭嘴！这和有没有钱有什么关系！”周自明厚颜无耻说：“怎么没关系，我不是你老公嘛！”周自明的话让苏浅语塞。刚想说什么，韩小桥从外面返回。他一脸不快，坐在椅子上搓着额头，叹息着说：“这些人，很没意思，一点不体谅别人的难处。最近这么乱，我哪有心思陪他们喝酒。”

在宾馆，苏浅碰到她雇佣周自明以来遇到的最大一个难题，韩小桥将他俩人安排在了同一个房间。这很正常。如果不安排在同一房间，反倒显得很不正常了。韩小桥同他们道过再见之后，走了。送韩小桥出门回来，周自明见苏浅仍拎着行李站在屋子里发愣，便凑过去，拿掉行李，笑嘻嘻说："真没办法。"苏浅不想理他。周自明做出一副无辜样子，说："我们是夫妻嘛，真没办法，只能被别人安排在一个房间里啦。"苏浅不理他，转身欲走。周自明说："你干什么？"苏浅说："我去另外开个房间。"周自明从背后抱住她，把一张酒气熏天的嘴巴凑到苏浅耳边来，悄声细语说："那怎么行？这家宾馆也是你姐姐的，你就不怕被别人看破？"苏浅说："看破了又能怎样！"说完这话苏浅觉得很是无趣。她雇佣周自明的举动，现在看来颇像一个喜欢吃糖的孩子，在对一个开糖果店的大人显摆，透着一股寒酸气……见苏浅一脸讨厌，周自明先自退了步，松开手说："好了好了，你也不用开房，我睡沙发你睡床，怎么样？就这样。OK！"

六

很多年来，苏浅从未去过医院。身体偶有不适，她会选择在小诊所让医生开些药吃。她对医院的环境有一些陌生。当穿过医院幽深的走廊，看到一张张表情淡漠或焦虑的脸，听到彼此起伏的叹息声、哭泣声，苏浅显得很茫然。她梦游一般尾随在韩小桥身后，直到在一片白色的氛围中看到了姐姐苏浓那张苍白憔悴的脸，她的心才猛然被针刺了一下，锐疼起来。

苏浓靠床垫坐着。她的脸是白的，嘴唇也是白的。眼睛透着一丝血红。从窗口照进来的阳光罩着她。属于病榻之域的阳光也像是白色的。苏浅看苏浓，见她美丽尽失，燥干的头发露出稀疏，不知那是化疗的结果。苏浓眼睛动了一下，看到从门口走进来的韩小桥，没有任何表情，接着看到韩小桥身后的苏浅，先是愣愣地看，端详着，身子忽地坐直一些，眼瞳放大，干燥的嘴唇微微开合……查床的医生走进来，周围有病友与家属的呢喃低语。在一个肃静的氛围中，忽然听见一阵怪异的抽噎。苏浓张开嘴巴，胸腔一挫一顿，喉咙里嘶哑有声。周围的人不禁好奇地看过去。苏浓放不开哭声，倒有唾液从她的口腔里喷溅而出，沾在唇角。苏浓僵直的手臂缓缓张开，做出拥抱的姿势。大家这才看见一个趋前的苏浅，素淡着一张脸，挎包斜吊在肩上，走得不能再近，才把身子递到那张开的臂中。

苏浓抱住苏浅。脸扎在苏浅怀中，这才放开哭声。就好像那哭声是苏浅引导出来的。也像是所有的情绪都淤积着，苏浅的到来像是一枚针，刺破了它。

苏浓的哭声一泻千里。苏浅身子反倒是僵硬的，胳膊搭在苏浓肩上显得无所适从。她放不下架子，直到被苏浓的哭声化解，才彻底拥抱了苏浓。苏浓哭一会仰起头，推开苏浅以便看清她的脸；然后又拉近了苏浅把她箍在自己怀里。箍到怀里还不算，还要把头扎在苏浅怀里哭，好半天也说不出一句话。好不容易说了句："这些年你跑哪儿去了？"鼻腔却像被堵住，囔囔着有些听不清。韩小桥也动了真感情，当局长当了这么多年，以为自己的感官麻木了，以为不会哭了，却不想眼泪流起来照旧唰啦啦响。在一旁劝："这不回来了嘛！妹妹回来了。你的病也有救了。别哭了，好了……"

由于身体虚弱，苏浓哭累了便躺在床上。半张脸埋在枕头里。微闭着眼睛。却伸出手来去摸索苏浅的手。苏浅本来在用纸巾拭泪，慌忙中将纸巾丢到地上，伸出右手被苏浓紧握着。

屋子里的医生病人都被感动，起初不知道这是姐妹久别重逢。但从表情里已窥测出这不是一般的相见。有人看过报纸，知道全部底细，便把原委告诉给那些不知情的病人或家属。大家听得满脸欣慰，就差没鼓起掌来。平日病房里老是愁云惨淡，今天难得照进来一丝曙光，一整个病房便都跟着欢欣鼓舞起来。

七

这下好了。苏浓的命算是保住了。等一路检查下来，韩小桥心里才算是一块石头落了地。在医院熬了这么多天，心情郁闷不说，主要是觉得生活没有一点指望。也毕竟，有好多话要和苏浅谈谈。韩小桥当下便提出大家一块出去吃顿饭。这大家当然不包括苏浓在内。平日里吃饭，都是苏浅和周自明一组，韩小桥单独；或周自明与韩小桥一组，吃完饭给苏浅带些外卖回来，一家人老也碰不到一起。当韩小桥提出这个建议时，苏浅显得很冷淡。一旁的周自明却举双手赞同。周自明说："好，苏浅最近很辛苦，你带苏浅出去吃，我留下来照顾姐姐。"韩小桥巴不得周自明不去，便说："好，那就辛苦你了。"

出医院，才知天在下雨。并且越下越大。离医院不远便有家酒店，两人步行过去。为了躲开雨水，苏浅用手遮着头顶，跑步横穿马路。韩小桥跟在身边，留意着身边疾驶而过的车辆，身体和苏浅无意间磕碰在一起。

叫了菜。要了啤酒。面对苏浅，韩小桥端详了好一阵子，千言万语却一时不知从何说起。话题却还是迂回到老路上。韩小桥说："苏浅，离家这么多年，你怎么不和我们联系呢？"

苏浅捋着被雨打湿的额发，看一看他，似乎不愿提起这个话题。韩小桥干掉半杯啤酒，嘴角沾了酒沫："苏浅，你当时为什么要离家出走！"

一席话让苏浅感慨万千，她不愿回忆离家前的那段时光，在那个仓皇的夜里，她面对河水枯坐，离家出走不是她最初的选择，而是最后的选择。苏浅看着窗外的雨，喃喃道："我怎么有脸和你们联系……两姐妹去相亲，人家相不中妹妹，姐姐却要嫁……"

韩小桥梗着脖子问："什么？你说什么？"

苏浅又把话重复了一番。她无意讨伐。如今她把一切看淡。

韩小桥愣住了。

他努力回忆起来，回忆起那次相亲的经过。那次相完亲他便回到下乡的镇子，临行前曹向海来问他话。他只是笑着说：“想不到变化这么快。苏浅变得越发沉默寡言了。如果有她姐姐的一点活泼就更好了……”曹向海听了也笑，说：“你小子！别吃着锅里看着盆里的，姐妹俩是同样的好！这毕竟不是旧社会，允许你讨个三房四妾的！让妹妹做了大的，姐姐做了小的？”韩小桥听了也禁不住笑。曹向海说：“就这样定下来了，以后你们自己处。我的任务算完成了。”韩小桥说：“好。麻烦你了，等有时间侄子好好谢你。”曹向海说：“就等喝你们的喜酒了。”韩小桥随即去了下乡的镇子，临行前他是想到要去苏家看一看的，但上面催得紧，传下话来，让他回去整理东西马上出发。

韩小桥无言以对。

他忽然警醒到自己婚姻中的错误。却无力辩解。他出差后回来，得知苏浅离家出走的消息。便马上加入到寻找苏浅的队伍当中。他陪同苏浓找寻了很多地方，并且动用了多方关系。在妹妹走失后的日子里，苏浓把韩小桥当作了理所当然的亲人，有什么事都来和韩小桥商量。也就在那段时间，韩小桥顺利调回县上。他有了更多与苏浓接触的机会。他们第一次的亲吻是发生在苏家。而后又像许多年前一样，韩小桥在西门码头无数次约会了苏浓，也就是在那些惶惑的日子里，韩小桥猛然间醒悟到：他是同时爱着苏家这两姐妹的。他爱着苏浅的安静，爱着苏浓的热烈。而苏浓的热烈，恰恰填充了他身体中蛰伏的欲望。他没什么可指责的。在良心不受困扰的情况下，他倒觉得自己无比幸运。只是令韩小桥疑惑的是：苏浅为何不辞而别，离家出走呢？

韩小桥无话可说。他抬眼瞧了瞧苏浅。郁悒地说：“你当时怎么就那么冲动，为何不当面来指责我……”

苏浅苦笑。

就像一场游戏。韩小桥这样感慨地想。他问："这么多年你是怎么过来的？"

苏浅喝了口饮料，问："你想听吗？"

韩小桥说："想……你不知道你走后大家找你找得有多辛苦。码头、车站、整条河都翻了个遍。井，所有的井都捞了个遍……"

苏浅将他的话打断，"都以为我死了？呵呵，我死也不会跳井死，我会选择西津渡跳下去，死也要死个痛快。"接着苏浅便滔滔不绝讲起自己这些年的经历。她说她最早流落到城市，先是打零工，商店，餐馆，菜摊，服装摊，什么活儿都做过。还做过保姆，先是受不了女主人的气，离开了；再就是受不了男主人的骚扰，也离开了……"我还做过小姐……小姐你知道吧？韩局长，你肯定也玩过……"韩小桥一愣，周身绷紧，满心酸楚，却掩饰着说："开玩笑，开玩笑……"苏浅说："你是说谁在开玩笑？"韩小桥无言以对。苏浅呻吟般说："做小姐的日子真不好过啊，被警察抓来抓去的……"

韩小桥将一杯酒仰脖喝尽，说："你别作践自己了，你作践自己就等于在作践我。你是老板，生活得很不错！为什么要这样说？"苏浅说："再不错，也混不过你这当局长的啊。"韩小桥陷入莫名的忧伤。苏浅调侃道："韩小桥，我问你，当初我们相亲，你相不中我，是不是因为我在学校里被人摸过乳房，是不是因为我在镇子里偷过东西？"韩小桥的脸色有点难看，他掐掉烟蒂，沮丧地说："走吧，我们走，你喝多了。"

八

手术前的一天夜里，韩小桥陪护在苏浓身边。苏浓显得很萎靡。即将挽回生命的欣喜似乎冲淡不了手术前的压力。韩小桥想劝一劝她，说："不用担心，手术的成功率还是很高的。"苏浓说："我倒不担心手术，我都做过死的准备了。”韩小桥说：“那你担心什么？”苏浓翻一翻身，侧脸对韩小桥说：“苏浅问我要钱呢！”韩小桥诧异道：“要什么钱？”苏浓说：“起先我有个打算，想把我们刚在开发区买的那套房子送给苏浅……”韩小桥说：“为什么要打算送房子？”苏浓说：“苏浅这次回来，我就不想让苏浅走了，把她留在身边。这是我刚开始的打算。”韩小桥说：“也好呵。那套房子是以你的名义买的，你送给她也可以呀，可她怎么要钱？”苏浓说：“他不要房子，要钱，要三十万。”韩小桥说：“那套房子正好花了三十万……她不愿意留下来？当然了，人家有自己的生意，怎么愿意留在咱这小地方。”苏浓苦笑着说：“她哪里有什么生意！她只是帮人卖菜，做做钟点工而已……”韩小桥听到这里极为惊诧，说：“怎么会！”苏浓说：“这些都是周自明亲口告诉我的。周自明说苏浅一直靠打工生活，他们两口子挺不容易的。周自明也没工作，靠蹬三轮赚钱，现在两个人还在租房住。要钱的意思苏浅不好开口，指派周自明来说的。”韩小桥沉闷地说：“那她为什么要说自己做生意？”苏浓说：“怕回家被别人笑话……”苏浓的话令韩小桥好半天沉默不语。苏浓说：“我们给她三十万吧！就当是花钱治病……”韩小桥好一阵难受，他想把若干年前相亲的事重提，但话到嘴边又咽下。他走到窗前。看着窗外城市的灯火。心想：这是苏浅在清算若干年前的那笔账呢！他站了一会，走回去，叹口气道：“好吧，那就给她三十万吧……你们姊妹也算两清了。”

韩小桥的话令苏浓疑惑。

苏浓说：“周自明还对我说，要我们别把这些话当着苏浅的面讲。苏浅面薄。”韩小桥苦笑说：“这还有什么脸面不脸面的，一般的协议都要当面签呢。”苏浓说：“算了，你就当拿这些钱救我一命吧！”苏浓说到这里泪流满面，“这些钱就当帮了她，反正也没送了别人。有了这笔钱，他们回去就可以做点生意，也不用再下苦力去生活……”

韩小桥再无话讲。

但一些情绪却淤积内心。再见到苏浅时，韩小桥竟然从内心里有了一丝厌弃。手术做完的当天下午，韩小桥私下里叫周自明出来。路上他也不说话，把周自明弄得不明就里。想问一问，看韩小桥脸色，又知趣地掩紧了口。进了银行，韩小桥话不多说，去银行窗口提了三十万出来，扔给等在椅子上的周自明。

周自明看到那些钱，惊得张大了嘴。他抬眼看着韩小桥，目光里充满了问询。韩小桥居高临下说："三十万呵！苏浅，你老婆要的！"周自明想说点什么，但看到韩小桥有些不屑的神态，慌忙站起来，专心致志对付起那些钱来。他抄起两沓想揣进裤兜，但那毕竟不是小数目。他忙乱地折腾着，折腾得满头大汗。韩小桥看得不动声色。提醒他道："这么多钱，你还是不要带在身上的好。你有没有银行账号？把钱存进账号，回去取出来就是……"话未说完韩小桥便嘲讽地想到：一个三轮车夫和一个钟点工怎么能有自己的账号呢！韩小桥吩咐司机从车里拿个皮包出来。周自明把那钱塞进皮包，鼓捣完却仍是迈不开步。不知是因紧张还是激动，他面色苍白地看着韩小桥。韩小桥问："你不准备回去？"周自明抹了把额头上的汗，掩饰着说："你们先走，我，我还有点事要办……"韩小桥一笑，挥挥手说："好吧。只是你要多加小心，这抢钱的贼可多的是。小心丢了钱苏浅回去骂你。"

九

卖肉的顾大嫂这几天十分关注当地的一份晚报。因为那张报纸对孪生姐妹的故事做了连续追踪报道。起先她并不知道苏浅便是那其中的孪生妹妹。苏浅在动身前曾和她打过招呼，说是出几天门，让她照看一下店子。但有天一个买肉的顾客拿了一张报纸给她看，顾大嫂这才看到了苏浅。还在照片的边角看到周自明不算清晰的一张脸。那个顾客之所以拿了报纸给顾大嫂看，一是对熟悉的人比较感兴趣，二是他也看到了周自明，他对顾大嫂说："这个混混怎么也在那里？"顾大嫂说："是呀！苏浅怎么和他扯上了关系？平常苏浅都是不理睬他的。"这样顾大嫂便成了那家报纸的热心读者。每天都要缠着别人要报纸看。没有机会得到，就颠颠跑去报亭买上一张。接着顾大嫂从报上看到手术成功的消息。她从心里为苏浅姐妹高兴。并特意把那张有着"血浓于水"的标题文章贴在肉案旁边的墙上。逢到有顾客来，便拿刀指了说："你们认识不？那是我朋友。"买肉的人就眯了眼对着那报纸看，说："哪个是你朋友？"顾大嫂说："躺着的那个不是，站着的是。"买肉的人中有认识苏浅的，就看得更有兴致。

但第二天顾大嫂却把那报纸撕了下来。因为她又看到了一篇报道：说的是经济大潮中人的思想转变。说那个做妹妹的，竟然跟姐姐要了三十万。那写文章的人绕来绕去说了很多让顾大嫂不懂的话。但顾大嫂还是一眼便把这个苏浅看穿：孪生姐妹呀！俗话说血浓于水呀！竟然拿姐姐的命来要挟！顾大嫂向来是个嫉恶如仇的人。她那天剁起肉来竟透着股狠劲，觉得这样的人连畜生都不如，贴张报纸不等于是在往自己的脸上抹黑吗？

苏浅回到城市是一个傍晚。她神情疲惫，行色匆匆。顾大嫂正准备收摊，对站在店门外的苏浅是意料之中的冷淡。顾大嫂说："回来啦？"苏浅点点头，刚想说点什么，却被顾大嫂的话截住，顾大嫂说："听说你发了大财啦！以后都不用为生意上的事发愁了……"苏浅苍白着一张脸，两手紧紧抓着旅行袋，问顾大嫂："你见过周自明没有？"顾大嫂说："没见过。不是你带他走的吗？怎么你们……"苏浅咬一咬嘴唇，转身走开。顾大嫂把几根腿骨收回摊位，瞥一眼苏浅行色匆匆的背影，不屑地说："这年头，都不知道用什么办法来换钱了……"

自此之后顾大嫂再未见过苏浅。若干天后顾大嫂的肉案前来过一个陌生男人，他向她打听苏浅的行踪。顾大嫂扯着嗓门说："我好久没见她啦！我不认识她！"